考試分數大躍進
累積實力
百萬考生見證
應考秘訣

3

◦重音版◦

新制日檢！
絕對合格

吉松由美
田中陽子 ◎合著

N3

必考單字！

內附
MP3

U0073338

山田社
Shan Tian She

前言

preface

百萬考生見證，山田社持續追蹤最新日檢題型變化，
精益求精，更新單字書內容！
從精選單字，編寫最接近考題的短句、長句，完全依照最新題型更新，
看完本書，將讓您赴試自信滿滿，驚呼簡單！

《重音版 新制日檢！絕對合格 N3 必考單字》百分百全面日檢學習對策，讓您致勝考場：

★ 所有單字標示「重音」，讓您會聽、會用，考場拿出真本事！

★ 補充「類、對譯詞」單字量 3 倍升級！

★ 新增最接近考題的短句「必考詞組」，以提升理解度，單字用法一點就通！

★ 編寫最接近考題的例句「必考例句」，同步吸收同級文法與會話，三效合一，效果絕佳！

別讓記憶力，成為考試的壓力！

想成為最後的贏家，靠做夢是沒有用的。一定要有想贏的心、想辦法贏，那就是找對單字書！

重音版絕對合格提供 100％全面的單字學習對策，讓您輕鬆取證，致勝考場！本書特色有：

● 50 音順 + 類對義詞＝合格捷徑！

全書單字採 50 音順排列，黃金搭配省時省力，讓你方便查詢，並補充類義詞與對義詞，相
關單字一網打盡，讓你加深印象、方便記憶，迅速 KO 必考單字！

● 一千五百多個單字，變出無數用法！

重音版絕對合格日檢單字給您五星級內容，讓您怎麼考，怎麼過！權威，就是這麼威！

▲ 所有單詞（包括接頭詞、接尾詞、感歎詞等）精心挑選，標注重音、詞性，解釋貼切詳細。

▲ 增加類義詞、對義詞，戰勝日檢的「換句話說」題型，3 倍擴充單字量。

▲ 最接近考題的短句，針對「文脈規定」的題型，讓您知道如何靈活運用單字。

▲最接近考題的例句，文法與會話同步學習，針對日檢趨向生活化，效果絕佳！

● **標示重音，縮短合格距離！**

突破日檢考試第一鐵則，會聽、會用才是真本事！「きれいな　はな」是「花很漂亮」還是「鼻子很漂亮」？小心別上當，搞懂重音，會聽才會用！本書每個單字後面都標上重音，讓您一開始就打好正確的發音基礎，大幅提升日檢聽力實力，縮短日檢合格距離！

● **貼心排版，一目瞭然！**

單字全在一個對頁內就能完全掌握，左邊是單字資訊，右邊是詞組例句，不必翻來翻去眼花撩亂，閱讀動線清晰好對照。

● **權威經驗，值得信賴！**

本書以日本國際交流基金（JAPAN FOUNDATION）舊制考試基準，及最新發表的「新日本語能力試驗相關概要」為基準。並參考舊制及新制日檢考試內容並結合日語使用現況，同時分析國內外各類單字書及試題等，並由具有豐富教學經驗的日語教育專家精心挑選出 N3 單字編著成書。

● **日籍教師朗讀 MP3 光碟，光聽就會**

由日籍教師標準發音朗讀，馬上聽、馬上通、馬上過！本書附贈 MP3 光碟，由日本專業老師親自錄音，隨聽隨記，即使沒時間也能讓你耳濡目染。可說是聽力訓練，最佳武器！

● **編號設計，掌握進度！**

每個單字都有編號及打勾方格，可以自行安排學習或複習進度！

目錄

contents

新「日本語能力測驗」概要

JLPT

一、什麼是新日本語能力試驗呢

1. 新制「日語能力測驗」

從2010年起實施的新制「日語能力測驗」（以下簡稱為新制測驗）。

1－1 實施對象與目的

　　新制測驗與舊制測驗相同，原則上，實施對象為非以日語作為母語者。其目的在於，為廣泛階層的學習與使用日語者舉行測驗，以及認證其日語能力。

1－2 改制的重點
改制的重點有以下四項：

1 測驗解決各種問題所需的語言溝通能力
　　新制測驗重視的是結合日語的相關知識，以及實際活用的日語能力。因此，擬針對以下兩項舉行測驗：一是文字、語彙、文法這三項語言知識；二是活用這些語言知識解決各種溝通問題的能力。

2 由四個級數增為五個級數
　　新制測驗由舊制測驗的四個級數（1級、2級、3級、4級），增加為五個級數（N1、N2、N3、N4、N5）。新制測驗與舊制測驗的級數對照，如下所示。最大的不同是在舊制測驗的2級與3級之間，新增了N3級數。

N1	難易度比舊制測驗的1級稍難。合格基準與舊制測驗幾乎相同。
N2	難易度與舊制測驗的2級幾乎相同。
N3	難易度介於舊制測驗的2級與3級之間。（新增）
N4	難易度與舊制測驗的3級幾乎相同。
N5	難易度與舊制測驗的4級幾乎相同。

＊「N」代表「Nihongo（日語）」以及「New（新的）」。

3 施行「得分等化」
　　由於在不同時期實施的測驗，其試題均不相同，無論如何慎重出題，每次測驗的難易度總會有或多或少的差異。因此在新制測驗中，導入「等化」的計分方式後，便能將不同時期的測驗分數，於共同量尺上相互比較。因此，無論是在什麼時候接受測驗，只要是相同級

數的測驗，其得分均可予以比較。目前全球幾種主要的語言測驗，均廣泛採用這種「得分等化」的計分方式。

4 提供「日本語能力試驗Can-do自我評量表」（簡稱JLPT Can-do）

為了瞭解通過各級數測驗者的實際日語能力，新制測驗經過調查後，提供「日本語能力試驗Can-do自我評量表」。該表列載通過測驗認證者的實際日語能力範例。希望通過測驗認證者本人以及其他人，皆可藉由該表格，更加具體明瞭測驗成績代表的意義。

1－3 所謂「解決各種問題所需的語言溝通能力」

我們在生活中會面對各式各樣的「問題」。例如，「看著地圖前往目的地」或是「讀著說明書使用電器用品」等等。種種問題有時需要語言的協助，有時候不需要。

為了順利完成需要語言協助的問題，我們必須具備「語言知識」，例如文字、發音、語彙的相關知識、組合語詞成為文章段落的文法知識、判斷串連文句的順序以便清楚說明的知識等等。此外，亦必須能配合當前的問題，擁有實際運用自己所具備的語言知識的能力。

舉個例子，我們來想一想關於「聽了氣象預報以後，得知東京明天的天氣」這個課題。想要「知道東京明天的天氣」，必須具備以下的知識：「晴れ（晴天）、くもり（陰天）、雨（雨天）」等代表天氣的語彙；「東京は明日は晴れでしょう（東京明日應是晴天）」的文句結構；還有，也要知道氣象預報的播報順序等。除此以外，尚須能從播報的各地氣象中，分辨出哪一則是東京的天氣。

如上所述的「運用包含文字、語彙、文法的語言知識做語言溝通，進而具備解決各種問題所需的語言溝通能力」，在新制測驗中稱為「解決各種問題所需的語言溝通能力」。

新制測驗將「解決各種問題所需的語言溝通能力」分成以下「語言知識」、「讀解」、「聽解」等三個項目做測驗。

語言知識	各種問題所需之日語的文字、語彙、文法的相關知識。
讀　解	運用語言知識以理解文字內容，具備解決各種問題所需的能力。
聽　解	運用語言知識以理解口語內容，具備解決各種問題所需的能力。

作答方式與舊制測驗相同，將多重選項的答案劃記於答案卡上。此外，並沒有直接測驗口語或書寫能力的科目。

2. 認證基準

新制測驗共分為N1、N2、N3、N4、N5五個級數。最容易的級數為N5，最困難的級數為N1。

與舊制測驗最大的不同，在於由四個級數增加為五個級數。以往有許多通過3級認證者常抱怨「遲遲無法取得2級認證」。為因應這種情況，於舊制測驗的2級與3級之間，新增了N3級數。

新制測驗級數的認證基準，如表1的「讀」與「聽」的語言動作所示。該表雖未明載，但應試者也必須具備為表現各語言動作所需的語言知識。

N4與N5主要是測驗應試者在教室習得的基礎日語的理解程度；N1與N2是測驗應試者於現實生活的廣泛情境下，對日語理解程度；至於新增的N3，則是介於N1與N2，以及N4與N5之間的「過渡」級數。關於各級數的「讀」與「聽」的具體題材（內容），請參照表1。

■ 表1 新「日語能力測驗」認證基準

	級數	認證基準 各級數的認證基準，如以下【讀】與【聽】的語言動作所示。各級數亦必須具備為表現各語言動作所需的語言知識。
困難 ↑ ＊	N1	能理解在廣泛情境下所使用的日語 【讀】・可閱讀話題廣泛的報紙社論與評論等論述性較複雜及較抽象的文章，且能理解其文章結構與內容。 　　　・可閱讀各種話題內容較具深度的讀物，且能理解其脈絡及詳細的表達意涵。 【聽】・在廣泛情境下，可聽懂常速且連貫的對話、新聞報導及講課，且能充分理解話題走向、內容、人物關係、以及說話內容的論述結構等，並確實掌握其大意。
	N2	除日常生活所使用的日語之外，也能大致理解較廣泛情境下的日語 【讀】・可看懂報紙與雜誌所刊載的各類報導、解說、簡易評論等主旨明確的文章。 　　　・可閱讀一般話題的讀物，並能理解其脈絡及表達意涵。 【聽】・除日常生活情境外，在大部分的情境下，可聽懂接近常速且連貫的對話與新聞報導，亦能理解其話題走向、內容、以及人物關係，並可掌握其大意。
	N3	能大致理解日常生活所使用的日語 【讀】・可看懂與日常生活相關的具體內容的文章。 　　　・可由報紙標題等，掌握概要的資訊。 　　　・於日常生活情境下接觸難度稍高的文章，經換個方式敘述，即可理解其大意。 【聽】・在日常生活情境下，由對前微擦近常速且連貫的對話，經彙整談話的具體內容與人物關係等資訊後，即可大致理解。

*容易 ↓	N4	能理解基礎日語 【讀】・可看懂以基本語彙及漢字描述的貼近日常生活相關話題的文章。 【聽】・可大致聽懂速度較慢的日常會話。
	N5	能大致理解基礎日語 【讀】・可看懂以平假名、片假名或一般日常生活使用的基本漢字所書寫的固定詞句、短文、以及文章。 【聽】・在課堂上或周遭等日常生活中常接觸的情境下，如為速度較慢的簡短對話，可從中聽取必要資訊。

＊N1最難，N5最簡單。

3. 測驗科目

　　新制測驗的測驗科目與測驗時間如表2所示。

■ 表2　測驗科目與測驗時間 ＊①

級數	測驗科目 （測驗時間）			
N1	語言知識（文字、語彙、文法）、讀解 （110分）		聽解 （60分）	→ 測驗科目為「語言知識（文字、語彙、文法）、讀解」；以及「聽解」共2科目。
N2	語言知識（文字、語彙、文法）、讀解 （105分）		聽解 （50分）	
N3	語言知識 （文字、語彙） （30分）	語言知識 （文法）、讀解 （70分）	聽解 （40分）	→ 測驗科目為「語言知識（文字、語彙）」；「語言知識（文法）、讀解」；以及「聽解」共3科目。
N4	語言知識 （文字、語彙） （30分）	語言知識 （文法）、讀解 （60分）	聽解 （35分）	
N5	語言知識 （文字、語彙） （25分）	語言知識 （文法）、讀解 （50分）	聽解 （30分）	

　　N1與N2的測驗科目為「語言知識（文字、語彙、文法）、讀解」以及「聽解」共2科目；N3、N4、N5的測驗科目為「語言知識（文字、語彙）」、「語言知識（文法）、讀解」、「聽解」共3科目。

　　由於N3、N4、N5的試題中，包含較少的漢字、語彙、以及文法項目，因此當與N1、N2測驗相同的「語言知識（文字、語彙、文法）、讀解」科目時，有時會使某幾道試題成為其他題目的提示。為避免這個情況，因此將「語言知識（文字、語彙、文法）、讀解」，分成「語言知識（文字、語彙）」和「語言知識（文法）、讀解」施測。

＊①：聽解因測驗試題的錄音長度不同，致使測驗時間會有些許差異。

4. 測驗成績

4－1　量尺得分

舊制測驗的得分，答對的題數以「原始得分」呈現；相對的，新制測驗的得分以「量尺得分」呈現。

「量尺得分」是經過「等化」轉換後所得的分數。以下，本手冊將新制測驗的「量尺得分」，簡稱為「得分」。

4－2　測驗成績的呈現

新制測驗的測驗成績，如表3的計分科目所示。N1、N2、N3的計分科目分為「語言知識（文字、語彙、文法）」、「讀解」、以及「聽解」3項；N4、N5的計分科目分為「語言知識（文字、語彙、文法）、讀解」以及「聽解」2項。

會將N4、N5的「語言知識（文字、語彙、文法）」和「讀解」合併成一項，是因為在學習日語的基礎階段，「語言知識」與「讀解」方面的重疊性高，所以將「語言知識」與「讀解」合併計分，比較符合學習者於該階段的日語能力特徵。

■ 表3　各級數的計分科目及得分範圍

級數	計分科目	得分範圍
N1	語言知識（文字、語彙、文法）	0～60
	讀解	0～60
	聽解	0～60
	總分	0～180
N2	語言知識（文字、語彙、文法）	0～60
	讀解	0～60
	聽解	0～60
	總分	0～180
N3	語言知識（文字、語彙、文法）	0～60
	讀解	0～60
	聽解	0～60
	總分	0～180
N4	語言知識（文字、語彙、文法）、讀解	0～120
	聽解	0～60
	總分	0～180
N5	語言知識（文字、語彙、文法）、讀解	0～120
	聽解	0～60
	總分	0～180

各級數的得分範圍，如表3所示。N1、N2、N3的「語言知識（文字、語彙、文法）」、「讀解」、「聽解」的得分範圍各為0～60分，三項合計的總分範圍是0～180分。「語言知識（文字、語彙、文法）」、「讀解」、「聽解」各占總分的比例是1：1：1。

N4、N5的「語言知識（文字、語彙、文法）、讀解」的得分範圍為0～120分，「聽解」的得分範圍為0～60分，二項合計的總分範圍是0～180分。「語言知識（文字、語彙、文法）、讀解」與「聽解」各占總分的比例是2：1。還有，「語言知識（文字、語彙、文法）、讀解」的得分，不能拆解成「語言知識（文字、語彙、文法）」與「讀解」二項。

　　除此之外，在所有的級數中，「聽解」均占總分的三分之一，較舊制測驗的四分之一為高。

4－3　合格基準

　　舊制測驗是以總分作為合格基準；相對的，新制測驗是以總分與分項成績的門檻二者作為合格基準。所謂的門檻，是指各分項成績至少必須高於該分數。假如有一科分項成績未達門檻，無論總分有多高，都不合格。

　　新制測驗設定各分項成績門檻的目的，在於綜合評定學習者的日語能力，須符合以下二項條件才能判定為合格：①總分達合格分數（＝通過標準）以上；②各分項成績達各分項合格分數（＝通過門檻）以上。如有一科分項成績未達門檻，無論總分多高，也會判定為不合格。

　　N1～N3及N4、N5之分項成績有所不同，各級總分通過標準及各分項成績通過門檻如下所示：

級數	總分		分項成績					
			言語知識 （文字・語彙・文法）		讀解		聽解	
	得分範圍	通過標準	得分範圍	通過門檻	得分範圍	通過門檻	得分範圍	通過門檻
N1	0～180分	100分	0～60分	19分	0～60分	19分	0～60分	19分
N2	0～180分	90分	0～60分	19分	0～60分	19分	0～60分	19分
N3	0～180分	95分	0～60分	19分	0～60分	19分	0～60分	19分

級數	總分		分項成績			
			言語知識 （文字・語彙・文法）・讀解		聽解	
	得分範圍	通過標準	得分範圍	通過門檻	得分範圍	通過門檻
N4	0～180分	90分	0～120分	38分	0～60分	19分
N5	0～180分	80分	0～120分	38分	0～60分	19分

※上列通過標準自2010年第1回(7月)【N4、N5為2010年第2回(12月)】起適用。

　　缺考其中任一測驗科目者，即判定為不合格。寄發「合否結果通知書」時，含已應考之測驗科目在內，成績均不計分亦不告知。

4－4　測驗結果通知

依級數判定是否合格後，寄發「合否結果通知書」予應試者；合格者同時寄發「日本語能力認定書」。

■ N1, N2, N3

とくてん く ぶんべつとくてん 得点区分別得点 Scores by Scoring Section			そうごうとくてん 総合得点 Total Score
げんご ち しき も じ ごい ぶんぽう 言語知識(文字・語彙・文法) Language Knowledge(Vocabulary/Grammar)	どっかい 読解 Reading	ちょうかい 聴解 Listening	
50 /60	30 /60	40 /60	120 /180

さんこうじょうほう 参考情報 ReferenceInformation	
も じ ごい 文字・語彙 Vocabulary	ぶんぽう 文法 Grammar
A	B

■ N4, N5

とくてん く ぶんべつとくてん 得点区分別得点 Scores by Scoring Section		そうごうとくてん 総合得点 Total Score
げんご ち しき も じ ごい ぶんぽう どっかい 言語知識(文字・語彙・文法)・読解 Language Knowledge(Vocabulary/Grammar) & Reading	ちょうかい 聴解 Listening	
80 /120	40 /60	120 /180

さんこうじょうほう 参考情報 ReferenceInformation		
も じ ごい 文字・語彙 Vocabulary	ぶんぽう 文法 Grammar	どっかい 読解 Reading
A	B	A

判定基準

A：答題正確率 67%
　　以上
B：答題正確率 34%
　　以上，未滿 67%
C：答題正確率未滿
　　34%

※各節測驗如有一節缺考就不予計分，即判定為不合格。雖會寄發「合否結果通知書」但所有分項成績，含已出席科目在內，均不予計分。各欄成績以「＊」表示，如「＊/60」。
※所有科目皆缺席者，不寄發「合否結果通知書」。

N3　題型分析

測驗科目 （測驗時間）			試題內容		
			題型	小題 題數＊	分析
語言知識 （30分）	文字、語彙	1	漢字讀音　◇	8	測驗漢字語彙的讀音。
		2	假名漢字寫法　◇	6	測驗平假名語彙的漢字寫法。
		3	選擇文脈語彙　○	11	測驗根據文脈選擇適切語彙。
		4	替換類義詞　○	5	測驗根據試題的語彙或說法，選擇類義詞或類義說法。
		5	語彙用法　○	5	測驗試題的語彙在文句裡的用法。
語言知識、讀解 （70分）	文法	1	文句的文法1 （文法形式判斷）　○	13	測驗辨別哪種文法形式符合文句內容。
		2	文句的文法2 （文句組構）　◆	5	測驗是否能夠組織文法正確且文義通順的句子。
		3	文章段落的文法　◆	5	測驗辨別該文句有無符合文脈。
	讀解＊	4	理解內容 （短文）　○	4	於讀完包含生活與工作等各種題材的撰寫說明文或指示文等，約150～200字左右的文章段落之後，測驗是否能夠理解其內容。
		5	理解內容 （中文）　○	6	於讀完包含撰寫的解說與散文等，約350字左右的文章段落之後，測驗是否能夠理解其關鍵詞或因果關係等等。
		6	理解內容 （長文）　○	4	於讀完解說、散文、信函等，約550字左右的文章段落之後，測驗是否能理解其概要或論述等等。
		7	釐整資訊　◆	2	測驗是否能夠從廣告、傳單、提供各類訊息的雜誌、商業文書等資訊題材（600字左右）中，找出所需的訊息。
聽解 （40分）		1	理解問題　◇	6	於聽取完整的會話段落之後，測驗是否能夠理解其內容（於聽完解決問題所需的具體訊息之後，測驗是否能理解應當採取的下一個適切步驟）。
		2	理解重點　◇	6	於聽取完整的會話段落之後，測驗是否能理解其內容（依據剛才已聽過的提示，測驗是否能夠抓住應當聽取的重點）。
		3	理解概要　◇	3	於聽取完整的會話段落之後，測驗是否能理解其內容（測驗是否能夠從整段會話中理解說話者的用意與想法）。
		4	適切話語　◆	4	於一面看圖示，一面聽取情境說明時，測驗是否能夠選擇適切的話語。
		5	即時應答　◆	9	於聽完簡短的詢問之後，測驗是否能夠選擇適切的應答。

＊「小題題數」為每次測驗的約略題數，與實際測驗時的題數可能未盡相同。此外，亦有可能會變更小題題數。

＊有時在「讀解」科目中，同一段文章可能會有數道小題。

＊符號標示：「◆」舊制測驗沒有出現過的嶄新題型；「◇」沿襲舊制測驗的題型，但是更動部分形式；「○」與舊制測驗一樣的題型。

資料來源：《日本語能力試驗JLPT官方網站：分項成績・合格判定・合否結果通知》。2016年1月11日，
　　　　　取自：http://www.jlpt.jp/tw/guideline/results.html

本書使用說明

Point 1 漸進式學習

利用單字、詞組（短句）和例句（長句），由淺入深提高理解力。

Point 2 三段式間歇性複習法

⇨ 以一個對頁為單位,每背 10 分鐘回想默背一次,每半小時回頭總複習一次。

⇨ 每個單字都有三個方格,配合三段式學習法,每複習一次就打勾一次。

⇨ 接著進行下個對頁的學習!背完第一組 10 分鐘,再複習默背上一對頁的第三組單字。

日本語能力試驗
JLPT

N3 單字

Check 1 必考單字	高低重音	詞性、類義詞與對義詞

0001 □□□ ●CD1/01
あい
愛 ▸ あい ▸
[名・漢造] 愛，愛情；友情，恩情；愛好，熱愛；喜愛；喜歡；愛惜
類 恋 戀愛
こい

0002 □□□
あい か
相変わらず ▸ あいかわらず ▸
[副] 照舊，仍舊，和往常一樣
關 まま 仍舊

0003 □□□
あい ず
合図 ▸ あいず ▸
[名・自サ] 信號，暗號
類 サイン／ sign 信號

0004 □□□
アイスクリーム ▸ アイスクリーム ▸
[名] 【icecream】冰淇淋
類 アイス／ ice 冰

0005 □□□
あい て
相手 ▸ あいて ▸
[名] 夥伴，共事者；對方，敵手；對象
類 対象 對象
たいしょう

0006 □□□
アイディア ▸ アイディア ▸
[名] 【idea】主意，想法，構想；（哲）觀念
關 工夫 想辦法
く ふう

0007 □□□
アイロン ▸ アイロン ▸
[名] 【iron】熨斗，烙鐵
關 道具 工具
どう ぐ

0008 □□□
あ
合う ▸ あう ▸
[自五] 正確，適合；一致，符合；對，準；合得來；合算
類 ぴったり 適合 對 違う 不同
ちが

0009 □□□
あ
飽きる ▸ あきる ▸
[自上一] 夠，滿足；厭煩，煩膩
類 退屈 厭倦
たいくつ

□ 愛を注ぐ。 傾注愛情。	▶ たとえ貧しくても、親の愛さえあれば子どもは育つものだ。 即使貧窮，只要有父母的愛，孩子依然能夠成長茁壯。
□ 相変わらずお元気ですか。 你最近身體還好嗎？	▶ 彼とは５年ぶりに会ったが、相変わらず忙しそうだった。 和闊別五年的他重逢，他看來仍然忙碌如昔。
□ 合図がある。 有信號。	▶ 笛の音を合図に、全員がゴールに向かって走り出した。 大家以笛音為信號，全都朝向終點跑了過去。
□ アイスクリームを食べる。 吃冰淇淋。	▶ 寒い冬に暖かい部屋で食べるアイスクリームは最高だ。 在寒冷的冬天裡，窩在溫暖的房間吃冰淇淋最棒了！
□ 相手がいる。 有伙伴。	▶ 彼女は自分のことより相手のことを第一に考える、優しい人です。 她是個溫柔的人，比起自己的事情，總是優先替對方著想。
□ アイディアが浮かんだ。 想出點子。	▶ 来年の新製品について、アイディアを募集しています。 正在蒐集有關於明年新產品的創意發想。
□ アイロンをかける。 用熨斗燙。	▶ 彼はいつもきれいにアイロンのかかったシャツを着ている。 他總是穿著用熨斗燙熨平整的襯衫。
□ 時間が合う。 有時間，時間允許。	▶ 妻と初めて会ったとき、目が合った瞬間に好きになってしまったんです。 我和妻子初次見面時，雙方眼神交會的瞬間我就墜入愛河了。
□ 飽きることを知らない。 貪得無厭。	▶ この映画は亡くなった父が大好きで、私も飽きるほど観ました。 由於先父非常喜愛這部電影，所以我已經看膩了。

Check 1 必考單字	高低重音	詞性、類義詞與對義詞
0010 □□□ あくしゅ **握手**	▶ あくしゅ ▶	[名・自サ] 握手；和解，言和；合作，妥 協 關 協力 合作
0011 □□□ **アクション**	▶ アクション ▶	[名]【action】行動，動作；（劇）格鬥 等演技 類 動作 行動
0012 □□□ あ **空ける**	▶ あける ▶	[他下一] 倒出，空出；騰出（時間） 關 明ける 空出
0013 □□□ あ **明ける**	▶ あける ▶	[自下一]（天）明，亮；過年；（期間） 結束，期滿；空出 關 空ける 倒出 對 暮れる 日暮
0014 □□□ あ **揚げる**	▶ あげる ▶	[他下一] 炸，油炸；舉，抬；提高；進步 關 焼く 烤
0015 □□□ あご **顎**	▶ あご ▶	[名]（上、下）顎；下巴 關 首 脖子
0016 □□□ あさ **麻**	▶ あさ ▶	[名]（植物）麻，大麻；麻紗，麻布， 麻纖維 關 綿 綿
0017 □□□ あさ **浅い**	▶ あさい ▶	[形]（水等）淺的；（顏色）淡的；（程度）膚 淺的，少的，輕的；（時間）短的 關 薄い 薄的 對 深い 深的
0018 □□□ あしくび **足首**	▶ あしくび ▶	[名] 腳踝 關 足 腳

□ 握手をする。 握手合作。	試合が終われば、勝っても負けても笑って握手をするのがスポーツだ。 比賽結束後，不論輸贏都要笑著和對手握手，這才是運動家精神。
□ アクションドラマが人気だ。 動作片很紅。	このドラマは、派手なアクションが人気の理由だそうだ。 據說激烈的動作場面正是這部戲劇受歡迎的原因。
□ 会議室を空ける。 空出會議室。	週末、一緒に買い物に行きたいから、予定を空けておいてね。 我這週末想跟你一起去買東西，先把時間空下來唷！
□ 夜が明ける。 天亮。	夜が明けて、東の空が赤く輝いている。 破曉時分，天空東方亮起一片火紅。
□ 天ぷらを揚げる。 炸天婦羅。	小さく切った肉に粉をつけて、180度の油で5分揚げます。 將切成小塊的肉裏上粉，並用180度的油炸5分鐘。
□ 二重あごになる。 長出雙下巴。	その男は、全身黒い服で、頬から顎にかけて傷がありました。 那個男人全身穿著黑衣，並且有一道從臉頰延伸到下顎的傷痕。
□ 麻でできた布。 麻質的布	このワンピースは、綿に麻が20パーセント入っています。 這件洋裝的棉料含有20%的麻纖維。
□ 思慮が浅い。 思慮不周到。	包丁で手を切ったと聞いてびっくりしたが、傷が浅くてよかったよ。 聽到他菜刀切到手時吃了一驚，幸好傷口不深。
□ 足首を捻挫する。 扭到腳踝。	足首の怪我を防ぐために、足に合った靴を選ぶことが大切です。 為避免腳踝扭傷，選擇合腳的鞋子非常重要。

Check 1 必考單字	高低重音	詞性、類義詞與對義詞

0019 □□□
預かる
_{あず}
▶ あ<u>ずか</u>る ▶ [他五] 收存，（代人）保管；擔任，管理，負責處理；保留，暫不公開
圞 引き受ける 負責
_{ひ う}

0020 □□□ ●CD1/02
預ける
_{あず}
▶ あ<u>ずけ</u>る ▶ [他下一] 寄放，存放；委託，託付
類 頼む 委託
_{たの}

0021 □□□
与える
_{あた}
▶ あ<u>たえ</u>る ▶ [他下一] 給予，供給；授與，使蒙受；分配
類 あげる 給予

0022 □□□
暖まる
_{あたた}
▶ あ<u>たたま</u>る ▶ [自五] 暖，暖和；感到溫暖；手頭寬裕
類 暖かい 暖 對 冷える 感覺冷
_{あたた}

0023 □□□
温まる
_{あたた}
▶ あ<u>たたま</u>る ▶ [自五] 暖，暖和；感到心情溫暖
對 冷える 感覺冷
_ひ

0024 □□□
暖める
_{あたた}
▶ あ<u>ためる</u> ▶ [他下一] 使溫暖；重溫，恢復；擱置不發表
類 熱する 加熱 對 冷やす 冰鎮
_{ねっ} _ひ

0025 □□□
温める
_{あたた}
▶ あ<u>ためる</u> ▶ [他下一] 溫，熱
對 冷やす 冰鎮
_ひ

0026 □□□
辺り／辺
_{あた} _{あたり}
▶ あ<u>たり</u> ▶ [名・造語] 附近，一帶；之類，左右
類 辺 附近
_{へん}

0027 □□□
当たり前
_あ _{まえ}
▶ あ<u>たりまえ</u> ▶ [名] 當然，應然；平常，普通
類 勿論 當然
_{もちろん}

Check 2 必考詞組

□ 金を預かる。
保管錢。

□ 荷物を預ける。
寄放行李。

□ 機会を与える。
給予機會。

□ 部屋が暖まる。
房間暖和起來。

□ 体が温まる。
身體暖和。

□ 手足を暖める。
焐手腳取暖。

□ ご飯を温める。
熱飯菜。

□ あたりを見回す。
環視周圍。

□ 借金を返すのは当たり前だ。
借錢就要還。

Check 3 必考例句

▶ 子育てが終わり、今は近所の子どもたちを預かっています。
家裡的孩子已經大了不需要照顧，目前我在幫鄰居帶小孩。

▶ ボーナスは半分使って、残りの半分は銀行に預けるつもりです。
我打算花掉半數獎金，剩下的另一半存入銀行。

▶ 地震は、私の生まれ故郷に大きな被害を与えた。
地震給我的家鄉帶來了莫大的災害。

▶ 太陽が顔を出すと、冷たかった空気も少しずつ暖まってきた。
太陽公公露臉後，冰冷的空氣也漸漸暖和起來。

▶ この映画は、親のいない少年と子馬との心温まる物語だ。
這部電影描述的是一名沒有父母的少年和小馬的溫馨故事

▶ そろそろお帰りの頃かと思い、お部屋を暖めておきました。
我想他差不多該回來了，所以就先讓房間暖和起來。

▶ 冷たいままでも、温めても、おいしくお召し上がりいただけます。
無論是放涼後直接吃還是加熱，都能享受到絕佳的風味。

▶ 昨日、駅の辺りで爆発事故があったらしいですよ。
昨天車站附近好像發生了爆炸事件哦！

▶ 家族なんだから、困った時は助け合うのが当たり前でしょ。
因為是家人，遇到困難時當然得互相幫助。

Check 1 必考單字	高低重音	詞性、類義詞與對義詞
0028 □□□ 当^あたる	▶ あたる ▶	[自五・他五] 碰撞；擊中；合適；太陽照射；取暖，吹（風）；接觸；（大致）位於；當…時候；（粗暴）對待 類 衝突する^{しょうとつ}　撞上
0029 □□□ あっという間^ま（に）	▶ あっというまに ▶	[感] 一眨眼的功夫 類 一瞬^{いっしゅん}　一瞬
0030 □□□ アップ	▶ アップ ▶	[名・他サ]【up】增高，提高 類 上^あげる　提高
0031 □□□ 集^{あつ}まり	▶ あつまり ▶	[名] 集會，會合；收集（的情況） 類 会議^{かいぎ}　會議
0032 □□□ 宛名^{あてな}	▶ あてな ▶	[名] 收信（件）人的姓名住址 對 差出人^{さしだしにん}　寄件人
0033 □□□ 当^あてる	▶ あてる ▶	[他下一] 碰撞，接觸；命中；猜，預測；貼上，放上；測量；對著，朝向
0034 □□□ アドバイス	▶ アドバイス ▶	[名・他サ]【advice】勸告，提意見；建議 類 助言^{じょげん}　建議
0035 □□□ 穴^{あな}	▶ あな ▶	[名] 孔，洞，窟窿；坑；穴，窩；礦井；藏匿處；缺點；虧空 關 巣^す　窩
0036 □□□ アナウンサー	▶ アナウンサー ▶	[名]【announcer】廣播員，播報員 關 司会^{しかい}　主持人

□ 日が当たる。
陽光照射。

▶ 飛んできたボールが目に当たって、大怪我をしました。
飛過來的球砸中了眼睛，造成我嚴重受傷。

□ あっという間の7週間。
七個星期一眨眼就結束了。

▶ 電子レンジで5分、あっという間に晩ごはんの出来上がり。
用電子微波爐微波五分鐘，一眨眼晚飯就做好了。

□ 年収アップ。
提高年收。

▶ 毎日きちんと復習すれば、成績は必ずアップしますよ。
只要每天確實複習，成績一定會進步哦！

□ 客の集まりが悪い。
上門顧客不多。

▶ この町に越して来た人には、月一回の町内会の集まりに参加してもらいます。
搬到這座鎮上的居民，請參加每月一次的鎮民會議。

□ 宛名を書く。
寫收件人姓名。

▶ 宛名の住所が間違っていて、出した小包が戻って来た。
由於寫錯了收件人的住址，寄出的包裹被退回來了。

□ 年を当てる。
猜中年齡。

▶ あなたが今何を考えているか、当ててみせましょうか。
讓我來猜猜你現在在想什麼吧。

□ アドバイスをする。
提出建議。

▶ コーチのアドバイスで走り方を変えた結果、大会で優勝できた。
聽從教練的建議改變了跑步方式，最後在大賽上贏得了優勝。

□ 穴に入る。
鑽進洞裡。

▶ とても恥ずかしいとき、「穴があったら入りたい」といいます。
覺得很難為情的時候，會說「真想找個地洞鑽進去」。

□ アナウンサーになる。
成為播報員。

▶ 日本チームの優勝を伝えるアナウンサーの声は明るかった。
播報員報導日本隊勝利時的聲音十分宏亮。

Check 1 必考單字	高低重音	詞性、類義詞與對義詞

0037 □□□

アナウンス ▸ アナウンス ▸ [名・他サ]【announce】廣播；報告；通知

0038 □□□

アニメ ▸ アニメ ▸ [名]【animation】卡通，動畫片
[類] 動画　動畫

0039 □□□ ● CD1 03

あぶら
油 ▸ あぶら ▸ [名] 脂肪，油脂

0040 □□□

あぶら
脂 ▸ あぶら ▸ [名] 脂肪，油脂；（喻）活動力，幹勁

0041 □□□

アマチュア ▸ アマチュア ▸ [名]【amateur】業餘愛好者；外行
[類] 素人　業餘愛好者

0042 □□□

あら
粗 ▸ あら ▸ [名] 缺點，毛病
[類] 欠点　缺點

0043 □□□

あらそ
争う ▸ あらそう ▸ [他五] 爭奪；爭辯；奮鬥，對抗，競爭
[類] 喧嘩する　吵架

0044 □□□

あらわ
表す ▸ あらわす ▸ [他五] 表現出，表達；象徵，代表

0045 □□□

あらわ
現す ▸ あらわす ▸ [他五] 現，顯現，顯露
[關] 現れる　出現

Check 2 必考詞組	**Check 3** 必考例句

□ 到着時刻をアナウンスする。
廣播到站。

▶ 事故のため発車時刻が遅れると電車内にアナウンスが流れた。
電車內播放了廣播:「由於發生事故,電車將延後發車」。

□ アニメが放送される。
播映卡通。

▶ アニメの主人公と結婚するのが子どもの頃の夢でした。
和卡通主角結婚是我兒時的夢想。

□ 油で揚げる。
油炸。

▶ 熱くしたフライパンに油を引いて、肉を並べます。
將油淋在預熱過的平底鍋上,然後擺上肉。

□ 脂汗が出る。
流汗。

▶ 健康のために、脂の少ない料理を食べるようにしています。
為了健康著想,盡量攝取低油脂飲食。

□ アマチュアの空手選手。
業餘空手道選手。

▶ 週末は、アマチュアのサッカーチームで汗を流している。
週末參加業餘足球隊以盡情揮灑汗水。

□ 粗を探す。
雞蛋裡挑骨頭。

▶ 子どもの粗を探すのではなく、いいところを伸ばすことが大切だ。
不要挑孩子的毛病,讓孩子發揮所長才是最重要的。

□ 裁判で争う。
為訴訟糾紛爭論。

▶ 隣の家からは、母親と息子の争う声が聞こえてきた。
可以聽見隔壁房子傳來媽媽和兒子的爭吵聲。

□ 言葉で表せない。
無法言喻。

▶ この表は、夏の気温と米の収穫量の関係を表しています。
這張圖表呈現的是夏季氣溫和稻米生產量的關係。

□ 頭角を現す。
嶄露頭角。

▶ 山道を登っていくと、美しい山頂が姿を現した。
爬上這條山路後,美麗的山頂風光在眼前展現無遺。

あ かさたなはまやらわ

ア　アナウンス〜あらわす

25

Check 1 必考單字	高低重音	詞性、類義詞與對義詞

0046☐☐☐
表れる ▸ あらわれる ▸ [自下一] 出現，出來；表現，顯出

0047☐☐☐
現れる ▸ あらわれる ▸ [自下一] 出現，呈現，顯露
關 現す 顯現

0048☐☐☐
アルバム ▸ アルバム ▸ [名]【album】相簿，記念冊
類 写真集 相簿

0049☐☐☐
あれ ▸ あれ ▸ [感] 哎呀

0050☐☐☐
合わせる ▸ あわせる ▸ [他下一] 合併；核對，對照；加在一起，混合；配合，調合

0051☐☐☐
慌てる ▸ あわてる ▸ [自下一] 驚慌，急急忙忙，匆忙，不穩定
關 驚く 驚恐

0052☐☐☐
案外 ▸ あんがい ▸ [副·形動] 意想不到，出乎意外
類 意外に 意外

0053☐☐☐
アンケート ▸ アンケート ▸ [名]【(法)enquete】（以同樣內容對多數人的）問卷調查，民意測驗
關 調查 調查

0054☐☐☐
位 ▸ い ▸ [接尾] 位；身分，地位

□ 成果が表れる。
成果展現。

▶ この手紙には、お母様の優しさが表れていますね。
這封信呈現出媽媽的母愛呢。

□ 態度に現れる。
表現在態度上。

▶ その時、空に黒い雲が現れ、強い雨が降り出した。
天空那時出現了烏雲，下起了滂沱大雨。

□ 記念アルバムを作る。
編作記念冊。

▶ 結婚式のときの写真をアルバムにして、親戚に配るつもりです。
我打算將婚禮的照片做成相冊，分發給親戚們。

□ あれ、どうしたの。
哎呀，怎麼了呢？

▶ 「あれっ、田中さんは？」「田中さんならさっき帰ったよ。」
「咦，田中先生呢？」「田中先生剛才回去了哦！」

□ 力を合わせる。
聯手，合力。

▶ 私はいつでもいいです。あなたのご都合に合わせますよ。
我什麼時候都有空，可以配合您方便的時間哦！

□ 慌てて逃げる。
驚慌逃走。

▶ 慌てて着替えたので、左右違う靴下を履いて来てしまった。
換衣服時很慌張，所以左右腳穿了不同的襪子就來了。

□ 案外やさしかった。
出乎意料的簡單。

▶ 佐々木部長って普段は厳しいけど、案外優しいところもあるんです。
佐佐木經理平時雖然很嚴格，但也有出人意料的溫柔之處。

□ アンケートをとる。
問卷調查

▶ 大学生 5000 人を対象に、就職についてアンケート調査を実施した。
以5000名大學生為對象，進行了關於就業的意見調查。

□ 一位になる。
成為第一。

▶ 全国大会で 3 位以内に入ることが目標です。
目標是打進全國大賽前三名。

Check 1 必考單字	高低重音	詞性、類義詞與對義詞

0055□□□

いえ ▶ いえ ▶ [感] 不，不是

0056□□□

意外（いがい） ▶ いがい ▶ [名・形動] 意外，想不到，出乎意料
[類] 案外（あんがい）出乎意料

0057□□□

怒り（いか） ▶ いかり ▶ [名] 憤怒，生氣
[關] 怒る（おこ）生氣

0058□□□ **CD1 / 04**

行き／行き（い／ゆ） ▶ いき／ゆき ▶ [名] 去，往
[對] 帰り（かえ）回來

0059□□□

以後（いご） ▶ いご ▶ [名] 今後，以後，將來；（接尾語用法）（在某時期）以後
[類] その後（ご）以後

0060□□□

イコール ▶ イコール ▶ [名]【equal】相等；（數學）等號
[類] 同じ（おな）相同

0061□□□

医師（いし） ▶ いし ▶ [名] 醫師，大夫
[關] 先生（せんせい）老師

0062□□□

異常気象（いじょうきしょう） ▶ いじょうきしょう ▶ [名] 氣候異常
[關] 天候不順（てんこうふじゅん）天候異常

0063□□□

意地悪（いじわる） ▶ いじわる ▶ [名・形動] 使壞，刁難，作弄
[類] 苛める（いじ）作弄

□ いえ、違^{ちが}います。
不，不是那樣。

▶ 「コーヒー、もう一杯^{いっぱい}いかがですか。」「いえ、けっこうです。」
「要再來一杯咖啡嗎？」「不，不用了。」

□ 意外^{いがい}に思^{おも}う。
感到意外。

▶ 忘年会^{ぼうねんかい}では、いつも真面目^{まじめ}な課長^{かちょう}の意外^{いがい}な一面^{いちめん}が見^みられた。
在尾牙上，發現了總是非常嚴肅的科長讓人意想不到的一面。

□ 怒^{いか}りがこみ上^あげる。
怒氣沖沖。

▶ 首相^{しゅしょう}の無責任^{むせきにん}な態度^{たいど}に、国民^{こくみん}の怒^{いか}りは爆発^{ばくはつ}した。
首相不負責任的態度引發了公憤。

□ 東京^{とうきょう}行^いきの列車^{れっしゃ}。
開往東京的列車

▶ 東京発^{とうきょうはつ}大阪^{おおさか}行^ゆきの新幹線^{しんかんせん}のチケットを2枚^{まいか}買いました。
我買了兩張從東京開往大阪的新幹線車票。

□ 以後^{いご}気^きをつけます。
以後會多加小心一點。

▶ この道路^{どうろ}は、夜^{よる}8時^じ以後^{いご}は通行止^{つうこうど}めになります。
這條道路晚上八點以後禁止通行。

□ AイコールB。
A 等於 B

▶ 友情^{ゆうじょう}と、その友達^{ともだち}の意見^{いけん}に賛成^{さんせい}することとはイコールじゃないよ。
他雖是我的朋友，但不等於我就會贊同他的意見。

□ 医師^{いし}の診断^{しんだん}。
醫生的診斷

▶ 将来^{しょうらい}は、人^{ひと}の命^{いのち}を救^{すく}う医師^{いし}になりたいと思^{おも}っています。
我將來想成為拯救人命的醫師。

□ 異常気象^{いじょうきしょう}が続^{つづ}いている。
氣候異常正持續著。

▶ 地球温暖化^{ちきゅうおんだんか}のためか、世界各地^{せかいかくち}で異常気象^{いじょうきしょう}が続^{つづ}いている。
不知道是不是地球暖化的緣故，世界各地的氣候異常狀況仍然持續惡化。

□ 意地悪^{いじわる}な人^{ひと}。
壞心眼的人

▶ 男^{おとこ}の子^こは、好^すきな女^{おんな}の子^こには意地悪^{いじわる}をしてしまうものだ。
男孩子就是會欺負自己喜歡的女孩子。

Check 1	必考單字	高低重音	詞性、類義詞與對義詞

0064 □□□
以前
いぜん
▸ いぜん ▸ [名] 以前；更低階段（程度）的；（某時期）以前
類 昔 従前

0065 □□□
急ぎ
いそ
▸ いそぎ ▸ [名・副] 急忙，匆忙，緊急
關 慌てる 急忙
あわ

0066 □□□
悪戯
いたずら
▸ いたずら ▸ [名・形動] 淘氣，惡作劇；玩笑，消遣
關 意地悪 使壞
い じ わる

0067 □□□
痛める／
いた
傷める
いた
▸ いためる ▸ [他下一] 使（身體）疼痛，損傷；使（心裡）痛苦
關 壊す 弄壊
こわ

0068 □□□
一度に
いち ど
▸ いちどに ▸ [副] 同時地，一塊地，一下子
類 同時に 同時
どう じ

0069 □□□
一列
いちれつ
▸ いちれつ ▸ [名] 一列，一排

0070 □□□
一昨日
いっさくじつ
▸ いっさくじつ ▸ [名] 前天
對 明後日 後天
あ さ って

0071 □□□
一昨年
いっさくねん
▸ いっさくねん ▸ [造語] 前年
對 明後年 後年
みょう ご ねん

0072 □□□
一生
いっしょう
▸ いっしょう ▸ [名] 一生，終生，一輩子
關 人生 人生
じんせい

□ 以前の通りだ。 和以前一樣	▶ 以前から、先生には一度お会いしたいと思っておりました。 從以前就一直希望有機會拜見老師一面。
□ 急ぎの旅。 匆忙的旅程	▶ すみませんが、急ぎの用ができたので、ちょっと遅れます。 對不起，因為突然有急事，所以會晚點到。
□ いたずらがすぎる。 惡作劇過度。	▶ 学校の壁にいたずら描きをしたのは誰ですか。 是誰在學校的牆壁上亂塗鴉？
□ 足を痛める。 把腳弄痛。	▶ 引っ越しのアルバイトをしていて、腰を痛めてしまった。 在搬家公司打工時傷到了腰部。
□ 一度にどっと笑い出す。 一齊哄堂大笑。	▶ 火にかけたスープに、肉と野菜を一度に入れます。 把肉和菜同時放入滾燙的湯裡。
□ 一列に並ぶ。 排成一列。	▶ お会計の方は、この線に沿って一列にお並びください。 要結帳的貴賓，請沿著這條線排成一列。
□ 一昨日のこと。 前天的事情	▶ 私、一昨日お電話を差し上げました木村と申します。 我是曾在前天致電的木村。
□ 一昨年のこと。 前年的事情	▶ 一昨年の夏は雨続きで、深刻な米不足となった。 前年夏天的持續降雨，造成了稻米嚴重歉收。
□ 一生独身で通す。 終生不娶（或嫁）。	▶ 良子さんと二人で見た美しい星空は、一生の思い出です。 和良子小姐一起仰望的美麗星空，是我一生的回憶。

あ
行

Part
1

Check 1 必考單字	高低重音	詞性、類義詞與對義詞
0073 □□□ いったい **一体**	▶ いったい ▶	[名·副]一體，同心合力；一種體裁；根本，本來；大致上；到底，究竟
0074 □□□ い **行ってきます**	▶ いってきます ▶	[寒暄]我出門了 [對]ただいま 我回來了
0075 □□□ いつ ま **何時の間にか**	▶ いつのまにか ▶	[副]不知不覺地，不知什麼時候 [類]いつか 不知什麼時候
0076 □□□ い と こ **従兄弟／** い と こ **従姉妹**	▶ いとこ ▶	[名]堂表兄弟姊妹
0077 □□□ ●CD1／05 いのち **命**	▶ いのち ▶	[名]生命，命；壽命 [關]生きる 活
0078 □□□ いま **居間**	▶ いま ▶	[名]起居室 [類]リビングルーム／living room 客廳
0079 □□□ **イメージ**	▶ イメージ ▶	[名·他サ]【image】影像，形象，印象 そうぞう [類]想像 想像
0080 □□□ いもうと **妹さん**	▶ いもうとさん ▶	[名]妹妹，令妹（「妹」的鄭重說法） おとうと [對]弟さん 弟弟
0081 □□□ いや **否**	▶ いや ▶	[感]不；沒什麼

32

□ 夫婦一体となって 働く。 夫妻同心協力工作。	▶ 突然会社を辞めるなんて、一体何があったんですか。 怎麼突然向公司辭職了，究竟發生了什麼事啊？
□ 挨拶に行ってきます。 去打聲招呼。	▶ 「お母さん、行ってきます。」「はあい、気をつけて行ってらっしゃい。」 「媽媽，我出門了。」「好，路上小心。」
□ いつの間にか春が 来た。 不知不覺春天來了。	▶ 山で写真を撮っていたら、いつの間にか道に迷ってしまった。 在山上只顧著拍照，不知不覺就迷路了。
□ 従兄弟同士。 堂表兄弟姊妹關係	▶ 父方のいとこが 5 人、母方のいとこが 6 人います。 我有五位堂兄弟姊妹，和六位表兄弟姊妹。
□ 命が危ない。 性命垂危。	▶ どんな小さな虫にも命があることを、今の子どもたちに教えたい。 我想讓現在的小朋友了解，再渺小的昆蟲也是有生命的。
□ 居間を掃除する。 清掃客廳。	▶ 残業で疲れて帰ると、居間のソファーで寝ちゃうんですよね。 加班後疲憊不堪地回到家裡，就這樣在客廳的沙發上睡著了吧。
□ イメージが浮かぶ。 形象浮現在腦海裡	▶ 自分が優勝する姿をイメージして、練習しています。 練習時在腦中想像著自己獲得勝利時的身影。
□ 妹さんはおいくつですか。 你妹妹多大年紀？	▶ ずいぶん年の離れた妹さんがいらっしゃるんですね。 您有個年紀小很多的妹妹呢。
□ いや、それは違う。 不，不是那樣的。	▶ この本の著者は村上春樹だったかな。いや、カズオ・イシグロだ。 這本書的作者是村上春樹嗎……不對，是石黑一雄。

Check 1　必考單字	高低重音	詞性、類義詞與對義詞

0082 □□□
苛々
いらいら
▶ いらいら
▶ [名・副・他サ] 情緒急躁、不安；焦急，急躁
圜 慌てる　著慌

0083 □□□
医療費
いりょうひ
▶ いりょうひ
▶ [名] 治療費，醫療費

0084 □□□
祝う
いわ
▶ いわう
▶ [他五] 祝賀，慶祝；祝福；送賀禮；致賀詞
圜 喜ぶ　歡喜

0085 □□□
インキ
▶ インキ
▶ [名]【ink】墨水

0086 □□□
インク
▶ インク
▶ [名]【ink】墨水，油墨（也寫作「インキ」）

0087 □□□
印象
いんしょう
▶ いんしょう
▶ [名] 印象
類 イメージ／ image 印象

0088 □□□
インスタント▶ インスタント／
インスタント
▶ [名・形動]【instant】即席，稍加工即可的，速成

0089 □□□
インターネット▶ インターネット
▶ [名]【Internet】網際網路
圜 ネット／ net 網路

0090 □□□
インタビュー▶ インタビュー
▶ [名・自サ]【interview】會面，接見；訪問，採訪
めんせつ
類 面接　接見

Check 2 必考詞組	Check 3 必考例句
□ 連絡がとれずいらいらする。 聯絡不到對方焦躁不安。	▶ 課長は気が短いから、1分でも遅れるとイライラして怒り出すよ。 科長是個急性子，所以就算只遲到一分鐘他都會勃然大怒。
□ 医療費を支払う。 支付醫療費。	▶ 私も妻も健康なので、医療費はほとんどかかりません。 我和妻子都很健康，所以幾乎沒有支出醫療費用。
□ 新年を祝う。 賀新年。	▶ 明日午後6時から、鈴木君の合格を祝う会を行います。 明天晚上六點開始舉行鈴木同學的上榜慶功宴。
□ 万年筆のインキがなくなる。 鋼筆的墨水用完。	▶ 万年筆のインキは、黒と青がありますが、どちらにしますか。 鋼筆的墨水有黑色的和藍色的，要用哪一種呢？
□ インクをつける。 醮墨水。	▶ プリンターのインクが切れたので、買ってきてください。 印表機沒有墨水了，所以要請你去買。
□ 印象が薄い。 印象不深。	▶ 最初はおとなしそうな印象だったが、少し話すと全然違った。 他一開始給人老實敦厚的印象，但聊個幾句以後就發現完全不是那麼回事。
□ インスタントコーヒーを飲む。 喝即溶咖啡。	▶ インスタントカメラで写真を撮って店に来た客にプレゼントしている。 用拍立得拍照，並將相片送給顧客當禮物。
□ インターネットに接続する。 連接網路。	▶ インターネットで海外のドラマを見るのが好きです。 我喜歡在網路上收看國外的電視劇。
□ インタビューを始める。 開始採訪。	▶ 事件の被害者がインタビューに応じてくれた。 事件的受害者答應接受採訪了。

Check 1 必考單字	高低重音	詞性、類義詞與對義詞

0091□□□
引力 ▸ いんりょく ▸
[名] 物體互相吸引的力量
[關] 引く 拉

0092□□□
ウイルス ▸ ウイルス ▸
[名]【virus】病毒，濾過性病毒
[關] インフルエンザ／influenza 流行性感冒

0093□□□
ウール ▸ ウール ▸
[名]【wool】羊毛，毛線，毛織品
[關] 綿 綿

0094□□□
ウェーター／
ウェイター ▸ ウェーター／
ウェイター ▸
[名]【waiter】（男）服務生，（餐廳等的）侍者
[類] ボーイ／boy 男服務員 [對] ウェートレス／waitress 女服務員

0095□□□
ウェートレス／
ウェイトレス ▸ ウェートレス／
ウェイトレス ▸
[名]【waitress】女服務生，（餐廳等的）女侍者
[對] ウェーター／waiter 男服務員

0096□□□ ●CD1／06
動かす ▸ うごかす ▸
[他五] 移動，挪動，活動；搖動，搖撼；給予影響，使其變化，感動
[關] 動く 動

0097□□□
牛 ▸ うし ▸
[名] 牛
[關] 馬 馬

0098□□□
うっかり ▸ うっかり ▸
[副・自サ] 不注意，不留神；發呆，茫然
[類] 思わず 禁不住

0099□□□
写す ▸ うつす ▸
[他五] 照相；摹寫
[關] 写る 照

□ 万有引力の法則。
引力定律

▶ ニュートンは、リンゴが落ちるのを見て、引力の存在に気付いたそうだ。
據說牛頓看見掉落的蘋果，進而發現了地心引力的存在。

□ ウイルスに感染する。
被病毒感染。

▶ ウイルス性胃腸炎で会社を1週間休みました。
因為感染病毒性腸胃炎而向公司請了一個星期的假。

□ ウールのセーター。
毛料的毛衣

▶ やっぱりウール100パーセントのセーターは暖かいなあ。
果然還是100%純羊毛的毛衣溫暖啊！

□ ウェーターを呼ぶ。
叫服務生。

▶ ウェーターにメニューを持って来るよう頼んだ。
我請服務生拿菜單過來。

□ ウェートレスを募集する。
招募女服務生。

▶ 留学中は喫茶店でウェイトレスのアルバイトをしていました。
留學時曾在咖啡廳當女服務生半工半讀。

□ 体を動かす。
活動身體。

▶ 彼女の声が人々の心を動かし、寄付金は目標額を大きく越えた。
她的聲音打動了人們的心，使得捐款金額遠遠超過了原訂目標。

□ 牛を飼う。
養牛。

▶ 春の牧場では、牛の親子が並んで草を食べている姿が見られます。
春天的牧場裡，可以看見大牛和小牛一起吃草的景象。

□ うっかりと秘密をしゃべる。
不小心把秘密說出來。

▶ 徹夜で書いたレポートをうっかり消してしまった。
我一不小心把熬夜的報告刪除了。

□ ノートを写す。
抄寫筆記。

▶ 先週休んだ人は、友達にノートを写させてもらってください。
上星期缺席的同學，請向同學借筆記去謄寫。

Check 1 必考單字	高低重音	詞性、類義詞與對義詞

0100 □□□
移す ▸ うつす
[他五] 移，搬；使傳染；度過時間
關 動かす 移動

0101 □□□
写る ▸ うつる
[自五] 照相，映顯；顯像；（穿透某物）看到
類 撮れる 照得

0102 □□□
映る ▸ うつる
[自五] 映，照；顯得，映入；相配，相稱；照相，映現

0103 □□□
移る ▸ うつる
[自五] 移動；推移；沾到

0104 □□□
饂飩 ▸ うどん
[名] 烏龍麵條，烏龍麵
關 ラーメン 拉麵

0105 □□□
馬 ▸ うま
[名] 馬
關 牛 牛

0106 □□□
美味い ▸ うまい
[形] 味道好，好吃；想法或做法巧妙，擅於；非常適宜，順利
類 おいしい 好吃

0107 □□□
埋まる ▸ うまる
[自五] 被埋上；填滿，堵住；彌補，補齊
關 いっぱい 充滿

0108 □□□
生む ▸ うむ
[他五] 產生，產出
關 生産する 產生

☐ 住（す）まいを移（うつ）す。
遷移住所。

▶ お客（きゃく）が少（すく）ないなら、駅前（えきまえ）に店（みせ）を移（うつ）したらどうでしょうか。
如果覺得客流量太少，要不要把店搬到車站前呢？

☐ 写真（しゃしん）に写（うつ）っている。
拍到相片裡。

▶ ここから撮（と）ると、スカイツリーがきれいに写（うつ）りますよ。
在這裡拍照的話，可以拍到很壯觀的晴空塔哦！

☐ 目（め）に映（うつ）る。
映入眼簾。

▶ ガラスに映（うつ）った後（うし）ろ姿（すがた）は、確（たし）かに山本（やまもと）さんでした。
那個映在玻璃窗上的背影，的確是山本先生沒錯。

☐ 時（とき）が移（うつ）る。
時間推移；時代變遷。

▶ 季節（きせつ）は夏（なつ）から秋（あき）に移（うつ）り、公園（こうえん）の木々（きぎ）も色（いろ）づき始（はじ）めた。
從夏季邁入秋季，公園裡的樹木也紛紛轉紅了。

☐ 鍋焼（なべや）きうどん。
鍋燒烏龍麵

▶ 当店（とうてん）では、こちらの天（てん）ぷらうどんが人気（にんき）メニューです。
這個天婦羅烏龍麵是本店的人氣餐點。

☐ 馬（うま）に乗（の）る。
騎馬。

▶ 馬（うま）は男（おとこ）の子（こ）を乗（の）せたまま、山道（やまみち）を全速力（ぜんそくりょく）で走（はし）り去（さ）った。
馬兒載著小男孩，往山路上奮力奔馳而去了。

☐ 空気（くうき）がうまい。
空氣新鮮。

▶ 近所（きんじょ）にうまいラーメン屋（や）があるんだ。今度（こんど）連（つ）れてってやるよ。
附近有一家很好吃的拉麵店。下次帶你一起去吃吧！

☐ 雪（ゆき）に埋（う）まる。
被雪覆蓋住。

▶ 雪国（ゆきぐに）では、たった一晩（ひとばん）で家（いえ）が雪（ゆき）に埋（う）まってしまうこともある。
在雪鄉只要一個晚上，房子就可能會被埋進雪堆裡了。

☐ 誤解（ごかい）を生（う）む。
產生誤解。

▶ 作者（さくしゃ）の子（こ）ども時代（じだい）の経験（けいけん）が、この名作（めいさく）を生（う）んだと言（い）えるでしょう。
可以說是作者孩提時代的經歷，孕育了這部傑作。

Check 1 必考單字	高低重音	詞性、類義詞與對義詞

0109 □□□

産む ▸ うむ ▸ [他五] 生，產
圈 生まれる　生

0110 □□□

埋める ▸ うめる ▸ [他下一] 埋，掩埋；填補，彌補；佔滿
圈 埋まる　被埋上

0111 □□□

羨ましい ▸ うらやましい ▸ [形] 羨慕，令人嫉妒，眼紅
類 嫉妬する　嫉妒

0112 □□□

得る ▸ うる ▸ [他下二] 得到；領悟

0113 □□□

噂 ▸ うわさ ▸ [名・自サ] 議論，閒談；傳說，風聲

0114 □□□

運賃 ▸ うんちん ▸ [名] 運費，票價
圈 交通費　交通費

0115 □□□

運転士 ▸ うんてんし ▸ [名] 司機；駕駛員，船員
圈 乗務員　司乘人員

0116 □□□

運転手 ▸ うんてんしゅ ▸ [名] 司機

0117 □□□

エアコン ▸ エアコン ▸ [名] 【air conditioning】空調；溫度調節器
類 冷暖房　空調

Check 2 必考詞組	Check 3 必考例句
□ 女の子を産む。 生女兒。	彼女は貧しい暮らしの中で4人の子を産み、育てた。 她在貧窮的生活中生下並養育了四個孩子。
□ 金を埋める。 把錢埋起來。	この種を庭に埋めておけば、10年後においしい柿が食べられるよ。 只要把這粒種子種在庭院裡，十年後就可以嚐到美味的柿子囉。
□ あなたがうらやましい。 （我）羨慕你。	君の奥さんは優しくて料理も上手で…本当に君が羨ましいな。 尊夫人既溫柔又擅長料理……，真讓人羨慕啊。
□ 得るところが多い。 獲益良多。	安全に絶対はない。予想外の事故は常に起こり得るのです。 沒有人能夠保證絕對安全。事故總是在意想不到的時刻發生。
□ 噂を立てる。 散布謠言。	会社の経営に関して、不正があると社員の間で噂になっている。 關於公司的經營，在員工之間謠傳著營私舞弊的傳聞。
□ 運賃を払う。 付運費。	円高に伴い、各社航空運賃の値上げが続いている。 隨著日幣升值，各家航空公司的運載費用持續上漲。
□ 運転士をしている。 當司機。	将来は大型船の運転士になって、世界の海を旅したい。 將來想成為大型船舶的舵手，到世界各地的海上航行。
□ タクシーの運転手。 計程車司機	僕の父は大型トラックの運転手をしています。 我爸爸是大型卡車的司機。
□ エアコンつきの部屋を探す。 找附有冷氣的房子。	部屋を出る時は、電気とエアコンを消してください。 離開房間時，請關掉電燈和冷氣。

Check 1　必考單字	高低重音	詞性、類義詞與對義詞

0118 □□□ ●CD1 / 07
えいきょう
影響 ▸ えいきょう ▸ [名・自サ] 影響

0119 □□□
えいよう
栄養 ▸ えいよう ▸ [名] 營養

0120 □□□
えが
描く ▸ えがく ▸ [他五] 畫，描繪；以…為形式，描寫；想像

0121 □□□
えきいん
駅員 ▸ えきいん ▸ [名] 車站工作人員，站務員

0122 □□□
SF ▸ エスエフ ▸ [名]【science fiction】科學幻想小說

0123 □□□
エッセー ▸ エッセー ▸ [名]【essay】小品文，隨筆；（隨筆式的）短論文

0124 □□□
エネルギー ▸ エネルギー ▸ [名]【(德)energie】能量，能源，精力，氣力
[關] 熱 熱度
ねつ

0125 □□□
えり
襟 ▸ えり ▸ [名]（衣服的）領子；脖頸，後頸；（西裝的）硬領
[關] V ネック／V neck V 字領

0126 □□□
え
得る ▸ える ▸ [他下一] 得，得到；領悟，理解；能夠
[關] 収める 收
おさ

Check 2 　必考詞組	Check 3 　必考例句

□ 影響が大きい。
えいきょう　おお
影響很大。

▶ 野菜の値段が高いのは、先月の台風の影響らしい。
やさい　ねだん　たか　　　　　　せんげつ　たいふう　えいきょう
菜價居高不下的原因可能是上個月颱風來襲的影響。

□ 栄養が足りない。
えいよう　た
營養不足。

▶ 今朝採れたばかりのトマトだから、栄養がたっぷりですよ。
けさと　　　　　　　　　　　　　　　　えいよう
這是今天早上剛採收的番茄，所以含有豐富的營養哦！

□ 人物を描く。
じんぶつ　えが
畫人物。

▶ 結婚に対して、そんなに理想を描かないほうがいいよ。
けっこん　たい　　　　　　　りそう　えが
不要對結婚懷有過度的幻想比較好。

□ 駅員に聞く。
えきいん　き
詢問站務員。

▶ 電車の中に傘の忘れ物があったので、駅員さんに届けた。
でんしゃ　なか　かさ　わす　もの　　　　　えきいん
とど
因為在電車裡發現了別人遺落的傘，所以送去給站務員了。

□ SF映画を見る。
えいが　み
看科幻電影。

▶ 宇宙人や未来都市の出てくるSF小説が大好きです。
うちゅうじん　みらいとし　で　　　　　しょうせつ　だいす
我最喜歡有出現外星人和未來都市的科幻小說了。

□ エッセーを出版する。
しゅっぱん
出版小品文。

▶ 毎週日曜日に新聞に載るエッセーを楽しみにしている。
まいしゅうにちようび　しんぶん　の　　　　　　　たの
我很期待每週日的報紙上刊登的隨筆短文。

□ エネルギーが不足する。
ふそく
能源不足。

▶ 太陽光や水力など、繰り返し使えるエネルギーを再生可能エネルギーという。
たいようこう　すいりょく　　く　かえ　つか
さいせいか　のう
陽光和水力等可重複利用的能源被稱作可再生能源。

□ 襟を立てる。
えり　た
立起領子。

▶ 襟や袖口の汚れは、この石鹸で簡単に落とせます。
えり　そでぐち　よご　　　　　せっけん　かんたん　お
衣領和袖口的污漬可以用這塊肥皂輕鬆洗淨。

□ 利益を得る。
りえき　え
獲得利益。

▶ 成功より失敗した体験から、私たちは多くのものを得る。
せいこう　しっぱい　たいけん　わたし　おお
え
比起成功，從失敗的經驗中我們學到了許多事情。

Check 1 必考單字	高低重音	詞性、類義詞與對義詞
0127 □□□ ～園 えん	▶ えん	▶ [接尾] 園
0128 □□□ 演歌 えんか	▶ えんか	▶ [名] 演歌（現多指日本民間特有曲調哀愁的民謠） [關] 民謡 民謠 <small>みんよう</small>
0129 □□□ 演劇 えんげき	▶ えんげき	▶ [名] 演劇，戲劇 [關] オペラ／（義）opera 歌劇
0130 □□□ エンジニア	▶ エンジニア	▶ [名]【engineer】工程師，技師 [類] 技術者 工程師 <small>ぎじゅつしゃ</small>
0131 □□□ 演奏 えんそう	▶ えんそう	▶ [名・他サ] 演奏 [類] 弾く 彈 <small>ひ</small>
0132 □□□ おい	▶ おい	▶ [感]（對同輩或晚輩使用）打招呼的喂，唉；（表示輕微的驚訝），呀！啊！ [關] あのう 那個
0133 □□□ 老い お	▶ おい	▶ [名] 老；老人 [類] 年寄り 老人 <small>としよ</small>
0134 □□□ 追い越す お こ	▶ おいこす	▶ [他五] 超過，趕過去 [類] 抜く 超過 <small>ぬ</small>
0135 □□□ 応援 おうえん	▶ おうえん	▶ [名・他サ] 援助，支援；聲援，助威 [關] 助ける 援助 <small>たす</small>

□ 弟は幼稚園に通っ
ている。

弟弟上幼稚園。

▶ 明日は保育園の遠足で、動物園に行く予定です。

明天托兒所的遠足預定要去動物園。

□ 演歌歌手になる。

成為演歌歌手。

▶ 社長は演歌が好きだから、君も一曲歌えるように練習しておくといいよ。

因為總經理很喜歡演歌，所以你最好也先練一首哦。

□ 演劇の練習をする。

排演戲劇。

▶ 大学の演劇部では、シェークスピアの劇をやりました。

在大學的話劇社演出了莎士比亞的戲劇。

□ エンジニアを目指している。

立志成為工程師。

▶ 車や飛行機を作る会社でエンジニアとして働きたい。

我想在生產汽車或飛機的公司擔任工程師。

□ 音楽を演奏する。

演奏音樂。

▶ 3時から中央広場でバイオリンの演奏があります。

3點開始在中央廣場有小提琴的演奏。

□ おい、大丈夫か。

喂！你還好吧。

▶ おい、一番前で寝てる君、起きなさい、授業中だぞ。

喂，坐在第一排睡覺的那位，起床了，現在在上課哦。

□ 体の老いを感じる。

感到身體衰老。

▶ 久しぶりに会った父に、親の老いを感じて寂しくなった。

見到了久違的父親，不禁對父母的年邁感到了落寞。

□ 先頭の人を追い越す。

追趕前面的人。

▶ 弟は小さい頃から背が高くて、僕は10歳で追い越されました。

弟弟從小就長得高，我十歲的時候，他的身高已經超過我了。

□ 試合の応援。

為比賽加油

▶ 代表チームには全国から応援メッセージが届けられた。

從全國各地送來了對代表隊的聲援。

Check 1 / 必考單字	高低重音	詞性、類義詞與對義詞

0136 □□□

多く ▸ おおく ▸ [名‧副] 多數，許多；多半，大多
　　　關 沢山　許多

0137 □□□

オーバー（コート） ▸ オーバー／オーバーコート ▸ [名] 【overcoat】大衣，外套，外衣
　　　關 上着　上衣

0138 □□□

オープン ▸ オープン ▸ [名‧自他サ‧形動] 【open】開放，公開；無蓋，敞篷；露天，野外
　　　類 開く　開

0139 □□□ ● CD1 / 08

お帰り ▸ おかえり ▸ [寒暄]（你）回來了

0140 □□□

お帰りなさい ▸ おかえりなさい ▸ [寒暄] 回來了
　　　對 行ってらっしゃい　路上小心

0141 □□□

おかけください ▸ おかけください ▸ [敬] 請坐
　　　類 お座りください　請坐

0142 □□□

可笑しい ▸ おかしい ▸ [形] 奇怪，可笑；不正常
　　　類 面白い　可笑

0143 □□□

お構いなく ▸ おかまいなく ▸ [敬] 不管，不在乎，不介意
　　　類 大丈夫です　沒關係

0144 □□□

起きる ▸ おきる ▸ [自上一]（倒著的東西）起來，立起來；起床；不睡；發生

Check 2 必考詞組 　　　　**Check 3** 必考例句

□ 多くなる。
變多。

▶ 彼は離婚の理由について、多くを語らなかった。
關於離婚的原因，他並沒有透露太多。

□ オーバーを着る。
穿大衣。

▶ 今日は冷えるな。オーバーにマフラー、手袋も必要だ。
今天好冷哦。不但要穿上大衣和圍巾，還得戴上手套。

□ 3月にオープンする。
於三月開幕。

▶ 競争が激しいね。去年オープンした店が、もう閉店だって。
競爭真激烈。去年才開幕的店，現在已經倒閉了。

□ 「ただいま」「お帰り」。
「我回來了」「回來啦」。

▶ 「お母さん、ただいま」「お帰り。学校はどうだった？」
「媽媽，我回來了！」「你回來啦，今天在學校過得如何？」

□ 「ただいま」「お帰りなさい」。
「我回來了」「你回來啦。」

▶ お父さん、お帰りなさい、今日もお疲れ様でした。
爸爸，您回來了！今天辛苦了。

□ どうぞ、おかけください。
請坐下。

▶ 「おじゃまします。」「どうぞ、そちらのいすにおかけください。」
「打擾了。」「請進，這邊請坐。」

□ 胃の調子がおかしい。
胃不太舒服。

▶ 泥棒が慌てて逃げる動画がおかしくて、何度も見てしまう。
小偷倉皇逃跑的動畫十分滑稽，我看了好幾遍。

□ どうぞ、お構いなく。
請不必客氣。

▶ 「お茶とコーヒーとどちらがよろしいですか。」「どうぞお構いなく。」
「請問您要用茶還是咖啡呢？」「不勞您費心。」

□ ずっと起きている。
一直都是醒著。

▶ 今朝はいつもより早く起きて、お弁当を作ってきました。
今天早上比平常早起，還做了便當。

47

Check 1 必考單字	高低重音	詞性、類義詞與對義詞

0145□□□
奥
おく（く）
> [名] 裡頭，深處；裡院；盡頭
> [關] 底 底下

0146□□□
遅れ
おく（くれ）
> [名] 落後，晚；畏縮，怯懦

0147□□□
お元気ですか
おげんきですか
> [寒暄] 你好嗎？
> [類] ご機嫌いかがですか。 您近來可好。

0148□□□
起こす
おこす
> [他五] 扶起；叫醒；引起
> [類] 目を覚ます 叫醒

0149□□□
起こる
おこる
> [自五] 發生，鬧；興起，興盛；（火）著旺
> [類] 起きる 發生

0150□□□
奢る
おごる
> [自五・他五] 奢侈，過於講究；請客，作東
> [類] ご馳走する 請客

0151□□□
押さえる
おさえる
> [他下一] 按，壓；扣住，勒住；控制，阻止；捉住；扣留；超群出眾

0152□□□
お先に
おさきに
> [敬] 先離開了，先告辭了
> [關] 失礼します 告辭了

0153□□□
納める
おさめる
> [他下一] 交，繳納

□ 洞窟の奥。
洞窟深處

奥の部屋で祖父が寝ていますので、お静かに願
▶ います。
爺爺在裡面的房間睡覺，所以請保持安靜。

□ 郵便に二日の遅れ
が出ている。
郵件延遲兩天送達。

踏切で事故があり、電車に 1 時間の遅れが出て
▶ います。
平交道上發生了事故，因此電車延誤了一個小時。

□ ご両親はお元気で
すか。
請問令尊與令堂安好嗎？

先生、お元気ですか。私は今、アフリカにいます。
▶ 老師您最近好嗎？我現在人在非洲。

□ 疑いを起こす。
起疑心。

この子は何度起こしても、またすぐに寝てしま
▶ うんです。
不管叫醒這個孩子多少次，他馬上又睡著了。

□ 事件が起こる。
發生事件。

昨夜、5 歳の女の子が何者かに殺されるという
▶ 事件が起こった。
昨晚發生了一起五歲女童遇害的凶殺案。

□ おごった生活をし
ている。
過著奢侈的生活。

「今日、飲みに行かない？」「奢ってくれるなら
▶ 行こうかな。」
「今天要去喝一杯嗎？」「你請客的話我就去吧。」

□ 耳を押さえる。
搗住耳朵。

その男に口を強く押さえられて、気を失ってし
▶ まったんです。
我被那名男子強行按住口鼻，失去了意識。

□ お先に、失礼しま
す。
我先告辭了。

木村さん、今日は残業なの？悪いけど、私はお
▶ 先に。
木村先生，今天要加班嗎？不好意思，我先走一步了。

□ 税金を納める。
繳納稅金。

40 年間真面目に税金を納めてきた彼に、もっと
▶ 幸せな人生はなかったのか。
難道40年來乖乖納稅的他，不能過上更幸福的人生嗎？

Check 1　必考單字	高低重音	詞性、類義詞與對義詞

0154 □□□

教え
_{おし} ▸ お<u>し</u>え ▸

[名] 教導，指教，教誨；教義
[類] 教育_{きょういく} 教育

0155 □□□

お辞儀
_{じ ぎ} ▸ お<u>じ</u>ぎ ▸

[名・自サ] 行禮，鞠躬，敬禮；客氣
[類] お礼_{れい} 謝意

0156 □□□

お喋り
_{しゃべ} ▸ お<u>しゃ</u>べり ▸

[名・自他サ・形動] 閒談，聊天；愛說話的人，
　　　　　健談的人；愛說話
[關] 会話_{かい わ} 談話

0157 □□□

お邪魔します
_{じゃ ま} ▸ お<u>じゃ</u>ましま<u>す</u> ▸

[敬] 打擾了
[類] 御免_{ご めん}ください 有人在嗎？

0158 □□□ ◉CD1／09

お洒落
_{しゃれ} ▸ お<u>しゃ</u>れ ▸

[名・形動] 打扮漂亮，愛漂亮的人
[關] 格好_{かっ こ}いい 帥

0159 □□□

お世話になり
_{せ わ}ました ▸ お<u>せ</u>わになりま<u>した</u> ▸

[敬] 受您照顧了
[類] お世話様_{せ わさま}でした 謝謝您的照顧

0160 □□□

教わる
_{おそ} ▸ お<u>そ</u>わる ▸

[他五] 受教，跟…學習
[類] 習う 學習 [對] 教_{おし}える 教

0161 □□□

お互い
_{たが} ▸ お<u>たが</u>い ▸

[名] 彼此，互相

0162 □□□

お玉じゃくし
_{たま} ▸ お<u>たま</u>じゃ<u>く</u>し ▸

[名] 圓杓，湯杓；蝌蚪
[關] お玉_{たま} 圓勺

Check 2 必考詞組	**Check 3** 必考例句
□ 神の教えを守る。 謹守神的教誨。	▶ 6歳で柔道を始めてから、先生の教えを守ってきました。 自從我六歲開始學習柔道以來，一直遵循著老師的教誨。
□ お辞儀をする。 行禮。	▶ 受付の女性に丁寧にお辞儀をされて、緊張しました。 當時負責接待的女子鄭重向我鞠躬行禮，讓我十分緊張。
□ おしゃべりに夢中になる。 熱中於閒聊。	▶ 一人暮らしなので、毎日猫とおしゃべりしています。 因為只有一個人住，所以我每天都對貓說話。
□ 「いらっしゃいませ」「お邪魔します」。 「歡迎光臨」「打擾了」	▶ 「お邪魔します。」「狭い所ですが、どうぞお上がりください。」 「打擾了。」「請進。地方簡陋，請多包涵。」
□ お洒落をする。 打扮。	▶ 趣味はおしゃれなレストランでおいしいワインを飲むことです。 我的興趣是在豪華的餐廳裡品嚐美酒。
□ いろいろと、お世話になりました。 感謝您多方的關照。	▶ 手術の際には大変お世話になりました。お陰様で元気になりました。 手術時承蒙您的關照。托您的福，我已經好多了。
□ パソコンの使い方を教わる。 學習電腦的操作方式。	▶ 先生からは、勉強だけでなくものの考え方を教わりました。 從老師身上不僅學到了知識，還學會了如何思考。
□ お互いに愛し合う。 彼此相愛。	▶ ケンカをしても、お互いが損をするだけなのにね。 打架只是讓雙方都吃虧而已。
□ お玉じゃくしでスープをすくう。 用湯杓舀湯。	▶ 卵のスープです。そこのお玉杓子で皆さんに分けてください。 這是蛋花湯。請用那支大湯匙分盛給大家。

Check 1 必考單字	高低重音	詞性、類義詞與對義詞
0163 □□□ おでこ	▶ おでこ	▶ [名] 凸額，額頭突出（的人）；額頭，額骨 [類] 額 額頭
0164 □□□ 大人しい	▶ おとなしい	▶ [形] 老實，溫順；（顏色等）樸素，雅致 [關] 地味 樸素
0165 □□□ オフィス	▶ オフィス	▶ [名]【office】辦公室，辦事處；公司；政府機關 [類] 事務所 辦公室
0166 □□□ オペラ	▶ オペラ	▶ [名]【opera】歌劇 [關] 演劇 演劇
0167 □□□ お孫さん	▶ おまごさん	▶ [名] 孫子，孫女，令孫（「孫」的鄭重說法） [關] 子孫 子孫
0168 □□□ お待ちください	▶ おまちください	[敬] 請等一下 [類] 待ってください 請等一下
0169 □□□ お待ちどおさま	▶ おまちどおさま	▶ [敬] 久等了 [類] お待たせしました 久等了
0170 □□□ おめでとう	▶ おめでとう	▶ [寒暄] 恭喜
0171 □□□ お目に掛かる	▶ おめにかかる	▶ [慣用句]〔謙讓語〕見面，拜會 [類] 会う 見面

Check 2 必考詞組	Check 3 必考例句
□ おでこをぶつける。 撞到額頭。	▶ ハリー君は子どものときからおでこに傷があります。 哈利從小額頭上就有一道傷痕。
□ おとなしい人。 老實人	▶ 普段大人しい人ほど、本当に怒ると怖いという。 平時越是溫和的人，生起氣來就越是恐怖。
□ オフィスにいる。 在辦公室。	▶ 私は営業ですので、オフィスにはほとんどいません。 我是業務員，所以幾乎不會待在辦公室裡。
□ オペラを観る。 觀看歌劇。	▶ このオペラは、歌はもちろん舞台装置も素晴らしい。 這齣歌劇不但歌曲動人，連舞臺裝置都很出色。
□ お孫さんは何人いますか。 您孫子（女）有幾位？	▶ 村田さんの病室にはお孫さんの写真が飾られていた。 村田女士的病房裡擺著孫子的照片。
□ 少々、お待ちください。 請等一下。	▶ 順番にお呼びしますので、こちらでお待ちください。 我們會按順序叫號，請您在此稍等片刻。
□ お待ちどおさま、こちらへどうぞ。 久等了，這邊請。	▶ はい、おまちどおさま。熱いうちに食べてくださいね。 來，讓您久等嘍。請趁熱吃喔。
□ 大学合格、おめでとう。 恭喜你考上大學。	▶ 明けましておめでとうございます。今年もよろしくお願いします。 新年快樂！今年也請多多指教。
□ 社長にお目に掛かりたい。 想拜會社長。	▶ 昨日パーティーで、社長の奥様にお目に掛かりました。 我在昨天的派對上有幸見到總經理夫人了。

Check 1 必考單字	高低重音	詞性、類義詞與對義詞
0172 □□□ 思_{おも}い	▶ おもい	▶ [名]（文）思想，思考；感覺，情感； 　　想念，思念；願望，心願 [類] 考_{かんが}え 思想
0173 □□□ 思_{おも}い描_{えが}く	▶ おもいえがく	▶ [他五] 在心裡描繪，想像 [類] イメージする /image　形象
0174 □□□ 思_{おも}い切_きり	▶ おもいきり	▶ [名·副] 斷念，死心；果斷，下決心；狠 　　狠地，盡情地，徹底的 [關] 一生懸命_{いっしょうけんめい} 盡力
0175 □□□ 思_{おも}い付_つく	▶ おもいつく	▶ [自他五]（突然）想起，想起來 [關] 思_{おも}い出_だす 想起來
0176 □□□ 思_{おも}い出_で	▶ おもいで	▶ [名] 回憶，追憶，追懷；紀念 [關] 記憶_{きおく} 記憶
0177 □□□ 思_{おも}いやる	▶ おもいやる	▶ [他五] 體諒，表同情；想像，推測
0178 □□□ ●CD1/10 思_{おも}わず	▶ おもわず	▶ [副] 禁不住，不由得，意想不到地，下 　　意識地 [類] うっかり 不注意
0179 □□□ お休_{やす}み	▶ おやすみ	▶ [寒暄] 休息；晚安
0180 □□□ お休_{やす}みなさい	▶ おやすみなさい	▶ [寒暄] 晚安 [類] お休_{やす}み 晚安

□ 思_{おも}いにふける。
沈浸在思考中。

▶ 君_{きみ}のその熱_{あつ}い思_{おも}いも、言葉_{ことば}にしなきゃ彼女_{かのじょ}には伝_{つた}わらないよ。
你對她那份熾熱的情感假如不說出口，她可就無從知曉哦！

□ 将来_{しょうらい}の生活_{せいかつ}を思_{おも}い描_{えが}く。
在心裡描繪未來的生活。

▶ 女優_{じょゆう}の道_{みち}は思_{おも}い描_{えが}いていたものとは全_{まった}く違_{ちが}う厳_{きび}しいものだった。
成為女演員的這條路崎嶇難行，和想像中完全不一樣。

□ 思_{おも}い切_きり遊_{あそ}びたい。
想盡情地玩。

▶ 嫌_{いや}なことは、おいしいものを思_{おも}い切_きり食_たべて忘_{わす}れちゃいます。
痛快的大吃一頓，就能把討厭的事情全部忘記了。

□ いいことを思_{おも}いついた。
我想到了一個好點子。

▶ この案_{あん}は彼_{かれ}のものじゃない。最初_{さいしょ}に私_{わたし}が思_{おも}いついたんだ。
這個提案不是他的創意。一開始是我想到的。

□ 思_{おも}い出_でになる。
成為回憶。

▶ 思_{おも}い出_での物_{もの}は全部_{ぜんぶ}捨_すてて、新_{あたら}しい人生_{じんせい}を始_{はじ}めよう。
把具有回憶的物品全部扔掉，開始全新的人生吧！

□ 不幸_{ふこう}な友_{とも}を思_{おも}いやる。
同情不幸的朋友。

▶ 相手_{あいて}を思_{おも}いやる心_{こころ}は人間_{にんげん}だけのものではないそうだ。
據說，並不是只有人類才擁有體貼他人的情感。

□ 思_{おも}わず殴_{なぐ}る。
不由自主地揍了下去。

▶ 今_{いま}だけ半額_{はんがく}っていうから、思_{おも}わず買_かっちゃったわ。
半價優惠只限今天！不要考慮了，趕快買回家吧！

□ 「お休_{やす}み」「お休_{やす}みなさい」。
「晚安！」「晚安！」

▶ 「もしもし、林医院_{はやしいいん}ですか。」「すみません、今日_{きょう}はお休_{やす}みです。」
「喂，請問是林診所嗎？」「不好意思，我們今大休診。」

□ もう寝_ねるよ。お休_{やす}みなさい。
我要睡了，晚安。

▶ 明日_{あす}早_{はや}いから先_{さき}に寝_ねるね。おやすみなさい。
因為明天要早起，我先睡了哦。晚安！

0181□□□

親指
おやゆび

▸ お︀やゆび ▸

[名]（手腳的）的拇指
[關] 指　手指

0182□□□

オリンピック ▸
オ︀リンピック ▸

[名] 奧林匹克

0183□□□

オレンジ
▸ オ︀レンジ ▸

[名]【orange】柳橙，柳丁
[類] みかん　橘子

0184□□□

下ろす／降ろ
す
▸ お︀ろす ▸

[他五]（從高處）取下，拿下，降下，弄
　　下；開始使用（新東西）；砍下
[對] 上げる　提高

0185□□□

御
▸ お︀ん ▸

[接頭] 表示敬意
[類] 御　表示敬意

0186□□□

音楽家
▸ お︀んがくか ▸

[名] 音樂家
[關] 作曲家　作曲家

0187□□□

温度
▸ お︀んど ▸

[名]（空氣等）溫度，熱度
[類] 気温　氣溫

0188□□□

課
▸ か︀ ▸

[名・漢造]（教材的）課；課業；（公司
　　等）課，科
[關] 部　部

0189□□□

～日
▸ か ▸

[漢造] 表示日期或天數

□ 手の親指。
手的大拇指

▶ 親指でこのボタンをしっかり押してください。
請用拇指用力按下這個按鈕。

□ オリンピックに出る。
參加奧運。

▶ オリンピックは、スポーツを通して世界平和を願うお祭りです。
奧林匹克運動會是藉由運動以促進世界和平的盛會。

□ オレンジ色。
橘黃色

▶ コーヒーと紅茶、オレンジジュースがありますが、何になさいますか。
有咖啡、紅茶和柳橙汁，請問您想喝哪一種呢？

□ 車から荷物を降ろす。
從卡車上卸下貨。

▶ パソコンを買うために、銀行から20万円下ろした。
為了買電腦而從銀行領了二十萬圓。

□ 御礼申し上げます。
致以深深的謝意。

▶ この度は当社の研究にご協力頂き、厚く御礼申し上げます。
此次承蒙鼎力協助敝公司之研究項目，深表感謝。

□ 音楽家になる。
成為音樂家。

▶ このコンサートには世界中から有名な音楽家が集まっている。
這場音樂會有來自世界各地的著名音樂家共襄盛舉。

□ 温度が下がる。
溫度下降。

▶ 環境のため、エアコンの設定温度を守ってください。
為了環保，請遵守空調的設定溫度。

□ 会計課で納付する。
到會計課繳納。

▶ 期末試験を欠席した学生は学生生活課に来ること。
期末考試缺考的同學，請到學生事務處集合。

□ 四月二十日。
四月二十日

▶ 来月3日から8日までフランスに出張します。
我下個月的三號到八號要去法國出差。

57

Check 1 必考單字	高低重音	詞性、類義詞與對義詞

0190 □□□

～下 ▸ か ▸ [漢造]下面；屬下；低下；下，降

0191 □□□

化 ▸ か ▸ [漢造] 化學的簡稱；變化

0192 □□□

科 ▸ か ▸ [名・漢造]（大專院校）科系；（區分種類）科

0193 □□□

家 ▸ か ▸ [漢造] 家庭；家族；專家

0194 □□□

歌 ▸ か ▸ [漢造] 唱歌；歌詞
[類] 唄 歌

0195 □□□

カード ▸ カード ▸ [名]【card】卡片；撲克牌；圖表
[關] 券 票

0196 □□□

カーペット ▸ カーペット ▸ [名]【carpet】地毯
[類] 絨毯 地毯

0197 □□□

会 ▸ かい ▸ [名] 會議，集會；會；相會；集會；領會；時機
[類] 集まり 集會

0198 □□□

会 ▸ かい ▸ [漢造] …會
[關] 組合 組合

Check 2　必考詞組	Check 3　必考例句
□ 支配下。 しはいか 在支配之下。	▶ 18 世紀のブラジルはポルトガルの支配下にあった。 せいき　　　　　　　　　　　　しはいか 十八世紀的巴西隸屬於葡萄牙的統治。
□ 小説を映画化する。 しょうせつ　えいがか 把小說改成電影。	▶ 少子高齢化は多くの国で深刻な社会問題となっている。 しょうしこうれいか　　おお　　くに　しんこく　しゃかいもんだい 少子化和高齢化在許多國家已成為嚴重的社會問題。
□ 英文科の学生。 えいぶんか　　がくせい 英文系的學生	▶ 英米文学科を卒業して、今は通訳の仕事をしています。 えいべいぶんがくか　そつぎょう　　いま　つうやく　しごと 從英美語文學系畢業後，現在正從事翻譯工作。
□ 芸術家にあこがれる。 げいじゅつか 嚮往當藝術家。	▶ 上野の美術館は有名な建築家によって設計された。 うえの　びじゅつかん　ゆうめい　けんちくか　　　　せっけい 上野美術館是由著名的建築師設計的。
□ 流行歌を歌う。 りゅうこうか　うた 唱流行歌。	▶ 金メダルを胸にして聴く国歌は最高だろうなあ。 きん　　　　むね　　　き　こっか　さいこう 胸前掛著金牌時聽到的國歌是最讓人感動的吧！
□ カードを切る。 き 洗牌。	▶ 買い物の支払いはこのカードでお願いします。 か　もの　しはら　　　　　　　　ねが 購物結帳時請刷這張卡。
□ カーペットを敷く。 し 撲地毯。	▶ 壁紙もカーテンもカーペットも私の好きな緑色にしました。 かべがみ　　　　　　　　　　わたし　す　みどりいろ 壁紙、窗簾和地毯都選了我喜歡的綠色。
□ 会に入る。 かい　はい 入會。	▶ 野鳥の会に入って、週末は山で鳥の観察をしています。 やちょう　かい　はい　しゅうまつ　やま　とり　かんさつ 加入野鳥協會後，週末都在山上觀察鳥類。
□ 展覧会が終わる。 てんらんかい　お 展覽會結束。	▶ 夫は毎年会社を休んで、子どもたちの運動会に行きます。 おっと　まいとしかいしゃ　やす　　こ　　　　　うんどうかい 我先生每年都會向公司請假去看兒子的運動會。

Check 1 必考單字	高低重音	詞性、類義詞與對義詞

0199□□□ ● CD1 11
かいけつ
解決 ▸ か|いけつ ▸ [名・自他サ] 解決，處理
類 片付ける 處理
かた づ

0200□□□
かいさつぐち
改札口 ▸ か|いさつぐち ▸ [名] （火車站等）剪票口
關 出入り口 出入口
で い ぐち

0201□□□
かいしゃいん
会社員 ▸ か|いしゃ|いん ▸ [名] 公司員工
類 サラリーマン／ salaryman 上班族

0202□□□
かいしゃく
解釈 ▸ か|いしゃく ▸ [名・他サ] 解釋，理解，說明
類 説明 解釋
せつめい

0203□□□
かいすうけん
回数券 ▸ か|いす|うけん ▸ [名] 票本（為省去零張購買而將票券裝訂成的本子）；（車票等的）回數票
關 乗車券 車票
じょうしゃけん

0204□□□
かいそく
快速 ▸ か|いそく ▸ [名・形動] 快速，高速度
關 スピード／ speed 速度

0205□□□
かいちゅうでんとう
懐中電灯 ▸ か|いちゅうでん
とう ▸ [名] 手電筒
關 電球 燈泡
でんきゅう

0206□□□
か
飼う ▸ か|う ▸ [他五] 飼養（動物等）
類 育てる 養育
そだ

0207□□□
かい ご し
補 介護士 ▸ か|いごし ▸ [名] 專門照顧身心障礙者日常生活的專門技術人員
關 看護師 護士
かん ご し

□ 疑問が解決する。
疑點得到解決。

▶ あなたの情報のおかげで、事件は無事解決できました。
多虧了你的情報，事件才能順利解決。

□ 改札口で改札する。
在剪票口剪票。

▶ 駅の改札口を出たところで、3時に待ち合わせをしましょう。
我們三點在出了車站檢票口的地方見面吧。

□ 会社員になる。
當公司職員。

▶ 父は食品会社の会社員、母は中学校の音楽の教師です。
我爸爸是食品公司的職員，媽媽是中學的音樂老師。

□ 正しく解釈する。
正確的解釋。

▶ 社長の「私が責任をとる」という言葉はどう解釈すればいいのか。
我們該怎麼理解總經理說的那句「我會負起全責」呢。

□ 回数券を買う。
買回數票。

▶ 月に1回病院に通うために、バスの回数券を買っています。
因為每個月要去醫院一次，所以我買了巴士的回數票。

□ 快速電車に乗る。
搭乘快速電車。

▶ その駅は快速が停まらないので、次の駅で乗り換えてください。
快速列車不會停靠那一站，所以請在下一站換車。

□ 懐中電灯が必要だ。
需要手電筒。

▶ 停電になった時、懐中電灯が見つからなくて困った。
停電那時候找不到手電筒，很傷腦筋。

□ 豚を飼う。
養豬。

▶ マンションで犬が飼えないので、小鳥と魚を飼っています。
因為公寓不能養狗，所以我養了小鳥和魚。

□ 介護士の仕事内容。
看護的工作內容

▶ 介護士の資格を取って、老人ホームで働きたい。
我想考取看護人員的證照，去養老院工作。

Check 1 / 必考單字	高低重音	詞性、類義詞與對義詞

0208 □□□

替える／換える／代える／変える
▶ かえる
▶ [他下一] 改變；變更，交換
類 取り替える 交換

0209 □□□

返る
▶ かえる
▶ [自五] 復原；返回；回應
類 戻る 返回

0210 □□□

画家
▶ がか
▶ [名] 畫家
關 芸術家 藝術家

0211 □□□

化学
▶ かがく
▶ [名] 化學
關 物理学 物理學

0212 □□□

化学反応
▶ かがくはんのう
▶ [名] 化學反應
關 反応 反應

0213 □□□

踵
▶ かかと
▶ [名] 腳後跟
關 足首 腳踝

0214 □□□

罹る
▶ かかる
▶ [自五] 生病；遭受災難

0215 □□□

書留
▶ かきとめ
▶ [名] 掛號郵件
關 速達 快遞

0216 □□□

書き取り
▶ かきとり
▶ [名・自サ] 抄寫，記錄；聽寫，默寫
關 書く 寫

Check 2 必考詞組	Check 3 必考例句
□ 円をドルに替える。 日圓換美金。	今回の事故の責任を取って、会社は社長を代えるべきだ。 公司應該更換董事長以負起這起事故的責任。
□ 貸したお金が返る。 收回借出去的錢。	何度もメールをしているんですが、返事が返って来ないんです。 我已經寄了好幾封信給他，但是都沒有收到回信。
□ 画家になる。 成為畫家。	日本でも有名な「ひまわり」は、画家ゴッホの代表作だ。 在日本也相當知名的〈向日葵〉是畫家梵谷的代表作。
□ 化学を専攻する。 主修化學。	化学の実験は、結果が出るまで何度でも繰り返し行います。 化學實驗在得到結果之前，必須重覆進行好幾次。
□ 化学反応が起こる。 起化學反應。	全く違うタイプの俳優二人が、舞台上で演じて不思議な化学反応が起こった。 兩個完全不同類型的演員，在舞臺上產生了不可思議的化學反應（在舞台上擦出了不可思議的火花）。
□ 踵がはれる。 腳後跟腫起來。	彼女は派手なドレスを着て、かかとの高い靴を履いていた。 她穿著華麗的裙子和高跟的靴子。
□ 病気にかかる。 生病。	忘れないよう、壁にかかっているカレンダーに印をつけた。 於掛在牆上的行事曆做了記號以提醒自己不要忘記。
□ 書留で郵送する。 用掛號信郵寄。	裁判所からの書類が書留郵便で送られて来た。 法院的文件是用掛號信寄來的。
□ 書き取りのテスト。 聽寫測驗	漢字がどうしても覚えられなくて、書き取りの試験は苦手だ。 漢字怎麼樣都背不起來，很害怕聽寫考試。

Check 1 必考單字	高低重音	詞性、類義詞與對義詞
0217 □□□ 各〜 かく	▶ かく	▶ [接頭] 各，每人，每個，各個
0218 □□□ 掻く か	▶ かく	▶ [他五]（用手或爪）搔，撥；拔，推；攪 拌，攪和 [關] 擦る 摩擦 こす
0219 □□□ 嗅ぐ か	▶ かぐ	▶ [他五]（用鼻子）聞，嗅 [關] 臭う 發臭 にお
0220 □□□ 家具 か ぐ	▶ かぐ	▶ [名] 家具 [關] たんす 衣櫥
0221 □□□ ◎CD1/12 各駅停車 かくえきていしゃ	▶ かえきていしゃ	▶ [名] 指列車每站都停，普通車 [關] 普通 普通 ふつう
0222 □□□ 隠す かく	▶ かくす	▶ [他五] 藏起來，隱瞞，掩蓋 [類] 覆う 蓋上 おお
0223 □□□ 確認 かくにん	▶ かくにん	▶ [名・他サ] 證實，確認，判明 [類] 確かめる 確認 たし
0224 □□□ 学費 がく ひ	▶ がくひ	▶ [名] 學費 [類] 授業料 學費 じゅぎょうりょう
0225 □□□ 学歴 がくれき	▶ がくれき	▶ [名] 學歷 [關] 経歴 經歷 けいれき

Check 2 必考詞組

☐ 各国を周遊する。
周遊列國。

☐ 頭を掻く。
搔起頭來。

☐ 花の香りをかぐ。
聞花香。

☐ 家具を置く。
放家具。

☐ 各駅停車の電車に乗る。
搭乗各站停車的列車。

☐ 過ちを隠す。
掩飾自己的錯誤。

☐ 確認を取る。
加以確認。

☐ アルバイトで学費を稼ぐ。
打工賺取學費。

☐ 学歴が高い。
學歷高。

Check 3 必考例句

▶ 番組では各方面の専門家たちによる議論が続いた。
各個領域的幾位專家在電視節目中繼續進行討論。

▶ 汚れた犬は、道に座ると後ろ足で首の辺りを掻き始めた。
那隻髒狗一坐在路上，就開始用後腿在脖子周圍抓癢了。

▶ 警察犬はにおいを嗅いで、犯人を見つけることができる。
警犬可以透過嗅聞氣味而找到嫌犯。

▶ リビングにはイタリア製の高級家具が並んでいた。
客廳裡擺放著義大利製造的高級家具。

▶ 快速は混むから、各駅停車でゆっくり行きませんか。
快速列車上面擠滿了人，我們不能搭慢車優哉游哉前往目的地嗎？

▶ ビデオに映っていた男は、帽子で顔を隠していた。
影片中拍到的男子用帽子遮住了臉。

▶ 契約の際は、住所と名前の確認できる書類をお持ちください。
簽合約的時候，請攜帶能夠核對住址和姓名的文件。

▶ 当校には、成績優秀者は学費が半額になる制度があります。
本校有「成績優異學生得以減半學費」的制度。

▶ 彼には学歴はないが、それ以上の才能とやる気がある。
他雖然沒有學歷，但有超越學歷的才能和幹勁。

Check 1 / 必考單字	高低重音	詞性、類義詞與對義詞
0226 □□□ 隠れる <small>かく</small>	▸ か̄くれる	[自下一] 躲藏，隱藏；隱遁；不為人知， 　　潛在的 關 隠す<small>かく</small> 隱藏
0227 □□□ 歌劇 <small>か げき</small>	▸ か̄げき	[名] 歌劇 關 演劇<small>えんげき</small> 演劇
0228 □□□ 掛け算 <small>か ざん</small>	▸ か̄けざん	[名] 乘法 關 割り算<small>わ</small> 除法<small>ざん</small>
0229 □□□ 掛ける <small>か</small>	▸ か̄ける	[他下一・接尾] 坐；懸掛；蓋上，放上；放在… 　　之上；提交；澆；開動；花費； 　　寄託；鎖上；(數學)乘 關 かかる 掛上 關 割る<small>わ</small> (數學) 除
0230 □□□ 囲む <small>かこ</small>	▸ か̄こむ	[他五] 圍上，包圍；圍攻；下(圍棋)
0231 □□□ 重ねる <small>かさ</small>	▸ か̄さねる	[他下一] 重疊堆放；再加上，蓋上；反 　　覆，重複，屢次 關 積む<small>つ</small> 堆積
0232 □□□ 飾り <small>かざ</small>	▸ か̄ざり	[名] 裝飾(品) 關 アクセサリー／ accessory 裝飾品
0233 □□□ 貸し <small>か</small>	▸ か̄し	[名] 借出，貸款；貸方；給別人的恩惠 對 借り<small>か</small> 借款
0234 □□□ 貸し賃 <small>か ちん</small>	▸ か̄しちん	[名] 租金，賃費 關 家賃<small>やちん</small> 房租 對 借り賃<small>かちん</small> 欠債

□ 隠れた才能。 被隱沒的才能	▶ そこに隠れているのは誰だ？諦めて出て来なさい。 是誰躲在那裡？不用躲了，快點出來。
□ 歌劇に夢中になる。 沈迷於歌劇。	▶ 女性の悲劇を描いた歌劇は、何度観ても涙が出る。 那齣描述女性悲劇的歌劇，不管看幾遍都會流下眼淚。
□ 九九の掛け算表。 九九乘法表	▶ 7人の人に5個ずつ？それは掛け算を使う問題でしょ。 總共七個人，每個人五個？這是使用乘法的問題吧。
□ 椅子に掛ける。 坐下。	▶ その部屋のテーブルには美しい布が掛けてあった。 那個房間的桌子上鋪著一塊漂亮的布。
□ 自然に囲まれる。 沐浴在大自然之中。	▶ 祖父は、最後まで家族に囲まれて、幸せな人生だったと思う。 爺爺直到臨終前都有家人隨侍在側，我想，爺爺應該走完了幸福的一生。
□ 本を3冊重ねる。 把三本書疊起來。	▶ 職場が寒いので、セーターを何枚も重ねて着ています。 因為辦公室很冷，所以我穿了好幾件毛衣。
□ 飾りをつける。 加上裝飾。	▶ 彼女は大きな羽飾りのついた帽子を被っていました。 她戴了一頂帶有大羽毛裝飾的帽子。
□ 貸しがある。 有借出的錢。	▶ 以前助けてやったのを忘れたのか。君には一つ貸しがあるぞ。 你忘記我以前幫過你嗎？我曾經借了一筆錢給你耶！
□ 貸し賃が高い。 租金昂貴。	▶ マンションを人に貸して、貸し賃で生活しています。 我把公寓租給別人，靠著收租金過日子。

あ **か** さ た な は ま や ら わ

かくれる～かしちん

Check 1 必考單字	高低重音	詞性、類義詞與對義詞

0235 □□□
歌手
かしゅ
▶ かしゅ ▶
[名] 歌手，歌唱家
[關] 歌姫 女歌手

0236 □□□
箇所
かしょ
▶ かしょ ▶
[名・接尾] （特定的）地方；（助數詞）處
[類] 場所 地方

0237 □□□
数
かず
▶ かず ▶
[名] 數，數目；多數，種種
[關] 量 量

0238 □□□
ガス料金
りょうきん
▶ ガスりょうきん ▶
[名] 瓦斯費
[關] 光熱費 水電瓦斯費

0239 □□□
カセット
▶ カセット ▶
[名]【cassette】小暗盒；（盒式）錄音磁帶，錄音帶
[關] CD 光碟

0240 □□□
数える
かぞ
▶ かぞえる ▶
[他下一] 數，計算；列舉，枚舉
[類] 計算する 計算

0241 □□□
肩
かた
▶ かた ▶
[名] 肩，肩膀；（衣服的）肩
[關] 首 脖子

0242 □□□
型
かた
▶ かた ▶
[名] 模子，形，模式；樣式
[類] タイプ／type 類型

0243 □□□
固い／堅い
かた　かた
／硬い
かた
▶ かたい ▶
[形] 硬的，堅固的；堅決的；生硬的；嚴謹的，頑固的；一定，包准；可靠的

Check 2 必考詞組	Check 3 必考例句
□ 歌手になりたい。 我想當歌手。	▶ 私は歌手の後ろで踊るバックダンサーをしています。 我的工作是在歌手後面伴舞的舞者。
□ 一箇所間違える。 一個地方錯了。	▶ 次の文の間違っている箇所に下線を引きなさい。 請在以下文章的錯誤處畫底線。
□ 数が多い。 數目多。	▶ 小さい頃、お風呂で母と一緒に100まで数を数えました。 小時候曾和媽媽在浴室裡從一數到一百。
□ ガス料金を払う。 付瓦斯費。	▶ 君はシャワーのお湯を使い過ぎだよ。ガス料金が以前の2倍だ。 你淋浴時用太多熱水了啦！瓦斯費是以前的兩倍耶！
□ カセットに入れる。 錄進錄音帶。	▶ カセットに入っていた音楽をパソコンにコピーしました。 我將錄音帶中的音樂複製到電腦裡了。
□ 人数を数える。 數人數。	▶ 参加希望者の人数を数えて、全員に招待状を用意します。 計算有意參加者的人數後，準備發邀請函給大家。
□ 肩が凝る。 肩膀痠痛。	▶ 肩の出たワンピースがよく似合って、眩しいくらいだ。 露肩洋裝很適合妳，看起來光豔動人。
□ 型をとる。 模壓成型。	▶ この型のバイクは1980年代に流行ったものです。 這種款式的機車曾於1980年代風靡一時。
□ 頭が固い。 死腦筋。	▶ 酷く緊張しているのか、画面の男の表情は硬かった。 不知道是不是因為非常緊張，畫面中的男子表情很僵硬。

Check 1 必考單字	高低重音	詞性、類義詞與對義詞

0244 □□□ ● CD1 13

課題 ▸ か だい ▸ [名] 提出的題目；課題，任務

0245 □□□

片付く ▸ か たづく ▸ [自五] 收拾，整理好；得到解決，處裡好；出嫁
圞 纏まる 解決

0246 □□□

片付け ▸ か たづけ ▸ [名] 整理，整頓，收拾
類 整理 整理

0247 □□□

片付ける ▸ か たづける ▸ [他下一] 收拾，打掃；解決
類 しまう 收藏

0248 □□□

片道 ▸ か たみち ▸ [名] 單程，單方面
對 往復 來回

0249 □□□

勝ち ▸ か ち ▸ [名] 勝利
類 勝利 勝利 對 負け 敗北

0250 □□□

かっこいい ▸ か っこいい ▸ [連語] 真棒，真帥（年輕人用語）
圞 すばらしい 極好

0251 □□□

カップル ▸ カ ップル ▸ [名]【couple】一對；一對男女，一對情人，一對夫妻
圞 コンビ／ combination 之略 搭檔

0252 □□□

活躍 ▸ か つやく ▸ [名・自サ] 活躍

Check 2 必考詞組	**Check 3** 必考例句
□ 課題を仕上げる。 完成作業。	▶ 課題の提出期限さえ守れば、単位はもらえるそうだ。 據說只要準時繳交報告，就可以得到學分了。
□ 仕事が片付く。 做完工作。	▶ この仕事が片付いたら、一度休みをとって旅行にでも行きたい。 完成這項工作之後，我想休假一陣子去旅行。
□ 片付けをする。 整理。	▶ 昨日は雨だったので、ドライブはやめて部屋の片付けをしました。 因為昨天下雨，所以我沒有出門開車兜風，而是在家整理房間。
□ 教室を片付ける。 整理教室。	▶ 使った食器は洗って、食器棚に片付けておいてください。 請把用過的餐具洗乾淨，然後放在餐具櫃裏。
□ 片道の電車賃。 單程的電車費。	▶ 夫の実家までは車で片道4時間もかかるんです。 前往丈夫的老家，光是單趟車程就要花上四個小時了。
□ 勝ちを得る。 獲勝。	▶ 相手に勝ちを譲ることで、本当の勝利を得ることもある。 有時候讓對方贏才是真正的勝利。
□ かっこいい人。 很帥的人	▶ 幸子のお兄ちゃんって、ほんとにかっこいいよね。 幸子的哥哥真的好帥哦。
□ お似合いなカップル。 相配的一對	▶ カップルでご来店のお客様にはワインをサービス致します。 攜伴光顧的貴賓，本店將贈送紅酒一支。
□ 試合で活躍する。 在比賽中很活躍。	▶ これは体の小さい主人公がサッカー選手として活躍する話です。 這是個身材瘦小的主角成為足球選手並大放異彩的故事。

Check 1　必考單字	高低重音	詞性、類義詞與對義詞

0253 □□□

家庭科　かていか
▸ かていか

▸ [名]（中小學學科一）家事，家政

0254 □□□

家電製品　かでんせいひん
▸ かでんせいひん

[名] 家用電器
[關] 電気製品　電器用品

0255 □□□

悲しみ　かなしみ
▸ かなしみ

▸ [名] 悲哀，悲傷，憂愁，悲痛
[關] 痛み　疼痛

0256 □□□

金槌　かなづち
▸ かなづち

▸ [名] 釘錘，榔頭；旱鴨子

0257 □□□

かなり
▸ かなり

[名・形動・副] 相當，頗
[類] 随分　相當

0258 □□□

金　かね
▸ かね

[名] 金屬；錢，金錢
[類] 銭　錢

0259 □□□

可能　かのう
▸ かのう

[名・形動] 可能
[類] できる　能夠

0260 □□□

黴　かび
▸ かび

[名] 霉
[關] 細菌　細菌

0261 □□□

構う　かまう
▸ かまう

▸ [自他五] 介意，顧忌，理睬；照顧，招待；調戲，逗弄；放逐

Check 2 必考詞組	Check 3 必考例句
□ 家庭科を学ぶ。 學家政課。	▶ 学校の家庭科の授業で、ハンバーグとスープを作った。 在學校家政課的課堂上做了漢堡並煲了湯。
□ 家電製品であふれる。 充滿過多的家電用品。	▶ 電気屋の家電製品売り場で、冷蔵庫や洗濯機を見るのが好きです。 我喜歡在電器行的家電區看冰箱和洗衣機。
□ 悲しみを感じる。 感到悲痛。	▶ 子を失った母親の悲しみの深さは、私には想像できない。 我無法想像失去孩子的母親有多麼悲痛。
□ 金槌で釘を打つ。 用槌頭敲打釘子。	▶ 本棚を作ったが、金槌で釘を打つより指を打つ方が多かった。 雖然書架做好了，但是槌子敲到手的次數，遠比敲在釘子上來得多。
□ かなり疲れる。 相當疲憊。	▶ 事故当時、車はかなりスピードを出していたようだ。 事故發生時這輛車似乎開得飛快。
□ 金がかかる。 花錢。	▶ 昔から、若いうちの苦労は金を払ってでもしろという。 自古至今流傳著一句話：年少吃得苦中苦，日後方為人上人。
□ 可能な範囲で。 在可能的範圍內。	▶ 契約して頂けるのでしたら、可能な限り、御社の条件に合わせます。 只要能與敝公司簽約，我們會盡己所能來配合貴公司的要求。
□ かびが生える。 發霉。	▶ 冷蔵庫の奥からかびの生えたパンが出てきた。 從冰箱最裡面挖出了發霉的麵包。
□ 服装に構わない。 不修邊幅。	▶ 私は言いたいことを言うよ。ネットで叩かれたって構うもんか。 我愛說什麼就說什麼！就算會被網民砲轟我也不管啦！

Check 1 必考單字	高低重音	詞性、類義詞與對義詞

0262 □□□
がまん
我慢 ▶ がまん ▶ [名・他サ] 忍耐，克制，將就，原諒；
（佛）饒恕

0263 □□□
がまんづよ
我慢強い ▶ がまんづよい ▶ [形] 忍耐性強，有忍耐力
[關] しぶとい　有耐性

0264 □□□
かみ　け
髪の毛 ▶ かみのけ ▶ [名] 頭髮
[類] 毛髮　毛髮

0265 □□□ ● CD1 / 14
ガム ▶ ガム ▶ [名]【(荷)gom】口香糖；樹膠
　　　　　　　　あめ
[類] 飴　糖果

0266 □□□
カメラマン ▶ カメラマン ▶ [名]【cameraman】攝影師；（報社、雜
誌等）攝影記者
しゃしん か
[類] 写真家　攝影師

0267 □□□
が　めん
画面 ▶ がめん ▶ [名]（繪畫的）畫面；照片，相片；
（電影等）畫面，鏡頭

0268 □□□
かもしれない ▶ かもしれない ▶ [連語] 也許，也未可知
[關] あるいは　或是

0269 □□□
かゆ
粥 ▶ かゆ ▶ [名] 粥，稀飯
しろがゆ
[關] 白粥　粥

0270 □□□
かゆ
痒い ▶ かゆい ▶ [形] 癢的
いた
[關] 痛い　痛的

□ 我慢ができない。

不能忍受。

▶ 気分が悪いときは、我慢しないで休んでくださいね。

不舒服的時候請不要忍耐，好好休息哦。

□ 本当にがまん強い。

有耐性。

▶ 客に何を言われても怒らない我慢強い人を求めています。

我們正在招募極具耐性，能夠忍受顧客一切無理要求的員工。

□ 髪の毛を切る。

剪髮。

▶ 落ちていた一本の髪の毛から、犯人が分かったそうだ。

據說已經從掉在現場的一根頭髮，查出兇手是誰了。

□ ガムを噛む。

嚼口香糖。

▶ 噛み終わったガムは、紙に包んで捨ててください。

嚼完的口香糖，請用紙包好扔掉。

□ アマチュアカメラマン。

業餘攝影師。

▶ 戦争の写真を撮るカメラマンになって、世界平和に貢献したい。

我想成為記錄戰爭的戰地攝影師，為世界和平做出貢獻。

□ 画面を見る。

看畫面。

▶ スマホの画面を見ながら歩く「ながらスマホ」は禁止です。

禁止「邊走邊滑」邊看手機螢幕邊走路。

□ あなたの言う通りかもしれない。

或許如你說的。

▶ 妻と大喧嘩をした。私たちはもうだめかもしれない。

和妻子大吵了一架。我們可能已經走到盡頭了吧。

□ 粥を炊く。

煮粥。

▶ 熱を出して寝ていたら、彼女が来て、お粥を作ってくれた。

在我發燒睡著的時候，她來了，並幫我煲了粥。

□ 頭が痒い。

頭部發癢。

▶ ちょっとでも卵を食べると、体中が痒くなるんです。

只要一吃雞蛋，身體就會發癢。

Check 1 必考單字	高低重音	詞性、類義詞與對義詞

0271 □□□

カラー ▸ カラー ▸ [名]【color】色，彩色；（繪畫用）顏料
[類] 色 顏色

0272 □□□

借り ▸ かり ▸ [名] 借，借入；借的東西；欠人情；怨恨，仇恨
[關] 借りる 借 [對] 貸し 借出

0273 □□□

歌留多／
加留多 ▸ かるた ▸ [名] 紙牌，撲克牌；寫有日本和歌的紙牌
[類] カード／ card 卡片

0274 □□□

皮 ▸ かわ ▸ [名] 皮，表皮；皮革
[關] 皮膚 皮膚

0275 □□□

乾かす ▸ かわかす ▸ [他五] 曬乾；晾乾；烤乾
[關] 乾く 乾燥 [對] 濡れる 淋溼

0276 □□□

乾く ▸ かわく ▸ [自五] 乾，乾燥
[關] 枯れる 枯萎

0277 □□□

渇く ▸ かわく ▸ [自五] 渇，乾渴；渴望，內心的要求

0278 □□□

代わる ▸ かわる ▸ [自五] 代替，代表，代理
[關] 代える 代替

0279 □□□

替わる ▸ かわる ▸ [自五] 更換；交替
[類] 交替する 交替

Check 2	必考詞組	Check 3	必考例句

□ 地域のカラーを出す。
有地方特色。

▶ こちらのパソコン、カラーは白、黒、銀色があります。
這邊電腦機殼的顏色有白色、黑色和銀色。

□ 借りを返す。
還人情。

▶ あの時助けてもらって、あなたには借りがあると思っています。
那時候你幫助了我，我知道自己欠你一份人情。

□ 歌留多で遊ぶ。
玩日本紙牌。

▶ お正月に、家族みんなでかるたをして遊びました。
過年期間，全家人聚一起玩了紙牌。

□ 皮をむく。
剝皮。

▶ 餃子の皮に果物を包んで揚げるお菓子が流行っている。
現在很流行在餃子皮裡包入水果餡後油炸的甜點。

□ 洗濯物を乾かす。
曬衣服。

▶ 食器は乾燥機で乾かしてから、食器棚にしまいます。
餐具經過乾燥機烘乾之後，再放進餐具櫃裡。

□ 土が乾く。
地面乾。

▶ 今年の冬はほとんど雨が降らず、空気が乾いている。
今年冬天幾乎沒有下雨，空氣十分乾燥。

□ のどが渇く。
口渴。

▶ 喉が渇いたな。ちょっと冷たいコーヒーでも飲もうか。
口好渴哦。要不要來喝杯冰咖啡？

□ 運転を代わる。
交替駕駛。

▶ 今日は早く帰っていいよ。その代わり、明日がんばってね。
今天可以早點回去。不過明天要繼續加油哦！

□ 石油に替わる燃料。
替代石油的燃料。

▶ 社長が先月亡くなり、息子が替わって社長になった。
總經理上個月過世了，由他的兒子繼任了總經理的職位。

Check 1　必考單字	高低重音	詞性、類義詞與對義詞

0280 □□□

か
換わる　▸　かわる　▸

[自五] 更換，更替
[關] こうかん
交換する　交換

0281 □□□

か
変わる　▸　かわる　▸

[自五] 變化；與眾不同；改變時間地點，
　　　遷居，調任
[類] か
変える　改變

0282 □□□

かん
缶　▸　かん　▸

[名] 罐子
[關] バケツ　水桶

0283 □□□

かん
刊　▸　かん　▸

[漢造] 刊，出版

0284 □□□

かん
間　▸　かん　▸

[名・接尾] 間，機會，間隙
[關] き　かん
期間　間

0285 □□□

かん
館　▸　かん　▸

[漢造] 旅館；大建築物或商店
[關] ホール／hall　大廳

0286 □□□

かん
感　▸　かん　▸

[名・漢造] 感覺，感動；感
[關] かん
感じ　感覺

0287 □□□ ●CD1 15

かん
観　▸　かん　▸

[名・漢造] 觀感，印象，樣子；觀看；觀
　　　點

0288 □□□

かん
巻　▸　かん　▸

[名・漢造] 卷，書冊；（書畫的）手卷；
　　　卷曲
[類] さつ
冊　冊

Check 2 必考詞組	Check 3 必考例句
☐ 教室が換わる。 換教室。	▶ おなかの大きな女性が乗って来たので、席を換わった。 有位挺著大肚子的女士上了車，所以我換去後面坐。
☐ 考えが変わる。 改變想法。	▶ 久しぶりに帰った故郷の町は、すっかり様子が変わっていた。 好久沒回故鄉，鎮上的樣貌完全不一樣了。
☐ 缶詰にする。 做成罐頭。	▶ 瓶や缶は再利用するので、資源ごみとして出してください。 因為瓶罐可回收利用，所以請丟到資源回收箱。
☐ 朝刊と夕刊。 早報跟晚報	▶ 今日発売の週刊誌を買って、好きな芸能人の記事を探した。 我買了今天發售的週刊雜誌，尋找我喜歡的藝人的報導。
☐ 五日間の旅行。 五天的旅行	▶ 新幹線で、東京大阪間は2時間20分です。 東京和大阪之間搭乘新幹線的話需要兩小時二十分鐘。
☐ 博物館を見学する。 參觀博物館。	▶ 休みの日は、美術館や博物館を回ることが多いです。 假日我經常去美術館或博物館。
☐ 解放感に包まれる。 充滿開放感。	▶ 彼女は責任感が強いので、リーダーにぴったりだ。 她富有很強的責任感，很適合擔任隊長。
☐ 人生観が変わる。 改變人生觀。	▶ 結婚相手は、価値観が同じ人を選ぶと失敗しませんよ。 結婚對象若能找個價值觀相同的人，就不會離婚哦。
☐ 全三巻の書物。 共三冊的書	▶ こちらの本は上巻、下巻合わせて4800円になります。 這本書上下冊合售總共4800圓。

Check 1 必考單字	高低重音	詞性、類義詞與對義詞

0289 □□□
かんが
考え ▸ かんがえ ▸ [名]思考，想法，念頭，意見，主意；觀念，信念；考慮；期待，願望；決心
關 思い おも 想法

0290 □□□
かんきょう
環境 ▸ かんきょう ▸ [名]環境

0291 □□□
かんこう
観光 ▸ かんこう ▸ [名・他サ]觀光，遊覽，旅遊
關 旅 たび 旅遊

0292 □□□
かんごし
看護師 ▸ かんごし ▸ [名]護士，看護
關 介護士 かいごし 專門照顧身心障礙者日常生活的專門技術人員

0293 □□□
かんしゃ
感謝 ▸ かんしゃ ▸ [名・自他サ]感謝

0294 □□□
かん
感じる／ ▸ かんじる／ ▸ [自他上一]感覺，感到；感動，感觸，有所
かん 　　　 かんずる 　　 感
感ずる 　　　　　　　　　　　**關** 覚える おぼ 記住

0295 □□□
かんしん
感心 ▸ かんしん ▸ [名・形動・自サ]欽佩；贊成；（貶）令人吃驚
類 感動 かんどう 感動

0296 □□□
かんせい
完成 ▸ かんせい ▸ [名・自他サ]完成
類 終わる お 完畢

0297 □□□
かんぜん
完全 ▸ かんぜん ▸ [名・形動]完全，完整完美，圓滿
關 すっかり 完全

Check 2 必考詞組	Check 3 必考例句
□ 考えが甘い。 想法天真。	▶ 「どうしよう、鍵が壊れた。」「大丈夫、僕にいい考えがあるよ。」 「怎麼辦，鑰匙壞了。」「沒關係，我有個好主意。」
□ 環境が変わる。 環境改變。	▶ 村の環境を守るために、工場の建設に反対している。 為了保護村莊的環境，我們反對建造工廠。
□ 観光の名所。 觀光勝地	▶ 「日本に来た目的は？お仕事ですか。」「いいえ、観光です。」 「你來日本的目的是什麼？是為了工作嗎？」「不是，是來觀光。」
□ 看護師を目指す。 以當護士為目標。	▶ 看護師さんが優しくしてくれるから、退院したくなくなっちゃった。 護士的溫柔照料，讓我都不想出院了。
□ 心から感謝する。 衷心感謝。	▶ 毎日おいしいお弁当を作ってくれて、感謝してます。 感謝你每天幫我做好吃的便當。
□ 痛みを感じる。 感到疼痛。	▶ 気のせいか、最近彼女の態度が冷たく感じるんだが。 不知道是不是錯覺，我覺得最近她的態度很冷淡。
□ 皆さんの努力に感心した。 大家的努力令人欽佩。	▶ あの子は小さい弟や妹の面倒をよく見ていて、本当に感心するよ。 那個孩子經常照顧年幼的弟弟妹妹，真是值得誇獎。
□ 完成に近い。 接近完工。	▶ 10年かけて完成させた小説が、文学賞を受賞した。 那部耗費十年才完成的小說獲得了文學獎。
□ 完全な勝利。 完美的獲勝	▶ 私は過去の記憶を完全に失った。自分の名前さえ思い出せない。 我完全失去了過去的記憶。就連自己的名字也想不起來了。

Check 1　必考單字	高低重音	詞性、類義詞與對義詞

0298 □□□

かんそう
感想 ▶ かんそう ▶ [名] 感想
關 感じ　感覺

0299 □□□

かんづめ
缶詰 ▶ かんづめ ▶ [名] 罐頭；不與外界接觸的狀態；擁擠的狀態
類 缶　罐子

0300 □□□

かんどう
感動 ▶ かんどう ▶ [名・自サ] 感動，感激

0301 □□□

き
期 ▶ き ▶ [漢造] 時期；時機；季節；（預定的）時日
關 期間　期間

0302 □□□

き
機 ▶ き ▶ [名・接尾・漢造] 時機；飛機；（助數詞用法）架；機器
關 機会　機會

0303 □□□

キーボード ▶ キーボード ▶ [名]【keyboard】（鋼琴、打字機等）鍵盤
類 鍵盤　鍵盤

0304 □□□

き が
着替え ▶ きがえ ▶ [名・自サ] 換衣服；換洗衣物
關 更衣　更衣

0305 □□□

き が
着替える ▶ きがえる ▶ [他下一] 換衣服

0306 □□□

き かん
期間 ▶ きかん ▶ [名] 期間，期限內
關 期　時期

□ 感想を聞く。
聽取感想。

▶ みんなが似たような感想を言う中、彼女だけがこの映画をつまらないと言った。
在大家都一言堂似的感想中，只有她勇敢說了這部電影很無聊。

□ 缶詰を開ける。
打開罐頭。

▶ 非常食用に魚や野菜の缶詰をたくさん買ってあります。
我買了很多魚和蔬菜的罐頭做為緊急糧食。

□ 感動を受ける。
深受感動。

▶ 美しい絵画には時代を越えて人を感動させる力がある。
美麗的畫作具有跨越時代感動人心的力量。

□ 入学の時期。
開學時期

▶ 期末試験を頑張ったから、今学期は成績が上がるはずだ。
因為認真準備了期末考試，這學期的成績應該會進步吧。

□ 機が熟す。
時機成熟。

▶ このコピー機は新しいのに変えるべきだね。遅くて仕事にならない。
這台影印機應該要換一台新的了。影印速度太慢，害我們都無法好好工作了。

□ キーボードを弾く。
彈鍵盤（樂器）。

▶ キーボードの一番上にある F7 のキーを押してください。
請按鍵盤最上面的F7鍵。

□ 着替えを忘れた。
忘了帶換洗衣物。

▶ 着替えが終わったら、荷物はロッカーに入れてください。
換好衣服後，請把您隨身攜帶的物品放入置物櫃裡。

□ 着物を着替える。
換衣服。

▶ いつまでも寝てないで、早く着替えて学校に行きなさい。
不要一直睡，趕快換衣服上學了！

□ 期間が過ぎる。
過期。

▶ 試験期間中は、生徒の教職員室への入室は禁止です。
考試期間，禁止進入教職員辦公室。

Check 1 必考單字	高低重音	詞性、類義詞與對義詞
0307 □□□ ● CD1 16 効く _き	▶ き|く	▶ [自五] 有效，奏效；好用，能幹；可以， 能夠；起作用
0308 □□□ 期限 _{き げん}	▶ き|げん	[名] 期限 [類] 締め切り 截止 _し_き
0309 □□□ 帰国 _{き こく}	▶ き|こく	▶ [名・自サ] 回國，歸國；回到家鄉
0310 □□□ 記事 _{き じ}	▶ き|じ	▶ [名] 報導，記事 [關] ニュース／ news 新聞
0311 □□□ 記者 _{き しゃ}	▶ き|しゃ	[名] 執筆者，筆者；（新聞）記者，編輯 ▶ [關] キャスター／ newscaster 之略 新 聞主播
0312 □□□ 奇数 _{き すう}	▶ き|すう	▶ [名]（數）奇數 [對] 偶数 偶數 _{ぐうすう}
0313 □□□ 帰省 _{き せい}	▶ き|せい	▶ [名・自サ] 歸省，回家（省親），探親 [關] 帰国 回國 _{き こく}
0314 □□□ 帰宅 _{き たく}	▶ き|たく	▶ [名・自サ] 回家 [關] 帰り 回來 _{かえ}
0315 □□□ きちんと	▶ き|ちんと	[副] 整齊，乾乾淨淨；恰好，恰當；如 ▶ 期，準時；好好地，牢牢地 [關] 正確 準確 _{せいかく}

Check 2 / 必考詞組	Check 3 / 必考例句
□ よく効く薬。 有效的藥	▶ この薬は、風邪の引き始めに飲むと、よく効きますよ。 感冒初期服用這種藥很有效哦。
□ 期限になる。 到期。	▶ この本は貸し出し期限が過ぎています。すぐに返してください。 這本書已經超過借閱期限了。趕快拿去還！
□ 夏に帰国する。 夏天回國。	▶ 正月明け、成田空港は帰国ラッシュで混雑していた。 新年假期結束後，返國的人潮把成田機場擠得水洩不通。
□ 新聞記事。 報紙報導。	▶ その日の事件をすぐに記事にして、ネットに上げています。 那天的事件馬上就被寫成新聞傳到網路上。
□ 記者が質問する。 記者發問。	▶ 首相は記者たちの質問に答えると、すぐにその場を立ち去った。 首相回答了記者群的問題後，馬上離開了現場。
□ 奇数を使う。 使用奇數。	▶ 偶数番号の人はこちら、奇数番号の人はあちらに並んでください。 偶數號的人請在這裡排隊，奇數號的人請在那裡排隊。
□ お正月に帰省する。 元月新年回家探親。	▶ お母さん、夏休みには帰省するから、楽しみにしててね。 媽媽，我暑假就會回家了，等我哦！
□ 会社から帰宅する。 從公司回家。	▶ 「ただいま主人は留守ですが。」「何時ごろに帰宅されますか。」 「我先生現在不在家。」「請問大概什麼時候回來呢？」
□ きちんとしている。 井然有序。	▶ 実験結果は、全ての数字をきちんと記録しておくこと。 實驗結果必須翔實記錄所有的數據。

Check 1　必考單字	高低重音	詞性、類義詞與對義詞
0316 □□□ キッチン	▶ キッチン	▶ [名]【kitchen】廚房 [類] 台所_{だいどころ}　廚房
0317 □□□ きっと	▶ きっと	▶ [副]一定，必定；（神色等）嚴厲地， 嚴肅地 [類] 必_{かなら}ず　一定
0318 □□□ 希望_{きぼう}	▶ きぼう	▶ [名・他サ] 希望，期望，願望 [類] 夢_{ゆめ}　夢想
0319 □□□ 基本_{きほん}	▶ きほん	▶ [名] 基本，基礎，根本 [類] 元_{もと}　原本
0320 □□□ 基本的_{きほんてき}（な）	▶ きほんてきな	▶ [形動] 基本的 [關] 入門的_{にゅうもんてき}　入門的
0321 □□□ 決まり_き	▶ きまり	▶ [名] 規定，規則；習慣，常規，慣例， 終結；收拾整頓 [類] 規則_{きそく}；約束_{やくそく}　規定
0322 □□□ 客室乗務員_{きゃくしつじょうむいん}	▶ きゃくしつじょ うむいん	▶ [名]（車、飛機、輪船上）服務員 [類] キャビンアテンダント／cabin attendant 空服員
0323 □□□ 休憩_{きゅうけい}	▶ きゅうけい	▶ [名・自サ] 休息 [類] 休_{やす}み　休息
0324 □□□ 急行_{きゅうこう}	▶ きゅうこう	▶ [名・自サ] 急忙前往，急趨；急行列車 [關] 各駅停車_{かくえきていしゃ}　區間車

Check 2　必考詞組		Check 3　必考例句
□ ダイニングキッチン。 廚房兼飯廳。	▶	こちらのお部屋は、広いリビングと明るいキッチンが人気です。 這棟屋子最受歡迎的是寬敞的客廳和明亮的廚房。
□ きっと晴れるでしょう。 一定會放晴。	▶	君の（實力）が出せればきっとうまくいくよ。自信を持って。 只要發揮你的（實力）就一定能成功。要有信心！
□ 希望を持つ。 懷抱希望。	▶	お荷物はお客様のご希望の日時にお届け致します。 行李將在您指定的日期時間送達。
□ 基本を学ぶ。 學習基礎東西。	▶	「ほうれんそう」とは「報告、連絡、相談」のことで、仕事の基本だ。 所謂「ほうれんそう」是指「報告、聯絡、討論」，這是工作的基礎。
□ 基本的な使い方。 基本使用方式	▶	大学が法学部だったので、法律の基本的な知識はあります。 因為我大學念的是法學院，所以具備法律的基本知識。
□ 決まりを守る。 遵守規則。	▶	朝ご飯は家族全員で食べるのが、我が家の決まりなんです。 全家人一起吃早餐是我們的家規。
□ 客室乗務員になる。 成為空服人員。	▶	飛行機の中でおなかを壊し、客室乗務員に薬をもらった。 在飛機上鬧肚子了，所以向空服員索取了藥品。
□ 休憩する暇もない。 連休息的時間也沒有。	▶	その仕事が終わったら、お昼の休憩をとってください。 完成那件工作後，就可以午休了。
□ 急行に乗る。 搭急行電車。	▶	急行なら 12 分、各駅停車でも 20 分で着きますよ。 搭快車要12分鐘，慢車則要20分鐘才會到哦。

Check 1 必考單字	高低重音	詞性、類義詞與對義詞

0325 □□□
休日
きゅうじつ

▶ きゅうじつ ▶

[名] 假日・休息日
[類] 休み 假日

0326 □□□
丘陵
きゅうりょう

▶ きゅうりょう ▶

[名] 丘陵
[類] 丘 丘陵

0327 □□□
給料
きゅうりょう

▶ きゅうりょう ▶

[名] 工資・薪水
[關] 時給 時薪

0328 □□□
教
きょう

▶ きょう ▶

[漢造] 教・教導；宗教
[關] 宗教 宗教

0329 □□□ ● CD1 17
行
ぎょう

▶ ぎょう ▶

[名・漢造]（字的）行；（佛）修行；行書
[關] 列 行列

0330 □□□
業
ぎょう

▶ ぎょう ▶

[名・漢造] 業・職業；事業；學業
[關] 職業 職業

0331 □□□
教員
きょういん

▶ きょういん ▶

[名] 教師・教員
[類] 教師 教師

0332 □□□
教科書
きょうかしょ

▶ きょうかしょ ▶

[名] 教科書・教材
[類] テキスト 課本

0333 □□□
教師
きょうし

▶ きょうし ▶

[名] 教師・老師
[類] 先生 老師

Check 2　必考詞組	Check 3　必考例句
□ 休日が続く。 連續休假。	▶ 先週休日出勤をしたので、今日はその代わりに休みをもらった。 因為上星期的假日去上班了，所以今天得以補休一天。
□ 丘陵を散策する。 到山岡散步。	▶ 東京にも広大な丘陵地帯があるのを知っていますか。 你知道東京也有廣闊的丘陵地帶嗎？
□ 給料が上がる。 提高工資。	▶ いくら株の値段が上がっても、給料が上がらなきゃ意味がないよ。 不管股票漲了多少，薪水不漲就沒意義了。
□ 宗教を信仰する。 信仰宗教。	▶ 大陸から日本に仏教が伝わったのは6世紀のことです。 佛教是在公元六世紀時從大陸傳到了日本。
□ 行を改める。 改行。	▶ 兄の起こした事件について、新聞の隅に10行ほどの記事が載った。 關於哥哥引發的事件，在報紙一角刊登了十行左右的報導。
□ 家の業を継ぐ。 繼承家業。	▶ 若者がもっと農業や漁業に魅力を感じるような工夫が必要だ。 必須設法讓年輕人更深刻體會到農業和漁業的魅力。
□ 教員になる。 當上教職員。	▶ 中学、高校の数学科の教員免許を持っています。 我擁有國高中數學教師的教師資格。
□ 歴史の教科書。 歷史教科書。	▶ 試験を始めます。教科書、ノートは机の中にしまってください。 考試開始。教科書和筆記本請收進抽屜裡。
□ 家庭教師。 家教老師	▶ 当校には優秀で教育熱心な教師がたくさんおります。 本校有許多熱衷教育的優秀教師。

Check 1　必考單字	高低重音	詞性、類義詞與對義詞
0334 □□□ きょうちょう **強調**	▶ きょうちょう	▶ [名・他サ] 強調；權力主張；（行情）看漲
0335 □□□ きょうつう **共通**	▶ きょうつう	▶ [名・形動・自サ] 共同，通用 關 似る 相像
0336 □□□ きょうりょく **協力**	▶ きょうりょく	▶ [名・自サ] 共同努力，配合，合作，協力協助 關 握手 合作
0337 □□□ きょく **曲**	▶ きょく	▶ [名・漢造] 曲調；歌曲；彎曲 關 楽曲 樂曲
0338 □□□ きょり **距離**	▶ きょり	▶ [名] 距離，間隔，差距 關 幅 寬度
0339 □□□ き **切らす**	▶ きらす	▶ [他五] 用盡，用光 關 切れる 用盡
0340 □□□ **ぎりぎり**	▶ ぎりぎり	▶ [名・副・他サ]（容量等）最大限度，極限；（摩擦的）嘎吱聲 類 一杯一杯 極限
0341 □□□ き **切れる**	▶ きれる	▶ [自下一] 斷；用盡 類 なくなる 用盡
0342 □□□ きろく **記録**	▶ きろく	▶ [名・他サ] 記錄，記載，（體育比賽的）紀錄

Check 2　必考詞組	Check 3　必考例句

□ 特_{とく}に強調_{きょうちょう}する。
特別強調。

▶ 彼_{かれ}は事故_{じこ}の説明_{せつめい}をする中_{なか}で、自分_{じぶん}には非_ひがないことを強調_{きょうちょう}した。
他在說明那起事故的過程，強調了錯不在自己身上。

□ 共通_{きょうつう}の趣味_{しゅみ}がある。
有同樣的嗜好。

▶ 田中_{たなか}さんとは年_{とし}も離_{はな}れているし、共通_{きょうつう}の話題_{わだい}がないんです。
和田中先生年紀差距太大，缺乏共同的話題。

□ みんなで協力_{きょうりょく}する。
大家通力合作。

▶ 警察_{けいさつ}に犯人逮捕_{はんにんたいほ}の協力_{きょうりょく}をして、お礼_{れい}をもらった。
我協助警察逮捕嫌犯，得到了謝禮。

□ 歌詞_{かし}に曲_{きょく}をつける。
為歌詞譜曲。

▶ これって、いつもお父_{とう}さんがカラオケで歌_{うた}う曲_{きょく}だよ。
這是爸爸每次去卡拉ok時必唱的曲目哦！

□ 距離_{きょり}が遠_{とお}い。
距離遙遠。

▶ 時速_{じそく}とは、1時間当_{じかんあ}たりの移動距離_{いどうきょり}を表_{あらわ}した速_{はや}さのことです。
所謂時速，是指每小時移動距離的速度。

□ 名刺_{めいし}を切_きらす。
名片用完。

▶ ちょっと今_{いま}、コーヒーを切_きらしていて…紅茶_{こうちゃ}でいいですか。
現在剛好沒有咖啡了……，請問紅茶可以嗎？

□ 期限_{きげん}ぎりぎりまで待_まつ。
等到最後的期限。

▶ 林_{はやし}さんは毎朝_{まいあさ}、授業_{じゅぎょう}の始_{はじ}まる9時_じぎりぎりに教室_{きょうしつ}に飛_とび込_こんでくる。
林同學每天都在九點剛要上課的前一刻衝進教室。

□ 糸_{いと}が切_きれる。
線斷掉。

▶ お風呂_{ふろ}の電球_{でんきゅう}が切_きれたから、新_{あたら}しいのを買_かっておいて。
因為浴室用的燈泡已經沒了，所以我買來新的。

□ 記録_{きろく}をとる。
做記錄。

▶ 会議_{かいぎ}における各人_{かくじん}の発言_{はつげん}は全_{すべ}て記録_{きろく}してあります。
會議上每個人的發言都留有紀錄。

Check 1 必考單字	高低重音	詞性、類義詞與對義詞

0343 □□□
金
きﾝ
[名・漢造] 黃金，金子；金錢
類 黃金 黃金

0344 □□□
禁煙
きﾝえﾝ
[名・自サ] 禁止吸菸；禁菸，戒菸
對 喫煙 吸煙

0345 □□□
銀行員
ぎﾝこういﾝ
[名] 銀行行員
關 会社員 公司職員

0346 □□□
禁止
きﾝし
[名・他サ] 禁止

0347 □□□
近所
きﾝじょ
[名] 附近，左近，近郊

0348 □□□
緊張
きﾝちょう
[名・自サ] 緊張
類 ストレス 壓力

0349 □□□
句
く
[名] 字，字句；俳句

0350 □□□
クイズ
クイズ
[名]【quiz】回答比賽，猜謎；考試
類 なぞなぞ 謎語

0351 □□□ ●CD1/18
空
くう
[名・形動・漢造] 空中，空間；空虛
類 無い 沒有

Check 2 必考詞組	Check 3 必考例句
□ 金メダルを獲得する。 獲得金牌。	▶ 彼女は北京オリンピックで金メダルを取った選手です。 她是在北京奧運摘下金牌的選手。
□ 車内禁煙。 車內禁止抽煙	▶ 禁煙席と喫煙席がございますが、どちらになさいますか。 本店分為禁菸區和吸菸區，請問您要坐哪一邊呢？
□ 銀行員になる。 成為銀行行員。	▶ 銀行員だからといって、一日中お金を数えてるわけじゃないよ。 雖說是銀行職員，但也不是一整天都在數錢呀。
□ 立ち入り禁止。 禁止進入	▶ ここから先は関係者以外、立ち入り禁止です。 此處非相關人士禁止進入。
□ 近所付き合い。 與鄰居來往	▶ 近所の公園に集まって、みんなでラジオ体操をしています。 大家聚在附近的公園一起做廣播體操。
□ 緊張をほぐす。 舒緩緊張。	▶ 練習の時はできるのに、本番になると緊張して失敗してしまう。 練習時明明都能成功，但是正式演出時就因緊張而失敗了。
□ 句を詠む。 吟詠俳句。	▶ 俳句は、五・七・五の十七音で作る日本の詩です。 俳句是由五、七、五共十七個音節所組成的日本詩。
□ クイズ番組に参加する。 參加益智節目。	▶ クイズ番組で優勝して、賞金100万円を手に入れた。 我在益智競賽節目中獲得優勝，贏得了100萬圓的獎金。
□ 空に消える。 消失在空中	▶ 伸ばした手は空を掴み、彼は海へ落ちて行った。 他伸長了手抓向天空，終究沉入了海底。

Check 1　必考單字	高低重音	詞性、類義詞與對義詞

0352 □□□

クーラー　▶　クーラー　▶　[名]【cooler】冷氣設備

0353 □□□

くさ
臭い　▶　くさい　▶　[形] 臭
[關] 匂い　香味

0354 □□□

くさ
腐る　▶　くさる　▶　[自五] 腐臭，腐爛；金屬鏽，爛；墮落，腐敗；消沉，氣餒
[類] 傷む　腐敗

0355 □□□

くし
櫛　▶　くし　▶　[名] 梳子
[關] 束子　刷帚

0356 □□□

くじ
籤　▶　くじ　▶　[名] 籤；抽籤
[關] 宝くじ　彩票

0357 □□□

くすりだい
薬代　▶　くすりだい　▶　[名] 藥費；醫療費，診察費
[關] 治療費　治療費

0358 □□□

くすりゆび
薬指　▶　くすりゆび　▶　[名] 無名指
[關] 小指　小指

0359 □□□

くせ
癖　▶　くせ　▶　[名] 癖好，脾氣，習慣；（衣服的）摺線；頭髮亂翹
[關] 習慣　習慣

0360 □□□

くだ
下り　▶　くだり　▶　[名] 下降的；下行列車
下降　[對] 上り　上行

Check 2 必考詞組	**Check 3** 必考例句
☐ クーラーをつける。 開冷氣。	▶ ああ、暑い。クーラーの効いた部屋でアイスクリームが食べたいなあ。 唉，好熱啊。真想在冷氣房裡吃冰淇淋哦。
☐ 臭い匂い。 臭味。	▶ この料理は臭いといって嫌う人もいますが、癖になる人も多いんですよ。 雖然有人嫌這道料理很臭，但也有許多人吃上癮了。
☐ 金魚鉢の水が腐る。 金魚魚缸的水發臭。	▶ うわっ、この牛乳、腐ってる。全部捨てるよ。 哇！這瓶牛奶已經酸掉了。我全部倒掉了哦。
☐ 櫛で髪を梳く。 用梳子梳頭髮。	▶ 子どもの頃、毎朝母が私の髪を櫛でとかしてくれました。 小時候，每天早上媽媽都拿梳子幫我梳理頭髮。
☐ 籤で決める。 用抽籤方式決定。	▶ 僕はくじ運が悪いんだ。ほらね、またはずれだ。 我的籤運真差，你看啦，又沒中。
☐ 薬代が高い。 醫療費昂貴。	▶ 薬局で薬代を払ったら、財布の中身がなくなった。 在藥局付了藥費以後，錢包就空空如也了。
☐ 薬指に指輪をはめる。 在無名指上戴戒指。	▶ 彼女の薬指には婚約指輪の大きなダイヤが光っていた。 她戴在無名指的那只訂婚戒指上有顆碩大的鑽石正在閃閃發亮。
☐ 癖がつく。 養成習慣。	▶ 細かいことが気になってしまうのが、僕の悪い癖です。 鑽牛角尖是我的壞習慣。
☐ 下りの列車に乗る。 搭乘南下的列車。	▶ 正月休みに帰省する車で、下り車線が渋滞している。 新年假期開車回老家的路上，被塞在南下的車道上龜速前進。

Check 1 必考單字	高低重音	詞性、類義詞與對義詞
0361 □□□ くだ 下る	くだる	[自五] 下降，下去；下野，脫離公職；由中央到地方；下達；往河的下游去
0362 □□□ くちびる 唇	くちびる	[名] 嘴唇
0363 □□□ ぐっすり	ぐっすり	[副] 熟睡，酣睡 [類] 熟睡 熟睡 _{じゅくすい}
0364 □□□ くび 首	くび	[名] 頸部 [關] 頭 頭 _{あたま}
0365 □□□ く ふう 工夫	くふう	[名・自サ] 設法 [關] アイディア 想法
0366 □□□ く やくしょ 区役所	くやくしょ	[名]（東京與日本六大都市所屬的）區公所 [關] 大使館 大使館 _{たい し かん}
0367 □□□ くや 悔しい	くやしい	[形] 令人懊悔的，遺憾 [關] 残念 遺憾 _{ざんねん}
0368 □□□ クラシック	クラシック	[名]【classic】經典作品，古典作品，古典音樂；古典的 [類] 古典 古典 _{こてん}
0369 □□□ く 暮らす	くらす	[自他五] 生活，度日 [類] 生活する 生活 _{せいかつ}

□ 川を下る。
順流而下。

▶ 夜の山は危険だから、明るいうちに下った方がいいですよ。
因為入夜後山裡面很危險，最好趁天還亮著的時候下山。

□ 唇が青い。
嘴唇發青。

▶ 唇の動きを見れば、相手が何と言っているか分かるんです。
只要看對方的嘴型動作，就能知道對方在說什麼。

□ ぐっすり寝る。
睡得很熟。

▶ さあ、今夜はぐっすり眠って、明日からまたがんばろう。
好了，今晚就好好睡一覺，明天再加把勁吧！

□ 首が痛い。
脖子痛。

▶ 洗濯機で洗ったら、セーターの首が伸びてしまった。
經過洗衣機清洗之後，毛衣的領口處變鬆了。

□ 工夫をこらす。
找竅門。

▶ 資料は、写真やグラフを多く入れて、見易いよう工夫した。
在文件裡插入了許多照片和圖表，設法使其易於閱讀。

□ 区役所で働く。
在區公所工作。

▶ 引っ越しをしたら、区役所で住所変更をしなければならない。
搬家了以後，必須去區公所變更住址才行。

□ 悔しい思いをする。
覺得遺憾不甘。

▶ 私は一言も悪口を言っていないのに。誤解されて悔しい。
我連一句他的壞話都沒講卻被誤會，好不甘心哦。

□ クラシックのレコード。
古典音樂唱片。

▶ 夏休みに、子供向けのクラシックコンサートを開いています。
專為兒童舉辦的古典音樂會將在暑假拉開序幕。

□ 楽しく暮らす。
過著快樂的生活。

▶ 都会を離れ、海の近くの町で静かに暮らしています。
遠離都市的塵囂，在靠海的小鎮過著幽靜的生活。

Check 1 必考單字	高低重音	詞性、類義詞與對義詞

0370 □□□

クラスメート ▸ クラスメート ▸
[名]【classmate】同班同學
[類] 同級生 同班同學

0371 □□□

繰り返す ▸ くりかえす ▸
[他五] 反覆，重覆
[關] 重ねる 反覆

0372 □□□

クリスマス ▸ クリスマス ▸
[名]【christmas】聖誕節
[關] イブ／eve 聖誕節前夜

0373 □□□ ●CD1 / 19

グループ ▸ グループ ▸
[名]【group】（共同行動的）集團，夥伴；組，幫，群；團體
[關] 集まり 集會

0374 □□□

苦しい ▸ くるしい ▸
[形] 艱苦；困難；難過；勉強
[關] 痛い 疼痛

0375 □□□

暮れ ▸ くれ ▸
[名] 日暮，傍晚；季末，年末
[類] 年末 年末

0376 □□□

黒 ▸ くろ ▸
[名] 黑，黑色；犯罪，罪犯
[類] 犯人 犯人 [對] 白 白

0377 □□□

詳しい ▸ くわしい ▸
[形] 詳細；精通，熟悉
[類] 細かい 仔細

0378 □□□

〜家 ▸ け ▸
[接尾] 家，家族
[類] 一家 一家

□ クラスメートに会_あう。
與同班同學見面。

▶ 中学_{ちゅうがく}のときのクラスメート５人_{にん}で、今_{いま}も旅行_{りょこう}に行_いったりしています。
我們中學時代的五個同學到現在仍然會一起去旅行。

□ 失敗_{しっぱい}を繰_くり返_{かえ}す。
重蹈覆轍。

▶ かわいい動物_{どうぶつ}の動画_{どうが}を何度_{なんど}も繰_くり返_{かえ}し見_みています。
我重複觀賞了可愛動物的動畫好幾次。

□ クリスマスおめでとう。
聖誕節快樂。

▶ クリスマスツリーの先_{さき}に、金色_{きんいろ}の星_{ほし}の飾_{かざ}りをつけた。
在聖誕樹的頂端擺上了一顆金色的星星。

□ グループを作_{つく}る。
分組。

▶ ４人_{にん}ずつのグループを作_{つく}って、調_{しら}べたことを発表_{はっぴょう}します。
每四人組成一個小組報告調查結果。

□ 苦_{くる}しい家計_{かけい}。
艱苦的家計。

▶ あれ、太_{ふと}ったかな。このズボン、きつくてちょっと苦_{くる}しいな。
咦，又胖了嗎？這件褲子穿起來變緊了，有點難受耶。

□ 日_ひの暮_くれが早_{はや}まる。
日落得早。

▶ 年_{とし}の暮_くれのお忙_{いそが}しいときにお邪魔_{じゃま}して、申_{もう}し訳_{わけ}ありません。
在年底最忙碌的時候打擾您，真是非常抱歉。

□ 黒_{くろ}に染_そめる。
染成黑色。

▶ 制服_{せいふく}の靴_{くつ}は自由_{じゆう}ですが、色_{いろ}は黒_{くろ}に決_きまっています。
關於制服的鞋子沒有硬性規定，但必須是黑色的。

□ 事情_{じじょう}に詳_{くわ}しい。
深知詳情。

▶ その男_{おとこ}を見_みたんですか。その時_{とき}の様子_{ようす}を詳_{くわ}しく聞_きかせてください。
你看到那個男人了嗎？請詳細告訴我當時的情況。

□ 将軍家_{しょうぐんけ}の一族_{いちぞく}。
將軍一家（普通指德川一家）

▶ 江戸時代_{えどじだい}は、初代徳川家康_{しょだいとくがわいえやす}に始_{はじ}まる徳川家_{とくがわけ}の歴史_{れき}だ。
江戶時代是由德川家的始祖德川家康揭開序幕的歷史時代。

Check 1 必考單字	高低重音	詞性、類義詞與對義詞

0379 □□□
けい
計 ▸ けい ▸
[名] 計畫，計；總計，合計
ごうけい
類 合計 合計

0380 □□□
けい い
敬意 ▸ けいい ▸
[名] 尊敬對方的心情，敬意
そんけい
類 尊敬 尊重

0381 □□□
けいえい
経営 ▸ けいえい ▸
[名・他サ] 經營，管理
かん り
類 管理 管理

0382 □□□
けい ご
敬語 ▸ けいご ▸
[名] 敬語
ていねい ご
關 丁寧語 敬語

0383 □□□
けいこうとう
蛍光灯 ▸ けいこうとう ▸
[名] 螢光燈，日光燈
でんきゅう
關 電球 燈泡

0384 □□□
けいさつかん
警察官 ▸ けいさつかん ▸
[名] 警察官，警官
けいかん
類 警官 警察官

0385 □□□
けいさつしょ
警察署 ▸ けいさつしょ ▸
[名] 警察署，警局
こうばん
關 交番 派出所

0386 □□□
けいさん
計算 ▸ けいさん ▸
[名・他サ] 計算，演算；估計，算計，考慮
かぞ
關 数える 數

0387 □□□
げいじゅつ
芸術 ▸ げいじゅつ ▸
[名] 藝術
ぎ じゅつ
關 技術 技術

Check 2 必考詞組	Check 3 必考例句
□ 一年の計は元旦にあり。 一年之計在於春。	▶ 大人２名、子ども３名の計５名様でご予約ですね。 您要預約兩位成人、三位兒童，總共五位對吧。
□ 敬意を表する。 表達敬意。	▶ 人々は立ち上がって、村を救った救助隊に敬意を表した。 當時人們紛紛起立，向拯救村子的救援隊致敬。
□ 会社を経営する。 經營公司。	▶ 将来は自分でホテルを経営したいと思っている。 我以後想自己經營一家旅館。
□ 敬語を使いこなす。 熟練掌握敬語。	▶ いくら敬語で話しても、心がないと寧ろ失礼に感じるものだ。 即使從頭到尾使用敬語，如果只是徒具形式，反而讓人覺得沒有禮貌。
□ 蛍光灯の調子が悪い。 日光燈壞了。	▶ 社内の電気を全て蛍光灯からLEDに取り替えた。 公司裡的電燈從日光燈全部換成了LED燈。
□ 警察官を騙す。 欺騙警官。	▶ 市民の安全を守る警察官になるのが、子どものころからの夢だ。 成為一名保衛公眾安全的警察是我兒時的夢想。
□ 警察署に連れて行かれる。 被帶去警局。	▶ 警察署の前には、犯人を一目見ようと人々が集まっていた。 群眾為了看嫌犯一眼而聚集在警察局前。
□ 計算が早い。 計算得快。	▶ お店をやるなら、ちゃんと利益が出るように計算しないとね。 如果要開店，就必須要好好計算利潤才行呢。
□ 芸術がわからない。 不懂藝術。	▶ 勉強は苦手で、音楽や美術などの芸術科目が得意でした。 我學生時代不會讀書，但擅長音樂和美術等藝術科目。

Check 1 必考單字	高低重音	詞性、類義詞與對義詞

0388 □□□
けいたい
携帯 ▸ け‾いたい ▸ [名・他サ] 攜帶
類 持つ 帶

0389 □□□
けいやく
契約 ▸ け‾いやく ▸ [名・自他サ] 契約，合同
關 約束 約定

0390 □□□
けいゆ
経由 ▸ け‾いゆ ▸ [名・自サ] 經過，經由
類 通る 經過

0391 □□□
ゲーム ▸ ‾ゲーム ▸ [名]【game】遊戲，娛樂；比賽
類 試合 比賽

0392 □□□
げきじょう
劇場 ▸ げ‾きじょう ▸ [名] 劇院，劇場，電影院
關 映画館 電影院

0393 □□□
げじゅん
下旬 ▸ げ‾じゅん ▸ [名] 下旬
關 月末 月底 對 上旬 月初

0394 □□□ ◉CD1／20
けしょう
化粧 ▸ け‾しょう ▸ [名・自他サ] 化妝，打扮；修飾，裝飾，裝潢
關 飾る 裝飾

0395 □□□
けた
桁 ▸ け‾た ▸ [名]（房屋、橋樑的）橫樑，桁架；算盤的主柱；數字的位數
關 量 數量

0396 □□□
けち ▸ ‾けち ▸ [名・形動] 吝嗇、小氣（的人）；卑賤，簡陋，心胸狹窄，不值錢
關 意地悪 刁難

□ 携帯電話を持つ。
攜帶手機。

▶ 山を登るときは、十分な量の飲み物、食べ物を各自携帯してください。
登山時，請各自攜帶足 的飲料和食物。

□ 契約を結ぶ。
立合同。

▶ 小学校の事務員として採用されたが、半年契約なので不安だ。
雖然獲得錄取國小的職員，但因為合約只有半年，還是感到不安。

□ 新宿経由で東京へ行く。
經新宿到東京。

▶ タイのバンコクを経由して、インドに入った。
途經泰國曼谷，最後抵達了印度。

□ ゲームで負ける。
遊戲比賽比輸。

▶ このコンピューターゲーム、面白いよ。君もやってみたら。
這種電腦遊戲好好玩哦，你也玩玩看啊。

□ 劇場へ行く。
去劇場。

▶ パリにいた頃は、オペラやバレエを観に劇場に通ったものだ。
我在巴黎時，去劇院觀賞了歌劇和芭蕾舞。

□ 五月の下旬。
五月下旬。

▶ もう9月も下旬なのに、真夏のように暑い日が続いている。
都已經九月下旬了，炎熱的天氣依然如盛夏一般。

□ 化粧を直す。
補妝。

▶ あなたは化粧などしなくても、そのままで十分きれいです。
妳根本不必化妝，現在這樣就已經很漂亮了。

□ 桁を間違える。
弄錯位數。

▶ ボーナスが出ると聞いて喜んでいたけど、これじゃあ一桁少ないよ。
雖然聽到有獎金很開心，卻比心裡預期的少了一個位數啊。

□ けちな性格。
小氣的人。

▶ 課長はほんとにケチで、奢ってくれるのはいつも安い蕎麦ばかり。
科長真的很小氣，總是只請我們吃最便宜的蕎麥麵。

Check 1 必考單字	高低重音	詞性、類義詞與對義詞

0397 □□□

ケチャップ ▶ ケチャップ

▶ [名]【ketchup】蕃茄醬
關 マヨネーズ／（法）mayonnaise 美乃滋

0398 □□□

けつえき
血液 ▶ けつえき

▶ [名] 血，血液
類 血 血
ち

0399 □□□

けっか
結果 ▶ けっか

▶ [名・自他サ] 結果，結局
類 結末 結局 對 原因 原因
けつまつ　　　　　げいいん

0400 □□□

けっせき
欠席 ▶ けっせき

▶ [名・自サ] 缺席
類 欠勤 缺勤 對 出席 出席
けっきん　　　　　しゅっせき

0401 □□□

げつまつ
月末 ▶ げつまつ

▶ [名] 月末，月底
關 下旬 月底
げ じゅん

0402 □□□

けむり
煙 ▶ けむり

▶ [名] 煙
關 霧 霧
きり

0403 □□□

け
蹴る ▶ ける

▶ [他五] 踢；沖破（浪等）；拒絕，駁回
關 断る 拒絕
ことわ

0404 □□□

けん　　　げん
～軒／～軒 ▶ けん／げん

▶ [接尾] 軒昂，高昂；屋簷；表房屋數量，書齋，商店等雅號
類 棟 棟
とう

0405 □□□

けんこう
健康 ▶ けんこう

▶ [形動] 健康，健全
類 元気 精神
げん き

Check 2 必考詞組	Check 3 必考例句
□ ケチャップをつける。 沾番茄醬。	イタリア産のトマトを使った味の濃いケチャップです。 這是用義大利產的番茄所製成的特濃番茄醬。
□ 血液を採る。 抽血。	血液検査で異常が見つかりました。再検査をしてください。 在血液檢查項目中發現了異狀。請再接受一次檢查。
□ 結果から見る。 從結果上來看。	運ではない。これは彼が努力を続けてきた当然の結果です。 這並非運氣，而是他努力不懈的必然結果。
□ 授業を欠席する。 上課缺席。	先生が嫌いで毎週授業を欠席していたら、とうとう単位を落とした。 由於討厭那個老師所以每星期都缺課，結果沒拿到那門課的學分。
□ 料金は月末払いにします。 費用於月底支付。	商品の代金は月末までに銀行に入金してください。 商品的貨款請在月底之前匯入銀行。
□ 煙にむせる。 被煙嗆得喘不過氣來。	何か焼いてるの忘れてない？キッチンから煙が出てるよ。 妳是不是忘記正在烤東西了？廚房裡有煙飄出來哦。
□ ボールを蹴る。 踢球。	彼の蹴ったボールはキーパーの足の間を抜けてゴールへ飛び込んだ。 他踢的那一球穿過守門員的腳下，飛進了球門。
□ 薬屋が3軒ある。 有三家藥局。	ケーキ屋なら、角の郵便局の3軒先にありますよ。 要找蛋糕店的話，轉角的郵局再過去第三間就是了哦。
□ 健康を保つ。 保持健康。	健康のために、1時間かけて自転車で通勤しています。 為了健康而每天花一小時騎自行車通勤。

Check 1 必考單字	高低重音	詞性、類義詞與對義詞

0406 □□□
けんさ
検査 ▸ け<u>んさ</u> ▸
[名・他サ] 檢查，檢驗
[關] 調査 調査

0407 □□□
げんだい
現代 ▸ <u>げ</u>んだい ▸
[名] 現代，當代；（歷史）現代（日本史上指二次世界大戰後）
[類] 近代 近代

0408 □□□
けんちく か
建築家 ▸ <u>け</u>んちくか ▸
[名] 建築師
[關] デザイナー／designer 時裝設計師

0409 □□□
けんちょう
県庁 ▸ <u>け</u>んちょう ▸
[名] 縣政府
[關] 役所 政府機關

0410 □□□
じ どう けん
（自動）券
ばい き
売機 ▸ じ<u>どうけんば</u>い<u>き</u> ▸
[名]（門票、車票等）自動售票機
[關] 自動販売機 自動販賣機

0411 □□□
こ
小〜 ▸ こ ▸
[接頭] 小，少；左右；稍微

0412 □□□
こ
〜湖 ▸ こ ▸
[接尾] 湖
[類] 沢 沼澤

0413 □□□
こ
濃い ▸ <u>こ</u>い ▸
[形] 色或味濃深；濃稠，密
[類] 薄い 薄的

0414 □□□
こいびと
恋人 ▸ <u>こ</u>いびと ▸
[名] 情人，意中人
[關] 愛人 情人

Check 2 必考詞組	Check 3 必考例句
□ 検査に通る。 通過檢查。	▶ 1週間ほど入院して、詳しく検査することをお勧めします。 建議您住院一星期左右進行詳細的檢查。
□ 現代社会の抱える問題。 現代社會所面臨的問題	▶ 夜眠れないという症状は、現代病のひとつと言われている。 夜間失眠這種症狀被認為是一種現代文明病。
□ 有名な建築家が設計する。 由名建築師設計。	▶ オリンピックの競技場を見て、建築家になりたいと思った。 參觀奧運會場之後，就想成為建築師了。
□ 県庁を訪問する。 訪問縣政府。	▶ パスポートを申請するために、県庁へ行った。 為了申請護照而去了縣政府。
□ 自動券売機で買う。 於自動販賣機購買。	▶ 定期券を忘れちゃった。券売機で切符を買わないと。 忘記帶定期車票了。我得去售票機買票才行。
□ 小雨が降る。 下小雨。	▶ ビデオに映っていたのは、40歳くらいの小太りの男でした。 出現在錄影帶裡的是一位四十歲左右的微胖男子。
□ 琵琶湖。 琵琶湖	▶ 富士山の周りには、富士五湖といって、五つの湖があります。 富士山的周圍有被譽為「富士五湖」的五座湖泊。
□ 化粧が濃い。 化著濃妝。	▶ ああ、眠い。思い切り濃いコーヒーを入れてくれない？ 唉，好睏哦。可以幫我泡一杯咖啡嗎？越濃越好。
□ 恋人ができた。 有了情人。	▶ あの人は恋人じゃありません。ただの会社の先輩です。 那個人並不是我的男朋友。他只是公司的前輩而已。

107

Check 1　必考單字	高低重音	詞性、類義詞與對義詞

0415 □□□ ⦿CD1 21

高　こう
たか
▶ こう
▶ [名・漢造] 高；高處，高度；（地位等）高
圞 高い　高

0416 □□□

校　こう
こう
▶ こう
▶ [漢造] 學校；校對；（軍銜）校；學校
圞 学校 學校
がっこう

0417 □□□

港　こう
こう
▶ こう
▶ [漢造] 港口
圞 飛行場　機場
ひ こうじょう

0418 □□□

号　ごう
ごう
▶ ごう
▶ [名・漢造]（學者等）別名；（雜誌刊物等）期號
圞 刊　刊
かん

0419 □□□

行員　こういん
こういん
▶ こういん
▶ [名] 銀行職員
圞 店員　店員
てんいん

0420 □□□

効果　こうか
こうか
▶ こうか
▶ [名] 效果，成效，成績；（劇）效果
圞 効く　有效
き

0421 □□□

後悔　こうかい
こうかい
▶ こうかい
▶ [名・他サ] 後悔，懊悔
圞 悔しい　懊悔
くや

0422 □□□

合格　ごうかく
ごうかく
▶ ごうかく
▶ [名・自他サ] 及格；合格
類 通る　合格
とお

0423 □□□

交換　こうかん
こうかん
▶ こうかん
▶ [名・他サ] 交換；交易
類 換える　交換
か

Check 2 必考詞組	**Check 3** 必考例句

□ 高層ビルを建築する。
蓋摩天大樓。

▶ 高品質な材料だけで作られた化粧水を販売しています。
我們只販售用高品質的原材製成的化妝水。

□ 校則を守る。
遵守校規。

▶ 私の母校のテニス部が、全国大会に出場するそうだ。
據說我母校的網球部即將參加全國大賽。

□ 船が出港した。
船出港了。

▶ 神戸港に入港して来る豪華客船の写真を撮った。
我拍攝了豪華客船駛進神戶港時的照片。

□ 雑誌の一月号を買う。
買一月號的雜誌。

▶ このアパートの102号室に住んでいます。
我住在這間公寓的102號房。

□ 銀行の行員。
銀行職員

▶ 大きな銀行の行員にしては、着ているものが安っぽいな。
以一家大銀行的行員而言，身上穿的衣服感覺很廉價哪。

□ 効果が上がる。
效果提升。

▶ 先月からダイエットを始めたところ、少しずつ効果が出てきた。
從上個月開始減肥，已經漸漸出現成效了。

□ 犯した罪を後悔する。
對犯下的過錯感到後悔。

▶ あのとき素直に謝ればよかったと、ずっと後悔している。
我心裡一直很後悔，要是那時坦率道歉就好了。

□ 試験に合格する。
考試及格。

▶ 神社の前には、神様に合格をお願いする受験生の列が続いていた。
在神社的前方，向神明祈求通過考試的考生排成一條綿延不絕的人龍。

□ 物々交換。
以物換物。

▶ このシール10枚で、お買物券1000円分と交換致します。
用這十張貼紙兌換1000圓的購物券。

Check 1 必考單字	高低重音	詞性、類義詞與對義詞

0424 □□□
こうくうびん
航空便 ▸ こうくうびん ▸ [名] 航空郵件；坐飛機前往，班機
[關] 船便 通航

0425 □□□
こうこく
広告 ▸ こうこく ▸ [名・他サ] 廣告；作廣告，廣告宣傳
[關] アナウンス／ announce 廣播

0426 □□□
こうさい ひ
交際費 ▸ こうさいひ ▸ [名] 應酬費用
[關] 交通費 交通費

0427 □□□
こう じ
工事 ▸ こうじ ▸ [名・自サ] 工程，工事
[關] 仕事 工作

0428 □□□
こうつう ひ
交通費 ▸ こうつうひ ▸ [名] 交通費，車馬費
[關] 車代 車費

0429 □□□
こうねつ ひ
光熱費 ▸ こうねつひ ▸ [名] 水電費
[關] 電気代 電費

0430 □□□
こうはい
後輩 ▸ こうはい ▸ [名] 晚輩，後生；後來的同事，（同一學校）後班生
[對] 先輩 前輩

0431 □□□
こうはん
後半 ▸ こうはん ▸ [名] 後半，後一半
[對] 前半 前半

0432 □□□
こうふく
幸福 ▸ こうふく ▸ [名・形動] 沒有憂慮，非常滿足的狀態
[類] 幸せ 幸福

Check 2　必考詞組	Check 3　必考例句
□ 航空便で送る。 用空運運送。	▶ この荷物をシンガポールまで航空便でお願いします。 麻煩將這份包裹以空運方式寄到新加坡。
□ 広告を出す。 拍廣告。	▶ 企業イメージを上げるために広告を出す会社も多い。 也有不少公司為提升企業形象而推出廣告。
□ 交際費を増やす。 增加應酬費用。	▶ 奥さんへのプレゼントを交際費で買っちゃダメですよ。 用交際應酬費買禮物送給太太是不對的行為哦。
□ 工事が長引く。 因施工產生噪音。	▶ 道路工事の期間は渋滞するので、電車で通うことにした。 因為道路施工期間會塞車，所以我決定搭電車通勤。
□ 交通費を抑える。 降低交通費。	▶ アルバイト募集、勤務地までの交通費は全額支給します。 招募兼職人員：由家裡到上班地點的交通費將由公司全額支付。
□ 光熱費を払う。 繳水電費。	▶ 光熱費を節約しようと暖房を我慢して、風邪を引いてしまった。 想省燃料費而忍耐著沒開暖氣，結果卻感冒了。
□ 後輩を叱る。 責罵後生晚輩。	▶ 僕の上司は、実は大学の後輩で、お互いにちょっとやりにくいんだ。 我的上司其實是大學時代的學弟，以致於雙方在工作上有些尷尬。
□ 三十代後半の主婦。 超過二十五歲的家庭主婦。	▶ 前半は３対０で勝っていたのに、後半で逆転されて負けた。 明明上半場以三比零領先，下半場卻被逆轉，輸了比賽。
□ 幸福な人生。 幸福的人生	▶ 祖母は最後まで家族と一緒で、幸福な人生でした。 奶奶直到臨終前都和家人在一起，度過了幸福的人生。

Check 1 必考單字	高低重音	詞性、類義詞與對義詞

0433 □□□
こうふん
興奮 ▸ こ|うふん ▸ [名・自サ] 興奮，激昂；情緒不穩定
関 沸く 激動

0434 □□□
こうみん
公民 ▸ こ|うみん ▸ [名] 公民
類 市民 市民

0435 □□□
こうみんかん
公民館 ▸ こ|うみん|かん ▸ [名]（市村町等的）文化館，活動中心
関 文化会館 文化館

0436 □□□ ◉ CD1/22
こうれい
高齢 ▸ こ|うれい ▸ [名] 高齢
類 老人 老人

0437 □□□
こうれいしゃ
高齢者 ▸ こ|うれ|いしゃ ▸ [名] 高齢者，年高者
類 年寄り 老人

0438 □□□
こ　　こ
越える／超える ▸ こ|える ▸ [自下一] 越過；度過；超出，超過
関 通る 超過

0439 □□□
えんりょ
ご遠慮なく ▸ ご|えんりょなく ▸ [敬] 請不用客氣
類 気軽 隨意

0440 □□□
コース ▸ コ|ース ▸ [名]【course】路線，（前進的）路徑；跑道
関 道 馬路

0441 □□□
こおり
氷 ▸ こ|おり ▸ [名] 冰
関 水 水

□ 興奮を鎮める。
使激動的心情鎮定下來。

▶ なぜか今朝から、犬が酷く興奮して吠え続けているんです。
不知道為什麼，小狗從今天早上開始就一直激動的狂吠。

□ 公民の自由。
國民的自由

▶ 中学の公民の授業で、政治や経済の基礎を学びました。
在中學的公民課程裡學習到了政治和經濟的基礎。

□ 公民館で茶道の教室がある。
公民活動中心裡設有茶道的課程。

▶ 町の公民館のお祭りで、子どもたちの踊りを見るのが楽しみです。
很期待能在由鎮民文化館舉辦的慶祝大會上看到孩子們的舞蹈表演。

□ 彼は百歳の高齢まで生きた。
他活到百歲的高齡。

▶ 高齢のお客様には、あちらに車いすをご用意しています。
我們為年長的貴賓們準備了這些輪椅。

□ 高齢者の人数が増える。
高齡人口不斷增加。

▶ 高齢化が進み、高齢者向けの住宅の建設が急がれる。
隨著高齡化社會的來臨，適合老年人居住房屋的建設迫在眉睫。

□ 国境を越える。
穿越國境。

▶ あの山を越えたところに、私の育った村があります。
越過那座山之後，就是我生長的那座村莊了。

□ どうぞ、ご遠慮なく。
請不用客氣。

▶ いつでもお手伝いします。ご遠慮なくおっしゃってください。
無論什麼時候我都能幫忙。請直說不要客氣。

□ コースを変える。
改變路線。

▶ 「空手習ってるの？すごいね。」「でもまだ初心者コースなんだ。」
「你在學空手道？好厲害哦。」「不過我還在上初學者課程。」

□ 氷が溶ける。
冰融化。

▶ 今朝は寒いと思ったら、家の前の川に氷が張っている。
我正想著今天早上真冷，就發現家門前的河川結冰了。

113

Check 1 必考單字	高低重音	詞性、類義詞與對義詞

0442 ☐☐☐
ご かい
誤解 ▶ ごかい ▶
[名・他サ] 誤解，誤會
類 間違い 錯誤

0443 ☐☐☐
ご がく
語学 ▶ ごがく ▶
[名] 外語的學習，外語，外語課
關 言葉 語言

0444 ☐☐☐
こ きょう
故郷 ▶ こきょう ▶
[名] 故鄉，家鄉，出生地
類 田舎 故鄉

0445 ☐☐☐
こく
国 ▶ こく ▶
[漢造] 國；政府；國際，國有
類 国家 國家

0446 ☐☐☐
こく ご
国語 ▶ こくご ▶
[名] 一國的語言；本國語言；（學校的）國語（課），語文（課）
關 日本語 日文

0447 ☐☐☐
こくさいてき
国際的な ▶ こくさいてきな ▶
[形動] 國際的
類 世界的な 世界的

0448 ☐☐☐
こくせき
国籍 ▶ こくせき ▶
[名]（法）國籍
關 出身 出身

0449 ☐☐☐
こくばん
黒板 ▶ こくばん ▶
[名] 黑板
關 板 木板

0450 ☐☐☐
こし
腰 ▶ こし ▶
[名・接尾] 腰；（衣服、裙子等的）腰身
關 お腹 肚子

Check 2 必考詞組	Check 3 必考例句
□ 誤解が生じる。 產生誤會。	▶ 泥棒だなんて誤解です。ちょっと借りて、すぐに返すつもりだったんです。 你誤會了，我不是小偷。我只是想借一下，用完就馬上還回來。
□ 語学の天才。 外語的天才	▶ 語学は暗記ではない。その国の文化を学ぶことです。 學語言靠的不是背誦，而是學習該國的文化。
□ 故郷が懐かしい。 懷念故郷。	▶ テレビに故郷の山が映っているのを見て、なぜか涙が出てきた。 看到電視上正在播映故郷的山脈，眼淚不知不覺流了下來。
□ 国民の権利。 國民的權利	▶ 外国のお客様をお迎えするときは、相手国の国旗を飾って歓迎します。 迎接外國貴賓的時候，會插上該國國旗以歡迎蒞臨。
□ 国語の教師になる。 成為國文老師。	▶ 本を読むのは好きなのに、国語の試験は全然できない。 我很喜歡看書，但是國語考試卻完全不行。
□ 国際的な会議に参加する。 參加國際會議。	▶ 彼女は国際的な賞に輝いた、有名なオペラ歌手です。 她是曾榮獲國際大獎的知名歌劇演唱家。
□ 国籍を変更する。 變更國籍。	▶ 日本に 10 年住んでいますが、国籍はブラジルなんです。 雖然我在日本住了十年，但我的國籍是巴西。
□ 黒板を拭く。 擦黑板。	▶ 彼は絵が上手で、よく教室の黒板に先生の顔をかいていました。 他很擅長畫畫，經常在教室的黑板上畫老師的臉。
□ 腰が痛い。 腰痛。	▶ 男は腰につけた銃を抜くと、静かに銃口をこちらに向けた。 男子拔出腰上的槍，默默地把槍口指向了這邊。

Check 1　必考單字	高低重音	詞性、類義詞與對義詞
0451 □□□ 胡椒 _{こ しょう}	▶ こしょう	▶ [名] 胡椒 [類] ペッパー／pepper 胡椒
0452 □□□ 個人 _{こ じん}	▶ こじん	▶ [名] 個人 [關] 一人_{ひとり} 一個人
0453 □□□ 小銭 _{こ ぜに}	▶ こぜに	▶ [名] 零錢；零用錢；少量資金 [關] 釣り 找錢的錢
0454 □□□ 小包 _{こ づみ}	▶ こづつみ	▶ [名] 小包裹；包裹 [關] 束_{たば} 束
0455 □□□ コットン	▶ コットン	▶ [名]【cotton】棉，棉花；木棉，棉織品 [類] 綿_{めん} 綿
0456 □□□ ⬤CD1 23 〜毎 _{ごと}	▶ ごと	▶ [接尾] 每
0457 □□□ 〜共 _{ごと}	▶ ごと	▶ [接尾]（表示包含在內）一共，連同
0458 □□□ 断る _{ことわ}	▶ ことわる	▶ [他五] 預先通知，事前請示；謝絕 [關] 辞める_や 辭
0459 □□□ コピー	▶ コピー	▶ [名]【copy】抄本，謄本，副本；（廣告等的）文稿

|---|---|

Check 2 必考詞組 **Check 3** 必考例句

□ 胡椒を入れる。
灑上胡椒粉。

▶ ソースは要らない。肉には塩と胡椒があれば十分だ。
不需要醬料。肉只要撒上鹽和胡椒就很夠味了。

□ 個人的な問題。
私人的問題。

▶ うるさいな。いつ何を食べようと、個人の自由だろ。
你好囉嗦啊！什麼時候要吃什麼是我個人的自由吧！

□ 1000円札を小銭に替える。
將千元鈔兌換成硬幣。

▶ 電子マネーの普及で、最近は小銭をあまり使わなくなった。
由於電子支付的普及，最近不太會用到零錢了。

□ 小包を出す。
寄包裹。

▶ 孫の誕生日に、お菓子やおもちゃを小包で送った。
在孫子生日當天，我用包裹寄送了糖果和玩具給他。

□ コットン生地の肌着。
純棉內衣。

▶ 表の生地はシルク、肌に触れる裏はコットン100パーセントです。
表面的布料是絲綢，會接觸到皮膚的內裏是百分百的棉質。

□ 月ごとの支払い。
每月支付。

▶ 半年ごとに歯医者で、虫歯がないかチェックしてもらっている。
每半年去一趟牙科檢查是否有蛀牙。

□ リンゴを皮ごと食べる。
蘋果帶皮一起吃。

▶ 「財布がないんだ」「かばんの中じゃないの？」「かばんごとないんだ」
「我的錢包不見了！」「不是放在皮包裡嗎？」「連整個皮包都不見了！」

□ 借金を断られる。
借錢被拒絕。

▶ 頼まれた仕事は決して断りません。何事も勉強ですから。
我絕對不會拒絕別人委託我的工作。因為任何工作都是學習。

□ 書類をコピーする。
影印文件。

▶ 君の作文は、まるで佐藤さんのをコピーしたようだね。
你的作文簡直是抄襲佐藤同學的嘛。

117

Check 1 必考單字	高低重音	詞性、類義詞與對義詞
0460 □□□ こぼ 溢す ▸	こぼす ▸	[他五] 灑，漏，溢（液體），落（粉末）；發牢騷，抱怨
0461 □□□ こぼ 零れる ▸	こぼれる ▸	[自下一] 溢出，掉出，灑落，流出，漾出；（花）掉落 [關] こぼ 溢す 掉落
0462 □□□ コミュニケーション ▸	コミュニケーション ▸	[名]【communication】通訊，報導，信息；（語言、思想、精神上的）交流，溝通 [類] つた 伝える 傳達
0463 □□□ こ 込む ▸	こむ ▸	[自五・接尾] 擁擠，混雜；費事，精緻，複雜；表進入的意思；表深入或持續到極限 [類] こんざつ 混雑する 混雑
0464 □□□ ゴム ▸	ゴム ▸	[名]【(荷)gom】樹膠，橡皮，橡膠
0465 □□□ コメディー ▸	コメディー ▸	[名]【comedy】喜劇 [類] わら お笑い 笑料
0466 □□□ ごめんください ▸	ごめんください ▸	[連語・感]（道歉、叩門時）對不起；有人在嗎？ [類] じゃ ま お邪魔します 打擾了
0467 □□□ こ ゆび 小指 ▸	こゆび ▸	[名] 小指頭 [關] おやゆび 親指 大拇指
0468 □□□ ころ 殺す ▸	ころす ▸	[他五] 殺死，致死；抑制，忍住，消除；埋沒；浪費，犧牲，典當；殺，（棒球）使出局 [類] け 消す 消除

Check 2　必考詞組	Check 3　必考例句
□ コーヒーを溢す。 咖啡溢出來了。	▶ 急に大きな声を出すから、びっくりしてコーヒーを溢しちゃったよ。 突然傳來很大的聲響，嚇得我連咖啡都灑出來了。
□ 涙が零れる。 灑淚。	▶ 男の子の大きな目から、ポロポロと涙が零れた。 眼淚撲簌簌地從男孩的大眼睛裡流了出來。
□ コミュニケーションを大切にする。 注重溝通。	▶ 趙さんは日本語は下手だが、コミュニケーション能力はすごい。 趙先生的日語雖然不太行，但他的溝通能力很強。
□ 電車が込む。 電車擁擠。	▶ 週末は混んでいるから、映画館へは平日の夜に行くことにしている。 因為週末人潮擁擠，我決定平日晚上去電影院。
□ 輪ゴムでしばる。 用橡皮筋綁起來。	▶ 髪が長い方はこのゴムで結んでからお入りください。 長頭髮的來賓請用這裡的橡皮筋把頭髮綁好後再進入。
□ コメディー映画が好きだ。 喜歡看喜劇電影。	▶ 母はコメディー映画が大好きで、いつも一人で笑っている。 我媽媽喜歡看喜劇片，總是一個人看得哈哈大笑。
□ ごめんください、おじゃまします。 對不起，打擾了。	▶ 「ごめんください。どなたかいらっしゃいませんか。」 「不好意思，請問有人在家嗎？」
□ 小指に怪我をする。 小指頭受傷。	▶ 指切りとは、自分の小指と相手の小指を結んで約束をすることです。 「拉鈎立誓」是指自己的小指和對方的小指互相拉鈎，結下約定。
□ 虫を殺す。 殺蟲。	▶ 彼女は、虫も殺せない心の優しい女性ですよ。 她就連蟲子也不願意殺，是一名心地善良的女性呢。

119

Check 1　必考單字	高低重音	詞性、類義詞與對義詞

0469□□□
今後　<small>こん ご</small>
▶ こ|んご
▶ ^[名] 今後，以後，將來
_{しょうらい}
類 将来　將來

0470□□□
混雑　<small>こんざつ</small>
▶ こ|んざつ
▶ ^[名・自サ] 混亂，混雜，混染
類 ラッシュ／ rush　擁擠

0471□□□
コンビニ（エンスストア）
▶ コ|ンビニ
▶ ^[名]【convenience store之略】，便利商店
關 雑貨屋　雜貨店
_{ざっ か てん}

0472□□□
最〜　<small>さい</small>
▶ さい
▶ ^[漢造・接頭] 最
_{ちょう}
關 超　超

0473□□□
祭　<small>さい</small>
▶ さい
▶ ^[漢造] 祭祀，祭禮；節日，節日的狂歡
_{しき}
關 式　典禮

0474□□□
在学　<small>ざいがく</small>
▶ ざ|いがく
▶ ^[名・自サ] 在校學習，上學
_{ざいこう}
類 在校　在校

0475□□□
最高　<small>さいこう</small>
▶ さ|いこう
▶ ^[名・形動]（高度、位置、程度）最高，至高無上；頂，極，最
_{さいてい}
類 すばらしい　極好　對 最低　最低

0476□□□ ●CD1 24
最低　<small>さいてい</small>
▶ さ|いてい
▶ ^[名・形動] 最低，最差，最壞
_{すく}
關 少なくとも　至少

0477□□□
裁縫　<small>さいほう</small>
▶ さ|いほう
▶ ^[名・自他サ] 裁縫，縫紉
_ぬ
類 縫う　縫

Check 2 必考詞組	Check 3 必考例句
□ 今後のことを考える。 為今後作打算。	▶ 申し訳ありません。今後はこのような失敗のないよう気をつけます。 對不起。我會小心以後不再發生相同的失誤。
□ 混雑を避ける。 避免混亂。	▶ 試合が終わると、出口に向かう大勢の観客で通路は混雑した。 比賽一結束，大量觀眾湧向了出口，導致走道非常擁擠。
□ コンビニで買う。 在便利商店買。	▶ お昼は、近くのコンビニでお弁当を買うことが多いです。 我經常在附近的便利店買便當作為午餐。
□ 最大の敵。 最大的敵人。	▶ 世界最高齢の人は、日本人の女性で、現在117歳だそうです。 全世界最高齡的人瑞是一位日本女性，據說現在已經117歲了。
□ 祭礼が行われる。 舉行祭祀儀式。	▶ 高校の文化祭でやったミュージカルがきっかけで、歌手になった。 在高中校慶時演出的音樂劇，是我日後成為一名歌手的契機。
□ 在学中のことが懐かしい。 懷念求學時的種種。	▶ 妻とは、大学在学中にボランティア活動で知り合った。 我和妻子是在大學參加志工活動時認識的。
□ 最高に面白い映画だ。 最有趣的電影。	▶ 本日の東京の天気は晴れのち曇り、最高気温は17度です。 今天東京的天氣是晴時多雲，最高溫是17度。
□ 最低の男。 差勁的男人	▶ あの子の気持ちが分からないのか。君は最低の男だな。 你還不知道那個女孩的心意嗎？你真是個差勁的男人。
□ 裁縫を習う。 學習縫紉。	▶ 長い旅行をするときは、簡単な裁縫道具を持って行くことにしている。 長途旅行的時候，我都會帶著簡單的縫紉用具。

Check 1 必考單字	高低重音	詞性、類義詞與對義詞
0478 □□□ 坂 (さか)	‣ さ|か	[名] 斜面，坡道；（比喻人生或工作的 關鍵時刻）大關，陡坡 [關] 斜め (なな) 傾斜
0479 □□□ 下がる (さ) (お)	‣ さ|が|る	[自五] 後退；下降 [關] 下りる (お) 下來
0480 □□□ 昨 (さく)	‣ さ|く	[漢造] 昨天；前一年，前一季；以前， 過去 [關] 昔 (むかし) 從前
0481 □□□ 昨日 (さくじつ)	‣ さ|く|じつ	[名]（「きのう」的鄭重說法）昨日， 昨天 [類] 昨日 (きのう) 昨天
0482 □□□ 削除 (さくじょ)	‣ さ|く|じょ	[名·他サ] 刪掉，刪除，勾消，抹掉 [類] 消す (け) 刪掉
0483 □□□ 昨年 (さくねん)	‣ さ|く|ねん	[名·副] 去年 [類] 去年 (きょねん) 去年
0484 □□□ 作品 (さくひん)	‣ さ|く|ひん	[名] 製成品；（藝術）作品，（特指文 藝方面）創作 [關] 品物 (しなもの) 物品
0485 □□□ 桜 (さくら)	‣ さ|く|ら	[名]（植）櫻花，櫻花樹；淡紅色 [關] 梅 (うめ) 梅樹
0486 □□□ 酒 (さけ)	‣ さ|け	[名] 酒（的總稱），日本酒，清酒 [關] 焼酎 (しょうちゅう) 燒酒

☐ 坂_{さか}を上_{のぼ}る。
爬上坡。

▶ 坂_{さか}の上_{うえ}まで登_{のぼ}ると、晴_はれた日_ひには遠_{とお}くに富士山_{ふじさん}が見_みえますよ。
只要在天氣晴朗的日子爬上山坡，就可以遠眺富士山哦！

☐ 後_{うし}ろに下_さがる。
往後退。

▶ 頑張_{がんば}ったのに成績_{せいせき}が下_さがった。一体_{いったい}どうすればいいんだ。
明明很用功成績卻退步了，到底該怎麼辦才好呢？

☐ 昨年_{さくねん}の正月_{しょうがつ}。
去年過年

▶ 飲_のみ過_すぎたせいで、昨夜_{さくや}の記憶_{きおく}がほとんどない。
因為喝多了，幾乎記不起昨晚的事情了。

☐ 昨日_{さくじつ}の出来事_{できごと}。
昨天的報紙。

▶ 昨日_{さくじつ}からの大雪_{おおゆき}で、高速道路_{こうそくどうろ}が一時通行止_{いちじつうこうど}めとなっている。
由於大雪從昨天持續到今天，因此高速公路暫時停止通行。

☐ 名前_{なまえ}を削除_{さくじょ}する。
刪除姓名。

▶ インターネット上_{じょう}に私_{わたし}の写真_{しゃしん}が出_でていたので、削除_{さくじょ}を依頼_{いらい}した。
由於我的照片被公布在網路上，因此我要求予以　除。

☐ 昨年_{さくねん}と比_{くら}べる。
跟去年相比。

▶ 昨年_{さくねん}はお世話_{せわ}になりました。今年_{ことし}もよろしくお願_{ねが}いします。
去年承蒙您的關照，今年也請多指教。

☐ 作品_{さくひん}を批判_{ひはん}する。
批評作品。

▶ この絵_えは、ピカソが14歳_{さい}の時_{とき}に描_かいた作品_{さくひん}です。
這幅畫是畢卡索14歲時繪製的作品。

☐ 桜_{さくら}が咲_さく。
櫻花開了。

▶ 卒業式_{そつぎょうしき}の日_ひ、校庭_{こうてい}の桜_{さくら}の木_きの下_{した}で、みんなで写真_{しゃしん}を撮_とった。
畢業典禮那天，大家在校園裡的櫻花樹下一起拍了照。

☐ 酒_{さけ}に酔_よう。
酒醉。

▶ スーパーでお酒_{さけ}を買_かおうとしたら、年齢_{ねんれい}を聞_きかれた。
我去超市打算買酒，結果被問了年齡。

Check 1 必考單字	高低重音	詞性、類義詞與對義詞
0487 □□□ 叫ぶ _{さけ}	▸ さ|け|ぶ	▸ [自五] 喊叫，呼叫，大聲叫；呼喊，呼籲 [關] 呼ぶ 呼喚 _よ
0488 □□□ 避ける _さ	▸ さ|け|る	▸ [他下一] 躲避，避開，逃避；避免，忌諱 [類] 逃げる 逃避 _に
0489 □□□ 下げる _さ	▸ さ|げ|る	▸ [他下一] 向下；掛；收走 [關] 下ろす / 降ろす 放下 _お _お
0490 □□□ 刺さる _さ	▸ さ|さ|る	▸ [自五] 刺在…在，扎進，刺入 [關] 刺す 刺 _さ
0491 □□□ 刺す _さ	▸ さ|す	▸ [他五] 刺，穿，扎；螫，咬，釘；縫綴， 衲；捉住，黏捕 [關] 切る 切 _き
0492 □□□ 指す _さ	▸ さ|す	▸ [他五] 指，指示；使，叫，令，命令做… [關] 見せる 出示 _み
0493 □□□ 誘う _{さそ}	▸ さ|そ|う	▸ [他五] 邀約，勸誘；引起，促使；誘惑
0494 □□□ 作家 _{さっか}	▸ さ|っか	▸ [名] 作家，作者，文藝工作者；藝術 家，藝術工作者 [類] 小説家 小說家 _{しょうせっか}
0495 □□□ 作曲家 _{さっきょくか}	▸ さ|っきょくか	▸ [名] 作曲家 [關] 文学者 文學者 _{ぶんがくしゃ}

Check 2 必考詞組	Check 3 必考例句

☐ 急に叫ぶ。
突然大叫。

▶ 人間は、本当に恐怖を感じると、叫ぶこともできないそうだ。
據說人類真正感到恐懼的時候，是連叫都叫不出來的哦。

☐ 問題を避ける。
迴避問題。

▶ 会社を作るなら、資金不足は避けて通れない問題だ。
如果要開公司，缺乏資金是無法迴避的問題。

☐ コップを下げる。
收走杯子。

▶ ちょっと暑いな。エアコンの温度を下げてくれる？
有點熱耶。可以把冷氣的溫度調低嗎？

☐ 指にガラスの破片が刺さる。
手指被玻璃碎片刺傷。

▶ 何か痛いと思ったら、布団に針が刺さっていたよ。
不知道為什麼覺得有點痛，這才發現原來棉被上扎著一根針。

☐ 蜂に刺される。
被蜜蜂螫。

▶ 鍵穴に鍵を奥まで刺したら、ゆっくり右へ回してください。
請將鑰匙插進鑰匙孔，然後慢慢向右轉。

☐ 契約者を指している。
指的是簽約的雙方。

▶ 下線部「これ」の指すものは何か。文中のことばを書きなさい。
劃底線的「これ」是指什麼？請寫出文章中提到的相對詞語。

☐ 涙を誘う。
引人落淚。

▶ 鍋パーティーをします。お友達を誘って来てください。
我們要開火鍋派對，請大家邀請朋友們來參加。

☐ 作家が小説を書いた。
作家寫了小說。

▶ 作家といっても、主に子ども向けの絵本を作っています。
雖說我是作家，主要是創作適合兒童閱讀的繪本。

☐ 作曲家になる。
成為作曲家。

▶ 18世紀の作曲家バッハは、音楽の父と言われている。
18世紀的作曲家巴哈被譽為音樂之父。

Check 1 必考單字	高低重音	詞性、類義詞與對義詞

0496 □□□
様々
さまざま ▸

[名・形動] 種種，各式各樣的，形形色色的

0497 □□□ ●CD1 **25**
冷ます
さます ▸

[他五] 冷卻，弄涼；（使熱情、興趣）降低，減低
[關] 冷やす 冰鎮

0498 □□□
覚ます
さます ▸

[他五]（從睡夢中）弄醒，喚醒；（從迷惑、錯誤中）清醒，醒酒；使清醒，使覺醒
[關] 起きる 起床

0499 □□□
冷める
さめる ▸

[自下一]（熱的東西）變冷，涼；（熱情、興趣等）降低，減退
[關] 冷える 變冷

0500 □□□
覚める
さめる ▸

[自下一]（從睡夢中）醒，醒過來；（從迷惑、錯誤、沉醉中）醒悟，清醒
[關] 覚ます 弄醒

0501 □□□
皿
さら ▸

[名] 盤子；盤形物；（助數詞）一碟等
[關] 椀 碗

0502 □□□
サラリーマン
サラリーマン ▸

[名]【salariedman】薪水階級，職員
[關] 労働者 勞動者

0503 □□□
騒ぎ
さわぎ ▸

[名] 吵鬧，吵嚷；混亂，鬧事；轟動一時（的事件），激動，振奮
[關] うるさい 吵鬧

0504 □□□
〜山
さん ▸

[接尾] 山；寺院，寺院的山號
[關] 山岳 山岳

Check 2　必考詞組	Check 3　必考例句
□ 様々な原因を考えた。 想到了各種原因。	▶ この男の過去については、さまざまな噂が流れている。 關於這名男子的過去，有著各式各樣的流言。
□ 熱湯を冷ます。 把熱湯放涼。	▶ 焼いた肉は、冷蔵庫で2時間冷ましてから薄く切ります。 烤過的肉先放在冰箱裡冷卻兩個小時，然後再切成薄片。
□ 目を覚ました。 醒了。	▶ お父さんが目を覚ましたら、この薬を飲ませてね。 等爸爸醒來了以後，就給他吃這個藥哦。
□ スープが冷めてしまった。 湯冷掉了。	▶ ほら、しゃべってないで、冷めないうちに食べなさい。 好了，不要聊天了，趁還沒冷掉前趕快吃。
□ 目が覚めた。 醒過來了。	▶ 目が覚めたら授業が終わっていて、教室には僕ひとりだった。 醒來時發現已經下課，教室裡只剩我一個人了。
□ 料理を皿に盛る。 把菜放到盤子裡。	▶ 皿の真ん中には、小さなケーキがひとつ乗っていた。 盤子的正中央盛著一個小蛋糕。
□ サラリーマン階級。 薪水階級	▶ サラリーマン人生30年、家族のために、できない我慢もしてきました。 過了三十年工薪階層的人生，為了家人，所有不能忍的事我都忍了。
□ 騒ぎが起こった。 引起騷動。	▶ あの子は物を壊したり友達を叩いたり、よく騒ぎを起こす。 那個孩子不是破壞物品就是毆打朋友，經常鬧事。
□ 富士山に登る。 爬富士山。	▶ 富士山をはじめ、日本には生きている火山がたくさんあります。 包括富士山在內，日本有很多座活火山。

Check 1 必考單字	高低重音	詞性、類義詞與對義詞
0505 □□□ さん **産**	▸ さん ▸	[名‧漢造] 生産，分娩；（某地方）出生； 財産
0506 □□□ さん か **参加**	▸ さんか ▸	[名‧自サ] 參加，加入 [類] <ruby>出席<rt>しゅっせき</rt></ruby> 出席
0507 □□□ さんかく **三角**	▸ さんかく ▸	[名] 三角形；（數）三角學 [關] <ruby>四角<rt>し かく</rt></ruby> 四角
0508 □□□ ざんぎょう **残業**	▸ ざんぎょう ▸	[名‧自サ] 加班 [關] <ruby>勤務<rt>きん む</rt></ruby> 上班
0509 □□□ さんすう **算数**	▸ さんすう ▸	[名] 算數，初等數學；計算數量 [關] <ruby>計算<rt>けいさん</rt></ruby> 計算
0510 □□□ さんせい **賛成**	▸ さんせい ▸	[名‧自サ] 贊成，同意 [關] <ruby>承知<rt>しょう ち</rt></ruby> 同意 [對] <ruby>反対<rt>はんたい</rt></ruby> 反對
0511 □□□ **サンプル**	▸ サンプル ▸	[名‧他サ]【sample】樣品，樣本 [類] <ruby>見本<rt>み ほん</rt></ruby> 樣品
0512 □□□ し **紙**	▸ し ▸	[漢造] 報紙的簡稱；紙；文件，刊物 [類] <ruby>紙<rt>かみ</rt></ruby> 紙
0513 □□□ し **詩**	▸ し ▸	[名‧漢造] 詩，漢詩，詩歌 [關] <ruby>俳句<rt>はい く</rt></ruby> 俳句

Check 2 必考詞組	Check 3 必考例句
□ 日本産の車。 日産汽車	▶ 当店のメニューは全て国産の材料を使用しています。 本店的餐點全部採用國產的食材。
□ 参加を申し込む。 報名參加。	▶ 参加費を払ったら、こちらの参加者名簿にチェックをお願いします。 繳交參與費之後，請在這裡的參與者名單上確認您的大名。
□ 三角にする。 畫成三角。	▶ 卵のサンドイッチを作って、三角に切りました。 做了雞蛋三明治，然後切成三角形。
□ 残業して仕事を片付ける。 加班把工作做完。	▶ 残業して、うち帰って、ご飯食べて寝るだけ、悲しい人生だなあ。 每天就只有加班、回家、吃飯睡覺，真是悲哀的人生啊。
□ 算数が苦手だ。 不擅長算數。	▶ 国語、算数、理科、社会、これに小学校高学年から英語が加わります。 國語、數學、自然、社會，等到升上小學高年級之後還要加上英文。
□ 提案に賛成する。 賛成這項提案。	▶ それでは、この提案に賛成の方は手を挙げてください。 那麼，賛成這個方案的同仁請舉手。
□ サンプルを見て作る。 依照樣品來製作。	▶ 環境調査のため、日本中の土をサンプルとして集めています。 為了進行環境調查，我們蒐集日本的土壤作為樣本。
□ 表紙を作る。 製作封面。	▶ 部屋が汚れないよう、鳥かごの下に新聞紙を敷いている。 為了不弄髒房間，我在鳥籠底下鋪上報紙。
□ 詩を作る。 作詩。	▶ 高校生が書いた命の大切さを歌った詩が、話題になっている。 這首高中生寫的歌頌生命珍貴的詩，已經成了熱門話題。

Check 1 必考單字	高低重音	詞性、類義詞與對義詞

0514□□□

寺
じ

▸ じ ▸

[漢造] 寺
[關] 神社　神社
じんじゃ

0515□□□

幸せ
しあわ

▸ しあわせ ▸

[名・形動] 運氣，機運；幸福，幸運
[類] 幸福　幸福　[對] 不幸　不幸
こうふく　　　　　ふこう

0516□□□

シーズン

▸ シーズン ▸

[名]【season】（盛行的）季節，時期
[類] 季節　季節
きせつ

0517□□□

CDドライブ

▸ CDドライブ ▸

[名]【CD drive】CD機，光碟機
[關] スライド／ slide 放映裝置

0518□□□ ● CD1/26

ジーンズ

▸ ジーンズ ▸

[名]【jeans】牛仔褲
[關] パンツ／ pants 褲子

0519□□□

自営業
じ えいぎょう

▸ じえいぎょう ▸

[名] 獨立經營，獨資
[類] 個人企業　私營企業
こ じん き ぎょう

0520□□□

ジェット機
き

▸ ジェットき ▸

[名]【jet き】噴氣式飛機，噴射機
[類] 旅客機　客機
りょかくき

0521□□□

四角
しかく

▸ しかく ▸

[名] 四角形，四方形，方形

0522□□□

資格
しかく

▸ しかく ▸

[名] 資格，身份；水準
[關] 条件　條件
じょうけん

Check 2　必考詞組	Check 3　必考例句

寺院に詣でる。
参拝寺院。

► 京都の鹿苑寺は、建物の壁に金が貼られていることから金閣寺と呼ばれている。
京都鹿苑寺的建築物牆體貼著金箔，所以又被稱為金閣寺。

幸せになる。
變得幸福、走運。

► 二人で手を繋いでこの橋を渡ると幸せになれるんだって。
據說兩個人手牽手走過這座橋就可以得到幸福。

受験シーズン。
考季

► ここは春の桜が有名ですが、紅葉シーズンも見事です。
雖然這裡春天的櫻花很出名，但紅楓的季節也是一大看點。

CDドライブが起動しません。
光碟機沒有辦法起動。

► このパソコンにはCDドライブがありませんので、別売りの物をご購入ください。
由於這台電腦沒有光碟機，所以請另外加購。

ジーンズをはく。
穿牛仔褲。

► パーティーにジーンズを履いてくるとは、常識に欠けるな。
居然穿牛仔褲參加酒會！真是沒常識。

自営業で商売する。
獨資經商。

► 会社を辞めて、自営業の父を手伝うことにした。
我決定辭去公司的工作，幫忙父親經營家業。

ジェット機に乗る。
乘坐噴射機。

► 大統領を乗せたジェット機が羽田空港に着陸した。
總統乘坐的噴射機在羽田機場降落了。

四角の面積。
四方形的面積

► テーブルは四角がいいですか。丸いのも人気がありますよ。
您桌子比較喜歡方桌嗎？也有很多人喜歡圓桌哦！

資格を持つ。
擁有資格。

► 専門学校に通って、美容師の資格を取りました。
去職業學校上課，然後考取了美容師的執照。

Check 1 必考單字	高低重音	詞性、類義詞與對義詞

0523 □□□
時間目
じ かん め

▶ じかんめ

▶ [接尾] 第…小時

0524 □□□
資源
し げん

▶ しげん

▶ [名] 資源
[關] エネルギー 能源

0525 □□□
事件
じ けん

▶ じけん

▶ [名] 事件，案件
[關] 出来事 事件
で き ごと

0526 □□□
死後
し ご

▶ しご

▶ [名] 死後；後事
[關] 事後 事後 [對] 生前 生前
じ ご   せいぜん

0527 □□□
事後
じ ご

▶ じご

▶ [名] 事後
[關] 以後 以後 [對] 事前 事前
い ご   じ ぜん

0528 □□□
四捨五入
し しゃ ご にゅう

▶ ししゃごにゅう

▶ [名・他サ] 四捨五入
[關] 計算 計算
けいさん

0529 □□□
支出
し しゅつ

▶ ししゅつ

▶ [名・他サ] 開支，支出
[關] 消費 消費 [對] 収入 収入
しょう ひ   しゅうにゅう

0530 □□□
詩人
し じん

▶ しじん

▶ [名] 詩人
[關] 作家 作家
さっ か

0531 □□□
自信
じ しん

▶ じしん

▶ [名] 自信，自信心
[關] 自尊心 自尊心
じ そんしん

☐ 二時間目の授業。
第二節課

▶ 昼休みの後の5時間目の授業は、必ず眠くなるんだ。
午休結束後的第五節課總是很睏。

☐ 資源が少ない。
資源不足。

▶ 瓶や缶だけでなく、お菓子の箱やパンの袋なども資源ごみとして回収します。
不只是瓶罐、點心盒和麵包袋等等物品也屬於資源垃圾，要拿去回收。

☐ 事件が起きる。
發生案件。

▶ 市民プールでは、最近、財布が盗まれる事件が続いている。
最近在市民游泳池連續發生錢包遭竊的案件。

☐ 死後の世界。
冥界

▶ 男性が発見されたとき、死後1週間くらい経っていたそうだ。
這名男性被發現的時候，已經是死後一週左右了。

☐ 事後の処理を誤った。
事後處理錯誤。

▶ 事後報告になりますが、昨日A社との契約に成功しました。
容我事後報告，昨天與A公司成功簽約了。

☐ 小数点第三位を四捨五入する。
四捨五入取到小數點後第二位。

▶ 236を10の位で四捨五入すると240になります。
236四捨五入至十位數就是240。

☐ 支出を抑える。
減少支出。

▶ 今月は友達の結婚式やら車の修理やらで、支出が収入を越えてしまった。
這個月又是參加朋友的婚禮、又是修理汽車的，弄得入不敷出。

☐ 詩人になる。
成為詩人。

▶ 雲のことを天使のベッドだなんて、君は詩人だなあ。
說什麼雲是天使的床，你還真是個詩人啊。

☐ 自信を持つ。
有自信。

▶ 学生時代、水泳をやっていたので、体力には自信があります。
我學生時代養成游泳的習慣，所以對自己的體力很有信心。

133

Check 1 必考單字	高低重音	詞性、類義詞與對義詞
0532 □□□ 自然 <ruby>し<rt>しぜん</rt></ruby>ぜん	▶ しぜん	[名・形動・副] 自然，天然；大自然，自然 界；自然地 關 <ruby>環境<rt>かんきょう</rt></ruby> 環境
0533 □□□ 事前 <ruby>じ<rt>じぜん</rt></ruby>ぜん	▶ じぜん	[名] 事前 關 <ruby>以前<rt>いぜん</rt></ruby> 以前 對 <ruby>事後<rt>じご</rt></ruby> 事後
0534 □□□ 舌 <ruby>した<rt>した</rt></ruby>	▶ した	[名] 舌頭；說話；舌狀物 關 <ruby>口<rt>くち</rt></ruby> 嘴巴
0535 □□□ 親しい <ruby>した<rt>した</rt></ruby>しい	▶ したしい	[形]（血緣）近；親近，親密；不稀奇 關 <ruby>親切<rt>しんせつ</rt></ruby> 親切
0536 □□□ 質 <ruby>しつ<rt>しつ</rt></ruby>	▶ しつ	[名] 質量；品質，素質；質地，實質； 抵押品；真誠，樸實 關 <ruby>量<rt>りょう</rt></ruby> 分量
0537 □□□ 日 <ruby>じつ<rt>じつ</rt></ruby>	▶ じつ	[漢造] 太陽；日，一天，白天；每天 關 <ruby>月<rt>げつ</rt></ruby> 月
0538 □□□ 失業 <ruby>しつぎょう<rt>しつぎょう</rt></ruby>	▶ しつぎょう	[名・自サ] 失業 類 <ruby>首<rt>くび</rt></ruby> 開除
0539 □□□ ●CD1 27 湿気 <ruby>しっけ<rt>しっけ</rt></ruby>	▶ しっけ	[名] 濕氣 類 <ruby>湿度<rt>しつど</rt></ruby> 溼度
0540 □□□ 実行 <ruby>じっこう<rt>じっこう</rt></ruby>	▶ じっこう	[名・他サ] 實行，落實，施行 類 やる 實行

Check 2 必考詞組	Check 3 必考例句
□ 自然が豊かだ。 擁有豐富的自然資源。	▶ この村の豊かな自然が、都会からの観光客に人気です。 這個村子豐富的自然資源頗受來自都市的遊客歡迎。
□ 事前に話し合う。 事前討論。	▶ 手術をするためには、事前にいくつかの検査が必要です。 因為要動手術，所以必須預先進行幾項檢查。
□ 舌が長い。 愛說話。	▶ 女の子は、「ごめんなさい」と言うと、笑って舌を出した。 女孩笑著吐出舌頭說了「對不起」。
□ 親しい友達。 很要好的朋友	▶ 結婚式は、家族と親しい友人数人だけでするつもりです。 我的婚禮只打算邀請家人和幾位摯友而已。
□ 質がいい。 品質良好。	▶ なんでもいいから食べる物をちょうだい。質より量だよ。 不管什麼都好，拜託賞我一些食物。不求美味，只求越多越好。
□ 翌日に到着する。 在隔日抵達。	▶ 平日は仕事、週末は子どもの世話、たまの祝日くらい休ませてよ。 平日要工作，週末還得照顧孩子，難得的節日就讓我休息一下啦。
□ 会社が倒産して失業した。 公司倒閉而失業了。	▶ 会社を首になって、今失業中なんだ。旅行どころじゃないよ。 我被公司解雇，目前失業中，這個節骨眼上哪有可能去旅遊啊。
□ 湿気を防ぐ。 防潮濕。	▶ 梅雨の時期は部屋の湿気が酷くて、病気になりそうだ。 梅雨季節房間裡濕氣很重，感覺好像快要生病了。
□ 実行に移す。 付諸實行。	▶ あの男は計画を立てただけだ。実行犯は別にいる。 那名男子只負責擬訂計畫而已。實際犯下罪行的另有其人。

Check 1 必考單字	高低重音	詞性、類義詞與對義詞

0541 □□□
湿度
しつど
‣ しつど ‣
[名] 濕度
[關] 温度 溫度
おんど

0542 □□□
じっと
‣ じっと ‣
[副・自サ] 保持穩定，一動不動；凝神，
聚精會神；一聲不響地忍住；
無所做為，呆住
[關] 動く 動
うご

0543 □□□
実は
じつ
‣ じつは ‣
[副] 說真的，老實說，事實是，說實在
的
[類] 本当は 老實說
ほんとう

0544 □□□
実力
じつりょく
‣ じつりょく ‣
[名] 實力，實際能力
[類] 能力 能力
のうりょく

0545 □□□
失礼します
しつれい
‣ しつれいします ‣
[連語] （道歉）對不起；（先行離開）先
走一步
[類] お邪魔します 打擾了
じゃま

0546 □□□
自動
じどう
‣ じどう ‣
[名] 自動（不單獨使用）
[關] 自然 自然地
しぜん

0547 □□□
しばらく
‣ しばらく ‣
[副] 好久；暫時
[類] 久しぶり 好久不見
ひさ

0548 □□□
地盤
じばん
‣ じばん ‣
[名] 地基，地面；地盤，勢力範圍
[關] 範囲 範圍
はんい

0549 □□□
死亡
しぼう
‣ しぼう ‣
[名・他サ] 死亡
[類] 死ぬ 死亡
し

Check 2　必考詞組

□ 湿度が高い。
湿度很高。

□ 相手の顔をじっと見つめる。
凝神注視對方的臉。

□ 実は私がやったのです。
老實說是我做的。

□ 実力がつく。
具有實力。

□ お先に失礼します。
我先失陪了。

□ 自動販売機で飲み物を買う。
在自動販賣機買飲料。

□ しばらく会社を休む。
暫時向公司請假。

□ 地盤がゆるい。
地基鬆軟。

□ 事故で死亡する。
死於意外事故。

Check 3　必考例句

▶ 絵画の保存のために、部屋の温度と湿度を自動で管理しています。
為了保存畫作，房間裡的溫度和濕度都採用自動管理系統。

▶ 少しの間じっとしててね。痛くないよ。（注射をして）はい、終わり。
稍微忍耐一下哦，不會痛的。（打針）好了，打完了。

▶ 実は、若い頃は歌手になりたくて、駅前で歌ったりしてたんだ。
其實我年輕的時候想成為歌手，當時曾在車站前賣唱。

▶ プロの選手なら、実力はもちろん、人気も必要だ。
如果想當職業選手的話，首先必須具備實力，再者人氣也是必要的。

▶ 「お先に失礼します。」「あ、待って。一緒に帰りましょう。」
「我先走了。」「啊，等一下，我們一起回去吧！」

▶ セットしておけば、好きな時間に自動でお風呂が沸きます。
只要先設定好，就會在您想要的時間自動蓄滿熱洗澡水。

▶ ただいま窓口が大変混雑しています。こちらでしばらくお待ちください。
現在櫃檯窗口擠了很多人。請您在這邊稍等一下。

▶ 先日の地震で、この辺りの地盤が5センチほど沈んだそうだ。
據說前幾天的地震導致這一帶的地盤下陷了五公分左右。

▶ 救急車で病院に運ばれた人の死亡が確認された。
由救護車送到醫院的患者已經證實死亡了。

Check 1 / 必考單字	高低重音	詞性、類義詞與對義詞

0550 ☐☐☐

しま
縞

▸ し͞ま

[名]（布的）條紋，格紋，條紋布
[類] ストライプ／stripe 條紋

0551 ☐☐☐

しまがら
縞柄

▸ し͞まがら

[名] 條紋花樣
[關] 無地（むじ） 素色

0552 ☐☐☐

しまもよう
縞模様

▸ し͞まも͞よう

[名] 條紋花樣
[關] 花模様（はなもよう） 花卉圖案

0553 ☐☐☐

じまん
自慢

▸ じ͞まん

[名・他サ] 自滿，自誇，自大，驕傲
[關] 自信（じしん） 自信

0554 ☐☐☐

じみ
地味

▸ じ͞み

[形動] 素氣，樸素，不華美；保守
[關] おとなしい 素氣

0555 ☐☐☐

しめい
氏名

▸ し͞めい

[名] 姓與名，姓名
[關] 苗字（みょうじ） 姓

0556 ☐☐☐

し め き
締め切り

▸ し͞めきり

[名]（時間、期限等）截止，屆滿；封
死，封閉；截斷，斷流
[類] 期限（きげん） 截止

0557 ☐☐☐

しゃ
車

▸ しゃ

[名・接尾・漢造] 車；（助數詞）車，輛，車廂
[類] 乗り物（のりもの） 交通工具

0558 ☐☐☐

しゃ
者

▸ しゃ

[漢造] 者，人；（特定的）事物，場所

□ 縞模様を描く。

織出條紋。

► 絵が下手でも、黒と黄色の縞を描けば、だいたい虎に見えるよ。

雖然不擅長畫畫，但只要畫出黑色和黃色的花紋，還是能看得出是隻老虎吧。

□ この縞柄が気に入った。

喜歡這種條紋花樣。

► 母の誕生日に縞柄のマフラーをプレゼントした。

在媽媽的生日時送了條紋圍巾當作禮物。

□ 縞模様のシャツを持つ。

有條紋襯衫。

► シャツは横縞、ズボンは縦縞、そんなに縞模様が好きなの？

襯衫是橫條紋、褲子是直條紋，你就這麼喜歡條紋嗎？

□ 成績を自慢する。

以成績為傲。

► 隣の奥さんはご主人の自慢ばかり。他に自慢することがないのかしら。

隔壁太太一個勁的炫耀她的老公，是沒有別的事情可以炫耀了嗎？

□ 地味な人。

樸素的人

► 昼間は地味な銀行員、夜はダンスホールでアルバイトをしている。

我白天是不起眼的銀行行員，晚上在舞廳兼職。

□ 氏名を詐称する。

謊報姓名。

► 解答用紙の右上に受験番号と氏名を記入してください。

請在答案卷的右上方填寫准考證號碼和姓名。

□ 締め切りが迫る。

臨近截稿日期。

► 応募者に番組 DVD をプレゼント。締め切りは2月 10 日。

來信索取者我們將贈送本節目的DVD。索取截止日期是2月10日。

□ 電車に乗る。

搭電車。

► 火事のようだ。大通りを消防車が何台も走って行った。

好像是失火了。馬路上有好幾輛消防車飛快地開過去了。

□ 筆者に原稿を依頼する。

請作者寫稿。

► 来週、両親に婚約者を紹介しようと思っている。

我打算下個星期向父母介紹我的未婚妻。

Check 1 / 必考單字	高低重音	詞性、類義詞與對義詞

0559 □□□ ● CD1 28

社 ▸ しゃ ▸ [名・漢造] 公司，報社（的簡稱）；社會
圞 会社 公司

0560 □□□

市役所 ▸ しやくしょ ▸ [名] 市政府，市政廳
圞 区役所 區政府

0561 □□□

ジャケット ▸ ジャケット ▸ [名]【jacket】外套，短上衣；唱片封面
圞 スーツ／suit 套裝

0562 □□□

車掌 ▸ しゃしょう ▸ [名] 乘務員，車掌
圞 駅員 站務員

0563 □□□

ジャズ ▸ ジャズ ▸ [名・自サ]【jazz】（樂）爵士音樂
圞 クラシック／classic 古典音樂

0564 □□□

しゃっくり ▸ しゃっくり ▸ [名・自他サ] 打嗝
圞 欠伸 哈欠

0565 □□□

杓文字 ▸ しゃもじ ▸ [名] 杓子，飯杓
圞 おたまじゃくし 勺子

0566 □□□

手 ▸ しゅ ▸ [漢造] 手；親手；專家；有技藝或資格的人
圞 家 家

0567 □□□

酒 ▸ しゅ ▸ [漢造] 酒
圞 アルコール／（荷）alcohol 酒精

Check 2 / 必考詞組	Check 3 / 必考例句

□ 社員になる。
成為公司職員。

▶ 出版社に就職が決まった。いよいよ春から社会人だ。
我已經得到了出版社的工作。今年春天終於成為社會人士了。

□ 市役所へ行く。
去市公所。

▶ 子どもが生まれたので、市役所へ出生届を出した。
因為孩子出生了，所以要去市公所提交出生證明。

□ ジャケットを着る。
穿外套。

▶ 彼女は店に入ると、ジャケットを脱いで椅子の背に掛けた。
她一進入店裡，就脫下夾克掛在椅背上。

□ 車掌が検札に来た。
乘務員來查票。

▶ 新幹線の車内では、車掌が特急券の確認をします。
在新幹線的車廂裡，乘務員會確認乘客所持的特快車票。

□ ジャズのレコードを収集する。
收集爵士唱片。

▶ ジャズ喫茶でピアノを弾くアルバイトをしています。
我在爵士咖啡館裡兼職彈鋼琴。

□ しゃっくりが出る。
打嗝。

▶ しゃっくりの止め方を知ってる？もう2時間も止まらないんだ。
你知道有什麼方法可以讓打嗝停下來嗎？我已經整整打嗝兩個小時了都停不下來。

□ しゃもじにご飯粒がついている。
飯匙上沾著飯粒。

▶ 炊飯器を買ったら、杓文字と米1キロがついてきた。
如果買了電鍋，就會附送飯杓和一公斤的米。

□ 助手を呼んでくる。
請助手過來。

▶ 野球選手や電車の運転手などは、子どもに人気の職業です。
棒球選手和電車駕駛堪稱是孩子們的夢幻職業。

□ 葡萄酒を飲む。
喝葡萄酒。

▶ 日本酒は温めて飲んでもおいしいのを知っていますか。
你知道日本酒溫熱飲用也很好喝嗎？

Check 1 必考單字	高低重音	詞性、類義詞與對義詞

0568 □□□
しゅう
週 ▸ しゅう ▸ [名·漢造] 星期；一圈
關 曜日 星期

0569 □□□
しゅう
州 ▸ しゅう ▸ [名] 大陸，州
關 陸 陸地

0570 □□□
しゅう
集 ▸ しゅう ▸ [名·漢造]（詩歌等的）集；聚集
關 書 書

0571 □□□
じゅう
重 ▸ じゅう ▸ [名·漢造]（文）重大；穩重；重要

0572 □□□
しゅうきょう
宗教 ▸ しゅうきょう ▸ [名] 宗教
關 教会 教會

0573 □□□
じゅうきょひ
住居費 ▸ じゅうきょひ ▸ [名] 住宅費，居住費
類 家賃 房租

0574 □□□
しゅうしょく
就職 ▸ しゅうしょく ▸ [名·自サ] 就職，就業，找到工作
類 働く 工作

0575 □□□
ジュース ▸ ジュース ▸ [名]【juice】果汁，汁液，糖汁，肉汁
關 ドリンク／drink 飲料

0576 □□□
じゅうたい
渋滞 ▸ じゅうたい ▸ [名·自サ] 停滯不前，進展不順利，不流通

Check 2 / 必考詞組

☐ 週に一回運動する。
毎周運動一次。

☐ 州の法律。
州的法律

☐ 作品を全集にまとめる。
把作品編輯成全集。

☐ 重要な役割を担う。
擔任重要角色。

☐ 宗教を信仰する。
信仰宗教。

☐ 住居費が高い。
住宿費用很高。

☐ 地元の企業に就職する。
在當地的企業就業。

☐ ジュースを飲む。
喝果汁。

☐ 道が渋滞している。
路上塞車。

Check 3 / 必考例句

▶ 会社は週休2日だが、週末に仕事を持って帰ることも多い。
公司雖然是週休二日，但週末把工作帶回家做也是常有的事。

▶ 両親はアメリカのカリフォルニア州に住んでいます。
我的父母住在美國加州。

▶ これは日本を代表する詩人、谷川俊太郎の詩集です。
這是日本知名詩人谷川俊太郎的詩集。

▶ この病気を治すには、自分で体重を管理することが重要です。
想治好這種病，做好自我體重管理是很重要的。

▶ 宗教とは、今この世に生きている人を救うために存在する。
所謂宗教，就是為了拯救目前活在世上的人們而存在的。

▶ 住居費の一部は、会社が出してくれるので助かっている。
公司會幫忙支付一部分住宿費用，真是幫了大忙。

▶ 就職活動のために、髪を切ってスーツを買った。
為了找工作，我剪了頭髮還買了西裝。

▶ サンドイッチとオレンジジュースをください。
請給我三明治和柳橙汁。

▶ 道が渋滞していて、海に着いたときには、もう昼を過ぎていた。
因為路上塞車，所以到達海邊已經是中午過後了。

Check 1 必考單字	高低重音	詞性、類義詞與對義詞

0577 □□□
じゅうたん
絨毯 ▸ じゅうたん ▸ [名] 地毯
關 座布団 坐塾

0578 □□□
しゅうまつ
週末 ▸ しゅうまつ ▸ [名] 週末
類 土日 六日

0579 □□□
じゅうよう
重要 ▸ じゅうよう ▸ [名・形動] 重要，要緊
類 大切 重要

0580 □□□
しゅうり
修理 ▸ しゅうり ▸ [名・他サ] 修理，修繕
類 直す 修理

0581 □□□
しゅうりだい
修理代 ▸ しゅうりだい ▸ [名] 修理費
關 改装費 改装費

0582 □□□ ◉ CD1 29
じゅぎょうりょう
授業料 ▸ じゅぎょうりょう ▸ [名] 學費
類 学費 學費

0583 □□□
しゅじゅつ
手術 ▸ しゅじゅつ ▸ [名・他サ] 手術
關 治療 治療

0584 □□□
しゅじん
主人 ▸ しゅじん ▸ [名] 家長，一家之主；丈夫，外子；主人；東家，老闆，店主
類 夫 丈夫

0585 □□□
しゅだん
手段 ▸ しゅだん ▸ [名] 手段，方法，辦法
類 仕方 辦法

Check 2 必考詞組	Check 3 必考例句
□ 絨毯を敷く。 鋪地毯。	▶ じゅうたんは丁寧に掃除機をかけてください。 請用吸塵器仔細清潔地毯。
□ 週末に運動する。 每逢週末就會去運動。	▶ 週末は妻と近所のダンス教室に通っています。 週末和妻子一起去附近的舞蹈教室上課。
□ 重要な仕事をする。 從事重要的工作。	▶ 今日は重要な会議があるんだ。風邪くらいで休むわけにはいかない。 今天有重要的會議，可能因為一點感冒就請假。
□ 車を修理する。 修繕車子。	▶ パソコンの調子が悪いので、修理に出すことにした。 因為電腦壞了，所以決定送去修理。
□ 修理代を支払う。 支付修理費。	▶ 6000円で買ったヒーターの修理代が5000円だって。 用六千圓買的暖氣，修理費居然要五千圓。
□ 授業料が高い。 授課費用很高。	▶ 大学の授業料は、奨学金をもらって払うつもりです。 我打算用獎學金支付大學的學費。
□ 手術して治す。 進行手術治療。	▶ 先日胃の手術をしたので、柔らかいものしか食べられないんです。 我前幾天動了胃部的手術，所以只能吃流質的食物。
□ 隣家の主人。 鄰居的男主人	▶ お隣のご主人は、家事をよく手伝ってくれるんですって。 聽說隔壁鄰居的丈夫經常幫忙做家事。
□ 手段を選ばない。 不擇手段。	▶ こうなったら最終手段だ。値段を半額にして売るしかない。 這樣的話，我也不得不使出最終手段，只好半價出售了。

Check 1　必考單字	高低重音	詞性、類義詞與對義詞

0586 □□□
しゅつじょう
出場 ▸ しゅ つじょう ▸ [名・自サ]（參加比賽）上場，入場；出站，走出場
[類] 参加 參加

0587 □□□
しゅっしん
出身 ▸ しゅっしん ▸ [名] 出生（地），籍貫；出身；畢業於…
[類] 生まれ 出生

0588 □□□
しゅるい
種類 ▸ しゅるい ▸ [名] 種類
[類] タイプ／ type 類型

0589 □□□
じゅん さ
巡査 ▸ じゅんさ ▸ [名] 警察，警官
[類] お巡りさん 警察官

0590 □□□
じゅんばん
順番 ▸ じゅんばん ▸ [名] 輪班（的次序），輪流，依次交替
[類] 番 輪班

0591 □□□
しょ
初 ▸ しょ ▸ [漢造] 初，始；首次，最初

0592 □□□
しょ
所 ▸ しょ ▸ [漢造] 處所，地點；特定地
[關] 場 地方

0593 □□□
しょ
諸 ▸ しょ ▸ [漢造] 諸
[關] 各 各

0594 □□□
じょ
女 ▸ じょ ▸ [名・漢造]（文）女兒；女人，婦女
[對] 男 男人

□ コンクールに出場
する。
参加比賽。

▶ 試合に出場する選手の名前が会場にアナウンス
された。
會場上廣播了即將出賽的選手姓名。

□ 東京の出身。
出生於東京

▶ 京都の方なんですか？僕も関西出身なんです
よ。
請問您是京都人嗎？我也來自關西哦！

□ 種類が多い。
種類繁多。

▶ 桜の木にもこんなに種類があるとは知らなかっ
た。
我不知道竟然有這種品種的櫻花樹！

□ 巡査に逮捕される。
被警察逮捕。

▶ 今は交番勤務の巡査だが、いつかは刑事になり
たい。
雖然現在只是派出所的巡警，但總有一天我要當上刑警！

□ 順番を待つ。
依序等待。

▶ 診察券を出してください。先に出した方から順
番に診察します。
請出示掛號證。我們將從先掛號的順序進行診療。

□ 彼とは初対面だ。
和他是初次見面。

▶ 日本語の授業は、初級クラスと中級クラスがあ
ります。
日語課程分為初級班和中級班。

□ 次の場所へ移動す
る。
移動到下一個地方。

▶ バス会社の営業所で事務の仕事をしています。
我在巴士公司的營業據點負責行政事物。

□ 欧米諸国を旅行す
る。
旅行歐美各國。

▶ ASEANは日本語で、東南アジア諸国連合といい
ます。
ASEAN用日語來說就是「東南アジア諸国連合」（東南亞
國家協會）。

□ かわいい少女を見
た。
看見一位可愛的少女。

▶ あの女優さん、女医の役がよく似合ってるね。
那位女演員很適合飾演女醫師呢。

Check 1 必考單字	高低重音	詞性、類義詞與對義詞
0595 □□□ 助 じょ	▶ じょ	▶ [漢造] 幫助；協助
0596 □□□ 省 しょう	▶ しょう	▶ [名・漢造] 省掉；(日本內閣的) 省，部 [關] 部 部
0597 □□□ 商 しょう	▶ しょう	▶ [名・漢造] 商，商業；商人；(數) 商；商 量 [關] 業 業
0598 □□□ 勝 しょう	▶ しょう	▶ [漢造] 勝利；名勝 [類] 敗 敗
0599 □□□ 状 じょう	▶ じょう	▶ [名・漢造] (文) 書面，信件；情形，狀況 [關] 姿 外形
0600 □□□ 場 じょう	▶ じょう	▶ [名・漢造] 場，場所；場面 [關] 所 地方
0601 □□□ 畳 じょう	▶ じょう	▶ [接尾・漢造] (助數詞)(計算草蓆、席墊) 塊，疊；重疊
0602 □□□ 小学生 しょうがくせい	▶ しょうがくせい	▶ [名] 小學生 [類] 生徒 學生
0603 □□□ 定規 じょうぎ	▶ じょうぎ	▶ [名] (木工使用) 尺，規尺；(轉) 標準 [關] コンパス／ (荷) kompas 圓規

Check 2　必考詞組	Check 3　必考例句

□ 資金を援助する。
出資幫助。

▶ 海外の地震で、日本から連れて行った救助犬が活躍したそうだ。
據說從日本帶往海外協助地震救災的救難犬表現十分出色。

□ 新しい省をつくる。
建立新省。

▶ それまでの文部省と科学技術庁を併せて、今の文部科学省が作られた。
將從前的文部省和科學技術廳合併後成立了現在的文部科學省。

□ 商店を営む。
經營商店。

▶ 大学の商学部で勉強したことを生かして、商社に就職した。
運用在大學商學院學到的知識，得以進入了貿易公司上班。

□ 勝利を得た。
獲勝。

▶ あのチームとは3勝3敗だ。明日の決勝は絶対に勝つぞ。
我們和那支球隊的比分是三勝三負。明天的決賽一定要取得勝利！

□ 現状を報告する。
報告現況。

▶ 医者から、もっと大きい病院に行くように言われ、紹介状を渡された。
醫生建議我去更大型的醫院就診，並給了我轉診單。

□ 会場を片付ける。
整理會場。

▶ 駐車場の車の上で、猫が昼寝をしている。
停車場裡的車子上，有一隻貓正在午睡。

□ 6畳の部屋。
六疊室

▶ このアパートの間取りは2DKで、部屋は6畳と4畳半です。
這間公寓的格局是兩房一廳一廚，房間分別是六張和四張半榻榻米大小。

□ 小学生になる。
上小學。

▶ 町内野球大会で、小学生チームと戦って、負けた。
我們在鎮上的棒球大賽中和小學生隊伍對決，結果輸了。

□ 定規で線を引く。
用尺畫線。

▶ 定規で線を引いて、学校から家までの地図をかいた。
我用尺畫線，畫出了從學校到家裡的地圖。

149

Check 1 必考單字	高低重音	詞性、類義詞與對義詞

0604 □□□ ● CD1 / 30
しょうきょくてき
消極的 ▶ しょうきょくてき ▶ [形動] 消極的
しょうきょくてき
[類] 積極的 積極的

0605 □□□
しょうきん
賞金 ▶ しょうきん ▶ [名] 賞金；獎金
しょうひん
[關] 賞品 獎品

0606 □□□
じょうけん
条件 ▶ じょうけん ▶ [名] 條件；條文，條款

0607 □□□
しょう ご
正午 ▶ しょうご ▶ [名] 正午
ひる
[類] 昼 正午

0608 □□□
じょう し
上司 ▶ じょうし ▶ [名] 上司；上級
[關] リーダー／ leader 領導者
ぶ か
[對] 部下 部下

0609 □□□
しょうじき
正直 ▶ しょうじき ▶ [名・形動・副] 正直，老實
まじ め
[關] 真面目 誠實

0610 □□□
じょうじゅん
上旬 ▶ じょうじゅん ▶ [名] 上旬
しょじゅん げ じゅん
[類] 初旬 上旬 [對] 下旬 下旬

0611 □□□
しょうじょ
少女 ▶ しょうじょ ▶ [名] 少女，小姑娘
おんな こ しょうねん
[類] 女の子 女孩子 [對] 少年 少年

0612 □□□
しょうじょう
症状 ▶ しょうじょう ▶ [名] 症狀
ちょう し
[關] 調子 情況

Check 2 必考詞組

□ 消極的な態度をとる。
採取消極的態度。

□ 賞金をかせぐ。
賺取賞金。

□ 条件を決める。
決定條件。

□ 正午になった。
到了中午。

□ 上司に従う。
遵從上司。

□ 正直な人。
正直的人。

□ 来月上旬に旅行する。
下個月的上旬要去旅行。

□ かわいい少女。
可愛的少女

□ 病気の症状。
病情症狀。

Check 3 必考例句

▶ 合コンでカラオケに行ったが、みんな消極的で、歌ったのは私だけだった。
聯誼時去了卡拉OK，但大家都興趣缺缺，到頭來只有我一個人在唱。

▶ この大会で優勝した趙選手は、賞金の1億円を手に入れた。
在這次大賽中奪下冠軍的趙選手獲得了一億圓的獎金。

▶ では、夏休み明けにレポートを出すことを条件に、単位をあげましょう。
那麼，就以暑假結束後交出報告作為交換條件，先給你們學分吧！

▶ 広場の方から、正午を知らせる大時計の鐘の音が聞こえてきた。
這裡可以聽見從廣場那邊傳來了大時鐘正午報時的鐘聲。

▶ 僕は上司と飲みに行くのは嫌いじゃないよ。ただだからね。
我並不討厭和上司一起去喝酒哦！因為不用我出錢。

▶ 正直者が馬鹿を見るような世の中ではいけない。
把老實人看做笨蛋，這樣的社會是有問題的。

▶ この山は、11月上旬には紅葉で真っ赤になります。
這座山的楓葉將於十一月上旬全部轉紅。

▶ 社長室の壁には、バレエを踊る少女の絵が掛かっている。
總經理辦公室的牆壁上，掛著一幅芭蕾舞少女的畫。

▶ この薬は、熱や頭痛などの症状によく効きます。
這種藥對發燒和頭痛等症狀很有效。

Check 1 必考單字	高低重音	詞性、類義詞與對義詞

0613 □□□
しょうすう
小数 ▸ しょうすう ▸
[名] 很小的數目；（數）小數
關 偶数 偶数
ぐうすう

0614 □□□
しょうすう
少数 ▸ しょうすう ▸
[名] 少數
類 少ない 少数 對 多数 多数
すく　　　　　　　　　た　すう

0615 □□□
しょうすうてん
小数点 ▸ しょうすうてん ▸ [名] 小數點

0616 □□□
しょうせつ
小説 ▸ しょうせつ ▸ [名] 小說

0617 □□□
じょうたい
状態 ▸ じょうたい ▸
[名] 狀態，情況
關 症状 病情
しょうじょう

0618 □□□
じょうだん
冗談 ▸ じょうだん ▸
[名] 戲言，笑話，詼諧，玩笑
類 ジョーク／ joke 笑話

0619 □□□
しょうとつ
衝突 ▸ しょうとつ ▸
[名・自サ] 撞，衝撞，碰上；矛盾，不一
致；衝突
類 当たる 撞
あ

0620 □□□
しょうねん
少年 ▸ しょうねん ▸
[名] 少年
類 男の子 男孩子 對 少女 少女
おとこ　こ　　　　　　　　しょうじょ

0621 □□□
しょうばい
商売 ▸ しょうばい ▸
[名・自サ] 經商，買賣，生意；職業，行
業
關 貿易 貿易
ぼうえき

Check 2 必考詞組	Check 3 必考例句

☐ 小数点以下は、四捨五入する。
小數點以下，要四捨五入。

▶ 資料の数字は、15.88 のように小数第 2 位まで記入すること。
資料上的數字請填寫到小數點第二位，例如15.88。

☐ 賛成者は少数だった。
少數贊成者。

▶ 物事を決めるときは、少数の意見もきちんと聞くことが大切だ。
做決定的時候，聽取少數人的意見是非常重要的。

☐ 小数点以下は、書かなくてもいい。
小數點以下的數字可以不必寫出來。

▶ 23.6 の小数点以下を四捨五入すると、24 になります。
23.6把小數點四捨五入就是24。

☐ 小説を読む。
看小說。

▶ この小さな村は、有名な小説の舞台になった所だそうだ。
據說這座小村莊就是那部知名小說的故事背景所在地。

☐ こんな状態になった。
變成這種情況了。

▶ 食品などを冷やした状態で運んでくれる宅配便があります。
有一種快遞可以在冷凍狀態下運送食品。

☐ 冗談を言うな。
不要亂開玩笑。

▶ 犬に育てられたって言ったら本気にされちゃって。冗談なのに。
我說我是被狗養大的，他居然信以為真。我只是開玩笑的啊！

☐ 壁に衝突した。
撞上了牆壁。

▶ 彼は仕事に一生懸命なのはいいが、すぐに人と衝突する。
他非常努力工作，這點是很好，問題是他經常和別人起衝突。

☐ 少年の頃に戻る。
回到年少時期。

▶ あの美しい少年も、40 年後には私と同じ、お腹の出たおじさんさ。
當年的那位美少年，過了四十年也和我一樣，變成有啤酒肚的大叔了。

☐ 商売が繁盛する。
生意興隆。

▶ 店は閉めないよ。うちは 100 年前からここで商売してるんだから。
這家店不會關門哦！因為我們從一百年前就開始在這裡做生意了。

Check 1　必考單字	高低重音	詞性、類義詞與對義詞

0622□□□
しょう ひ
消費　　▶ しょうひ　▶ [名・他サ] 消費，耗費
關 支出 支出（ししゅつ）

0623□□□
しょうひん
商品　　▶ しょうひん　▶ [名]（經）商品，貨品
類 品物（しなもの） 商品

0624□□□
じょうほう
情報　　▶ じょうほう　▶ [名] 情報，信息
類 データ／data 情報

0625□□□ ◉CD1/31
しょうぼうしょ
消防署　▶ しょうぼうしょ　▶ [名] 消防局，消防署
關 警察署（けいさつしょ） 警察局

0626□□□
しょうめい
証明　　▶ しょうめい　▶ [名・他サ] 證明
關 確認（かくにん） 明確

0627□□□
しょうめん
正面　　▶ しょうめん　▶ [名] 正面；對面；直接，面對面
類 表（おもて） 表面

0628□□□
しょうりゃく
省略　　▶ しょうりゃく　▶ [名・副・他サ] 省略，從略

0629□□□
し ようりょう
使用料　▶ しようりょう　▶ [名] 使用費
關 ガス料金（りょうきん） 瓦斯費

0630□□□
しょく
色　　　▶ しょく　▶ [漢造] 顏色；臉色，容貌；色情；景象
類 カラー／color 顏色

Check 2 必考詞組	**Check 3** 必考例句
□ ガソリンを消費する。 消耗汽油。	▶ 日本におけるワインの消費量は、年々増加している。 在日本，葡萄酒的消費量正在逐年增加。
□ 商品が揃う。 商品齊備。	▶ 本日よりバーゲンです。こちらの商品は全て半額になります。 只有今天大特價！本區商品全都半價出售！
□ 情報を得る。 獲得情報。	▶ お客様の個人情報になりますので、お教えしかねます。 這是顧客的個人資料，恕我無法告知。
□ 消防署に通報する。 通知消防局。	▶ 駅前のビルから煙が上がっていると、消防署に電話が入った。 車站前的大樓一冒出煙霧，消防署的電話就響了。
□ 身分を証明する。 證明身分。	▶ 僕は嘘はついてないけど、それを証明する方法がないんだ。 我並沒有說謊，但我無法證明。
□ 正面から立ち向かう。 正面面對。	▶ 正面を向いた写真を1枚、横顔を1枚、用意してください。 請準備正面的照片一張、側面的照片一張。
□ 説明を省略する。 省略說明。	▶ 以下は、昨年の資料と同じですので、省略します。 以下和去年的資料相同，予以略過。
□ 会場使用料を支払う。 支付場地租用費。	▶ こちらのホールの使用料は、2時間当たり10万円になります。 這個宴會廳的使用費是兩小時十萬圓。
□ 顔色を失う。 花容失色。	▶ 小学校に上がるとき、24色の色鉛筆を買ってもらった。 即將上小學的時候，有人買了二十四色的色鉛筆給我。

さ

行

Part

1

Check 1 必考單字	高低重音	詞性、類義詞與對義詞

0631 □□□

しょくご
食後 ▸ しょくご ▸ [名] 飯後，食後
對 食前 飯前

0632 □□□

しょくじだい
食事代 ▸ しょくじだい ▸ [名] 餐費，飯錢
關 使用料 使用費

0633 □□□

しょくぜん
食前 ▸ しょくぜん ▸ [名] 飯前
關 食事 吃飯

0634 □□□

しょくにん
職人 ▸ しょくにん ▸ [名] 工匠
關 達人 高手

0635 □□□

しょくひ
食費 ▸ しょくひ ▸ [名] 每日飯食所需費用，膳費，伙食費
類 食事代 餐費

0636 □□□

しょくりょう
食料 ▸ しょくりょう ▸ [名] 食品，食物；食費

0637 □□□

しょくりょう
食糧 ▸ しょくりょう ▸ [名] 食糧，糧食
類 食べ物 食物

0638 □□□

しょっきだな
食器棚 ▸ しょっきだな ▸ [名] 餐具櫃，碗廚
關 本棚 書櫃

0639 □□□

ショック ▸ ショック ▸ [名]【shock】震動，刺激，打擊；（手術或注射後的）休克
關 刺激 刺激

156

□ 食後に薬を飲む。
薬必須在飯後服用。

▶ 食後にアイスクリームはいかがですか。
飯後要不要來點冰淇淋呢？

□ 母が食事代をくれた。
媽媽給了我飯錢。

▶ 今日は会社からお弁当が出るので、食事代はかかりません。
因為今天由公司準備便當，所以沒有花到餐費。

□ 食前にちゃんと手を洗う。
飯前把手洗乾淨。

▶ この薬は、食前に飲んだほうがよく効きます。
這種藥在飯前服用比較有效哦！

□ 職人になる。
成為工匠。

▶ 東京にはすし職人になるための学校があります。
東京有專門訓練壽司師傅的學校。

□ 食費を抑える。
控制伙食費。

▶ 給料は安いが、食べることが好きなので、食費は減らせない。
雖然薪水不高，但因為喜歡享受美食，所以不能刪減伙食費。

□ 食料を配る。
分配食物。

▶ デパートの食料品売り場で、餃子を売っています。
百貨公司的食品賣場有販賣餃子。

□ 食糧を蓄える。
儲存糧食。

▶ このまま人口が増え続けると、世界は深刻な食糧不足になると言われている。
據說如果人口持續增加，世界上的糧食將會嚴重不足。

□ 食器棚に皿を置く。
把盤子放入餐具櫃裡。

▶ 食器棚の中には、美しいコーヒーカップが並んでいた。
碗盤架上擺放著精緻的咖啡杯。

□ ショックを受けた。
受到打擊。

▶ 娘にお父さん嫌いと言われて、ショックで食事が喉を通らない。
女兒對我說「最討厭爸爸了」，我因而受到打擊，連飯都吃不下了。

Check 1 必考單字	高低重音	詞性、類義詞與對義詞

0640 □□□
書物
しょもつ
▶ しょもつ
▶ [名]（文）書，書籍，圖書
類 図書 圖書
としょ

0641 □□□
女優
じょゆう
▶ じょゆう
▶ [名] 女演員
關 俳優 演員
はいゆう

0642 □□□
書類
しょるい
▶ しょるい
▶ [名] 文書，公文，文件
關 書物 書籍
しょもつ

0643 □□□
知らせ
し
▶ しらせ
▶ [名] 通知；預兆，前兆
類 伝言 傳話
でんごん

0644 □□□
尻
しり
▶ しり
▶ [名] 屁股，臀部；（移動物體的）後方，後面；末尾，最後；（長物的）末端
類 けつ 屁股

0645 □□□
知り合い
し　あ
▶ しりあい
▶ [名] 熟人，朋友
關 友達 朋友
ともだち

0646 □□□
シルク
▶ シルク
▶ [名]【silk】絲，絲綢；生絲
關 綿 綿
めん

0647 □□□ ●CD1 32
印
しるし
▶ しるし
▶ [名] 記號，符號；象徵（物），標記；徽章；（心意的）表示；紀念（品）；商標
關 証明 證明
しょうめい

0648 □□□
白
しろ
▶ しろ
▶ [名] 白，皎白，白色；清白
關 真っ白 白 對 黒 黑
ま　 しろ　　　くろ

□ 書物を読む。
閲讀書籍。

▶ 大学の図書館から、明治時代の古い書物が発見された。
在大學的圖書館裡發現了明治時代的古書。

□ 女優になる。
成為女演員。

▶ さすが女優だ。体調が悪くても、カメラが回れば最高の笑顔を見せる。
真不愧是女演員！即使身體不適，面對鏡頭時依然能擺出最燦爛的笑容。

□ 書類を送る。
寄送文件。

▶ 健康診断を受けるために、こちらの書類に記入をお願いします。
由於要進行體檢，麻煩填寫這些資料。

□ 知らせが来た。
通知送來了。

▶ いい知らせと悪い知らせがあるけど、どっちから聞きたい？
有好消息和壞消息，你要先聽哪個？

□ しりが痛くなった。
屁股痛了起來。

▶ それで隠れてるつもり？おしりが見えてますよ。
你那樣就算躲好了嗎？已經看到你的屁股了哦。

□ 知り合いになる。
相識。

▶ 田中さんは恋人じゃありません。友達でもない、ただの知り合いです。
我和田中小姐既不是情侶，也不算是朋友，只是彼此認識而已。

□ シルクのドレスを買った。
買了一件絲綢的洋裝。

▶ いとこの就職祝いにシルクのネクタイを贈りました。
為了慶祝表弟找到工作，我送了他一條絲質的領帶。

□ 印をつける。
做記號。

▶ なくならないように、傘に赤いテープで印をつけた。
為了避免遺失，我在雨傘上貼了紅色膠帶做為記號。

□ 容疑者は白だった。
嫌疑犯是清白的。

▶ こちらのワイシャツは、白の他に、青と黄色があります。
這裡的襯衫除了白色，還有藍色和黃色。

Check 1 必考單字	高低重音	詞性、類義詞與對義詞

0649 □□□
<ruby>新<rt>しん</rt></ruby>
▸ しん ▸
[名・漢造] 新；剛收穫的；新曆
對 <ruby>旧<rt>きゅう</rt></ruby> 舊

0650 □□□
<ruby>進学<rt>しんがく</rt></ruby>
▸ しんがく ▸
[名・自サ] 升學；進修學問
關 <ruby>入学<rt>にゅうがく</rt></ruby> 入學

0651 □□□
<ruby>進学率<rt>しんがくりつ</rt></ruby>
▸ しんがくりつ ▸
[名] 升學率
關 <ruby>比率<rt>ひりつ</rt></ruby> 比率

0652 □□□
<ruby>新幹線<rt>しんかんせん</rt></ruby>
▸ しんかんせん ▸
[名] 日本鐵道新幹線
關 <ruby>電車<rt>でんしゃ</rt></ruby> 電車

0653 □□□
<ruby>信号<rt>しんごう</rt></ruby>
▸ しんごう ▸
[名・自サ] 信號，燈號；（鐵路、道路等的）號誌；暗號
類 <ruby>合図<rt>あいず</rt></ruby> 信號

0654 □□□
<ruby>寝室<rt>しんしつ</rt></ruby>
▸ しんしつ ▸
[名] 寢室
關 <ruby>部屋<rt>へや</rt></ruby> 房間

0655 □□□
<ruby>信じる<rt>しん</rt></ruby>／<ruby>信ずる<rt>しん</rt></ruby>
▸ しんじる／しんずる ▸
[他上一] 信，相信；確信，深信；信賴，可靠；信仰
類 <ruby>思う<rt>おも</rt></ruby> 思考 對 <ruby>疑う<rt>うたが</rt></ruby> 懷疑

0656 □□□
<ruby>申請<rt>しんせい</rt></ruby>
▸ しんせい ▸
[名・他サ] 申請，聲請
關 <ruby>出願<rt>しゅつがん</rt></ruby> 申請

0657 □□□
<ruby>新鮮<rt>しんせん</rt></ruby>
▸ しんせん ▸
[名・形動]（食物）新鮮；清新乾淨；新穎，全新
關 おいしい 好吃

Check 2 必考詞組	Check 3 必考例句
□ 新旧交代の時期。 新舊交替時期	▶ 新製品について、お客様に丁寧に説明しました。 我很仔細地向顧客說明了新產品的相關資訊。
□ 大学に進学する。 念大學。	▶ 東京の大学に進学が決まって、17歳で家を出ました。 我考上東京的大學後，於十七歲離開了家鄉。
□ あの高校は進学率が高い。 那所高中升學率很高。	▶ わが校は、大学進学率100パーセントです。 本校的大學升學率是百分之百。
□ 新幹線に乗る。 搭新幹線。	▶ 大阪から九州へ行くとき、新幹線は海底トンネルを通ります。 從大阪搭新幹線到九州時會經過海底隧道。
□ 信号が変わる。 燈號改變。	▶ 信号が青になっても、きちんと左右を確認してから渡るように。 就算交通號誌變為綠燈，也要好好確認左右來車再穿越馬路。
□ 寝室で休んだ。 在臥房休息。	▶ 寝室のカーテンを開けると、窓の外はもう明るかった。 一拉開臥室的窗簾，就看見窗外已經天亮了。
□ あなたを信じる。 信任你。	▶ やることはやった。あとは自分を信じて、全力を出すだけだ。 該做的都做了。接下來就是相信自己，盡全力拚了。
□ 証明書を申請する。 申請證明書。	▶ パスポートの申請のために、写真館で写真を撮った。 為了申請護照而到相館拍了照。
□ 新鮮な果物を食べる。 吃新鮮的水果。	▶ 毎朝、新鮮な野菜と果物で、ジュースを作って飲んでいます。 每天早上都喝用新鮮蔬果打成的果汁。

Check 1 必考單字	高低重音	詞性、類義詞與對義詞

0658□□□

しんちょう
身長 ▸ しんちょう ▸ [名] 身高
[類] 背 身高

0659□□□

しんぽ
進歩 ▸ しんぽ ▸ [名・自サ] 進步
[類] 発達 發達

0660□□□

しんや
深夜 ▸ しんや ▸ [名] 深夜
[類] 真夜中 深夜

0661□□□

す
酢 ▸ す ▸ [名] 醋
[關] つゆ 汁液

0662□□□

すいてき
水滴 ▸ すいてき ▸ [名]（文）水滴；（注水研墨用的）硯水壺
[關] 露 露

0663□□□

すいとう
水筒 ▸ すいとう ▸ [名]（旅行用）水筒，水壺
[關] 魔法瓶 暖壺

0664□□□

すいどうだい
水道代 ▸ すいどうだい ▸ [名] 自來水費
[關] 通話料 通話費

0665□□□

すいどうりょうきん
水道料金 ▸ すいどうりょうきん ▸ [名] 自來水費
[關] 電話料金 電話費

0666□□□

すいはんき
炊飯器 ▸ すいはんき ▸ [名] 電子鍋
[關] 電子レンジ 微波爐

Check 2　必考詞組	Check 3　必考例句
□ 身長が伸びる。 長高。	▶ 昨日計ったら、身長が２センチも縮んでいた。なぜだ。 昨天量了身高後發現居然矮了兩公分！為什麼啊？
□ 技術が進歩する。 技術進步。	▶ 20世紀における医学の進歩は、多くの人々に希望を与えた。 二十世紀醫學的進步給許多人帶來了希望。
□ 深夜まで営業する。 營業到深夜。	▶ 駅の周りには、深夜でも営業している店がたくさんある。 車站周邊有很多店家即使到了深夜仍在營業。
□ 酢で和える。 用醋拌。	▶ スープにちょっと酢を入れると、さっぱりしておいしいですよ。 只要在湯裡加一點醋，就會變得清爽又美味哦。
□ 水滴が落ちた。 水滴落下來。	▶ 彼女はハンカチを出すと、グラスに付いた水滴を拭いた。 她拿出手帕，擦掉了附著在玻璃杯上的水滴。
□ 水筒を持参する。 自備水壺。	▶ 水筒に熱い紅茶を入れて持ってきました。 我把熱紅茶倒進水壺裡拿過來了。
□ 水道代を節約する。 節省水費。	▶ 水道代を節約したいから、シャワーは10分で出てね。 因為我想省水費，所以淋浴只用了十分鐘。
□ 水道料金を支払う。 支付自來水費。	▶ 水道料金は、いつもコンビニで支払っています。 我總是在便利商店繳納自來水費。
□ 炊飯器でご飯を炊く。 用電鍋煮飯。	▶ 高い炊飯器で炊いたご飯は、やっぱり味が違うのかな。 用昂貴的電鍋煮出來的飯，味道果然不同啊。

Check 1 / 必考單字	高低重音	詞性、類義詞與對義詞

0667 □□□
ずいひつ
随筆 ▸ ずいひつ ▸
[名] 隨筆，漫畫，小品文，散文，雜文
[類] エッセー／ essay 小品文

0668 □□□ ● CD1 / 33
すうじ
数字 ▸ すうじ ▸
[名] 數字；各個數字
[關] 数 數量
かず

0669 □□□
スープ ▸ スープ ▸
[名]【soup】西餐的湯
[關] お湯 熱水
ゆ

0670 □□□
スカーフ ▸ スカーフ ▸
[名]【scarf】圍巾，披肩；領結
[關] ハンカチ／ handkerchief 手帕

0671 □□□
スキー ▸ スキー ▸
[名]【ski】滑雪；滑雪橇，滑雪板
[關] マラソン／ marathon 馬拉松

0672 □□□
す
過ぎる ▸ すぎる ▸
[自上一] 超過；過於；經過
[類] 経つ 過
た

0673 □□□
すく
少なくとも ▸ すくなくとも ▸
[副] 至少，對低，最低限度
[類] 最低 最低
さいてい

0674 □□□
すご
凄い ▸ すごい ▸
[形] 可怕的，令人害怕的；意外的好，好的令人吃驚，了不起；（俗）非常，屬害
[類] すばらしい 了不起

0675 □□□
すこ
少しも ▸ すこしも ▸
[副]（下接否定）一點也不，絲毫也不
[類] 全く 一點也不
まった

□ 随筆を書く。
寫散文。

▶ この作家は、小説も素晴らしいが、軽い随筆もなかなか面白い。
這位作家的小說很精彩，隨筆雜記也很有意思。

□ 数字で示す。
用數字表示。

▶ 暗証番号に生年月日の数字を使うのは避けましょう。
請避免使用出生年月日等數字設定密碼。

□ スープを飲む。
喝湯。

▶ 当店では、魚とトマトのスープが人気メニューです。
本店的鮮魚番茄湯很受歡迎。

□ スカーフを巻く。
圍上圍巾。

▶ 帽子をかぶり、シルクのスカーフを首にしっかり結びます。
戴上帽子，並把絲質圍巾牢牢繫在脖子上。

□ スキーに行く。
去滑雪。

▶ 冬のオリンピックでは、スキーやスケートの競技が楽しみだ。
真期待冬季奧運的滑雪和溜冰比賽！

□ 5時を過ぎた。
已經五點多了。

▶ あれ、もう 12 時を過ぎてるね。お昼に行こう。
咦，已經過十二點了。去吃午餐吧！

□ 少なくとも3時間はかかる。
至少要花三個小時。

▶ 高速道路で事故があり、少なくとも4人が怪我をしたそうだ。
據說高速公路上發生了事故，至少有四個人受了傷。

□ すごい嵐になった。
轉變成猛烈的暴風雨了。

▶ すごい雪だ。これでは夕方には電車が止まるだろう。
好大的雪啊。照這樣看來，電車傍晚會停駛吧。

□ お金には、少しも興味がない。
金錢這東西，我一點都不感興趣。

▶ 親友のためにやったことだ。たとえ職を失っても、少しも後悔はない。
我做的一切都是為了摯友。就算因此而丟了工作，我一點也不後悔。

Check 1 必考單字	高低重音	詞性、類義詞與對義詞
0676 □□□ 過ごす す	▶ すごす	[他五‧接尾] 度（日子、時間），過生活； 　　過渡過量；放過，不管 類 暮らす 度
0677 □□□ 進む すす	▶ すすむ	[自五‧接尾] 進，前進；進步，先進；進 　　展；升級，進級；升入，進 　　入，到達；繼續…下去 關 歩く 走　對 もどる 回去 ある
0678 □□□ 進める すす	▶ すすめる	[他下一] 使向前推進，使前進；推進，發 　　展，開展；進行，舉行；提升， 　　晉級；增進，使旺盛 關 進む 進行 すす
0679 □□□ 勧める すす	▶ すすめる	[他下一] 勸告；勸，敬；（煙、酒、茶、 　　座位等） 類 薦める 推薦 すす
0680 □□□ 薦める すす	▶ すすめる	[他下一] 勸告，勸誘；勸，敬（煙、酒、 　　茶、座等） 類 推す 推薦 お
0681 □□□ 裾 すそ	▶ すそ	[名] （和服的）下擺，下襟；山腳； 　　（靠近頸部的）頭髮 關 袖 袖子 そで
0682 □□□ スター	▶ スター	[名] 【star】星狀物，星；（影劇）明 　　星，主角 類 俳優 演員 はいゆう
0683 □□□ ずっと	▶ ずっと	[副] 更；一直 關 もっと 更
0684 □□□ 酸っぱい す	▶ すっぱい	[形] 酸，酸的 關 苦い 苦 にが

<table>
</table>

Check 2 必考詞組

□ 休日は家で過ごす。
假日在家過。

□ ゆっくりと進んだ。
緩慢地前進。

□ 計画を進める。
進行計畫。

□ 入会を勧める。
勸說加入會員。

□ Ａ大学を薦める。
推薦Ａ大學。

□ ジーンズの裾が汚れた。
牛仔褲的褲腳髒了。

□ スーパースターになる。
成為超級巨星。

□ ずっと待っている。
一直等待著。

□ 口を酸っぱくして。
反覆叮嚀

Check 3 必考例句

▶ ここは私が幼い頃、家族とともに夏の休暇を過ごした所です。
這裡是我小時候和家人一起度過暑假的地方。

▶ 辛くても、前を向いて一歩一歩進んで行けば、必ず未来は開ける。
就算再怎麼辛苦，只要一步一步向前邁進，未來的大門一定會為你敞開。

▶ 息子が遅刻がちなので、家中の時計を30分進めておいた。
因為我兒子經常遲到，所以把家裡的時鐘調快了三十分鐘。

▶ 医者から、毎日1時間以上歩くことを勧められた。
醫生建議我每天走路一小時以上。

▶ 教授が薦める本や論文は、全て読んでいます。
教授所推薦的書籍和論文，我統統正在閱讀。

▶ 新しく買ったズボンの裾を、5センチ切ってもらった。
（師傅）幫我把新買的褲子的褲腳改短了五公分。

▶ 彼は本物のスターだ。彼が映るだけで、スクリーンが明るくなる。
他是貨真價實的明星啊！只要拍到他，整個畫面都亮了起來。

▶ ラーメンまだ？さっきからずっと待ってるんだけど。
拉麵還沒好嗎？我從剛才一直等到現在耶！

▶ なんか酸っぱいぞ。この牛乳腐ってるんじゃないかな。
總覺得有股酸味。這瓶牛奶是不是壞了啊？

Check 1 必考單字	高低重音	詞性、類義詞與對義詞
0685 ☐☐☐ ストーリー ▶	ストーリー ▶	[名]【story】故事，小說；（小說、劇本等的）劇情，結構 [類] 物語 故事
0686 ☐☐☐ ストッキング ▶	ストッキング ▶	[名]【stocking】長筒襪；絲襪 [類] 靴下 襪子
0687 ☐☐☐ ストライプ ▶	ストライプ ▶	[名]【strip】條紋；條紋布 [類] 縞 條紋
0688 ☐☐☐ ストレス ▶	ストレス ▶	[名]【stress】（語）重音；（理）壓力；（精神）緊張狀態 [類] 緊張 緊張
0689 ☐☐☐ 即ち ▶	すなわち ▶	[接] 即，換言之；即是，正是；則，彼時；乃，於是 [類] つまり 換言之
0690 ☐☐☐ ⏺CD1/34 スニーカー ▶	スニーカー ▶	[名]【sneakers】球鞋，運動鞋 [關] シューズ／shoes 鞋
0691 ☐☐☐ スピード ▶	スピード ▶	[名]【speed】速度；快速，迅速 [關] 快速 快速
0692 ☐☐☐ 図表 ▶	ずひょう ▶	[名] 圖表 [類] グラフ／graph 圖表
0693 ☐☐☐ スポーツ選手 ▶	スポーツせんしゅ ▶	[名]【sports せんしゅ】運動選手 [關] アイドル／idol 偶像

□ ストーリーを語る。
說故事。

▶ この映画は、ある日突然男女が入れ替わるというストーリーだ。

這部電影講述的是某一天，一對男女忽然互換身體的故事。

□ ナイロンのストッキング。
尼龍絲襪。

▶ このハイヒールには、もっと色の薄いストッキングが合うと思う。

我覺得這雙高跟鞋適合顏色淺一點的絲襪。

□ 制服は白と青のストライプです。
制服上面印有白和藍條紋圖案。

▶ ストライプのシャツに白いジャケット、君はおしゃれだなあ。

條紋襯衫搭白色夾克，你真時髦啊。

□ ストレスがたまる。
累積壓力。

▶ 仕事のストレスで胃に穴が空いてしまった。

由於工作壓力導致胃穿孔了。

□ 1ポンド，すなわち100ペンス。
一磅也就是100英鎊。

▶ 検討します、とは即ち、この案に賛成できないという意味だろう。

你說尚需討論，意思就是不贊成這個方案對吧？

□ スニーカーを買う。
買球鞋。

▶ 山へハイキングに行くので、スニーカーを買った。

因為我要去山上健行，所以買了運動鞋。

□ スピードを上げる。
加速，加快。

▶ ドライブ中にスピード違反で車を停められた。

開車兜風時由於超速而被攔下來了。

□ 図表にする。
製成圖表。

▶ 研究結果は、見易いよう図表にまとめておきます。

用淺顯易懂的圖表來總結研究成果。

□ スポーツ選手になりたい。
想成為了運動選手。

▶ 優秀なスポーツ選手は、食事内容にも気を付けている。

優秀的運動員也要注意飲食。

Check 1 必考單字	高低重音	詞性、類義詞與對義詞

0694 □□□

スポーツ中継 ▸ スポーツちゅうけい ▸ [名] 體育（競賽）直播，轉播
[關] 生放送 直播
（なまほうそう）

0695 □□□

済ます ▸ すます ▸ [他五·接尾] 弄完，辦完；償還，還清；對付，將就，湊合；（接在其他動詞連用形下面）表示完全成為…
[類] 済ませる 弄完
（す）

0696 □□□

済ませる ▸ すませる ▸ [他五·接尾] 弄完，辦完；償還，還清；將就，湊合
[類] 終える 弄完
（お）

0697 □□□

すまない ▸ すまない ▸ [連語] 對不起，抱歉；（做寒暄語）對不起
[類] ごめんなさい 對不起

0698 □□□

すみません ▸ すみません ▸ [連語] 抱歉，不好意思
[類] 失礼しました 失禮了
（しつれい）

0699 □□□

擦れ違う ▸ すれちがう ▸ [自五] 交錯，錯過去；不一致，不吻合，互相分歧；錯車
[關] 通る 經過
（とお）
（す）（ちが）

0700 □□□

性 ▸ せい ▸ [名·漢造] 性別；幸運；本性
（せい）

0701 □□□

性格 ▸ せいかく ▸ [名]（人的）性格，性情；（事物的）性質，特性
（せいかく）

0702 □□□

正確 ▸ せいかく ▸ [名·形動] 正確，準確
[關] きちんと 正確
（せいかく）

□ スポーツ中継を見た。
看了現場直播的運動比賽。

夜は家で野球やサッカーなどのスポーツ中継を見ます。
晚上常在家裡看棒球和足球等運動的電視轉播。

□ 用事を済ました。
辦完事情。

▶ 遊びに行く前に、宿題を済ましてしまいなさい。
出去玩之前要先把作業寫完！

□ 手続きを済ませた。
辦完手續。

▶ 晩ご飯をカップラーメンで済ませる学生も多いという。
聽說許多學生都靠泡麵打發晚餐。

□ すまないと言ってくれた。
向我道了歉。

▶ すまないが、今日はもう帰ってくれ。気分が悪い。
不好意思，今天你就先回去吧。我不太舒服。

□ お待たせしてすみません。
讓您久等，真是抱歉。

▶ すみません。明日病院に行きたいので、休ませて頂けませんか。
不好意思，因為我明天想去醫院，請問可以請假嗎？

□ 彼女と擦れ違った。
與她擦身而過。

▶ 有名な渋谷の交差点は、多い日で1日に50万人が擦れ違う。
在那處著名的澀谷十字路口，每天最多高達五十萬人擦身而過。

□ 性の区別なく。
不分性別。

▶ 女性は長く差別されてきたが、性差別は女性に限った問題ではない。
儘管女性長期遭受歧視，但性別歧視並非只會發生在女性身上。

□ 性格が悪い。
性格惡劣。

▶ 宇宙飛行士になるためには、穏やかな性格が求められる。
要成為太空人，必須具有穩重的性格。

□ 正確に記録する。
正確記錄下來。

▶ 自分が生まれた正確な時間を知っていますか。
你知道自己出生的正確時間嗎？

Check 1 / 必考單字	高低重音	詞性、類義詞與對義詞
0703 □□□ せいかつ ひ **生活費**	▶ せいかつひ	▶ [名] 生活費 [關] 食費 餐費
0704 □□□ せい き **世紀**	▶ せいき	▶ [名] 世紀，百代；時代，年代；百年一 現，絕世 [關] 時代 時代
0705 □□□ ぜいきん **税金**	▶ ぜいきん	▶ [名] 税金，税款 [關] 消費税 消費税
0706 □□□ せいけつ **清潔**	▶ せいけつ	▶ [名・形動] 乾淨的，清潔的；廉潔；純潔 [類] きれい 乾淨的
0707 □□□ せいこう **成功**	▶ せいこう	▶ [名・自サ] 成功，成就，勝利；功成名就， 成功立業 [類] 完成 完成 [對] 失敗 失敗
0708 □□□ せいさん **生産**	▶ せいさん	▶ [名・他サ] 生産，製造；創作（藝術品 等）；生業，生計 [關] 製作 製造
0709 □□□ せいさん **清算**	▶ せいさん	▶ [名・他サ] 計算，清算；結帳；清理財 產；結束 [關] 計算 計算
0710 □□□ せいじ か **政治家**	▶ せいじか	▶ [名] 政治家（多半指議員） [類] 議員 議員
0711 □□□ CD1 35 せいしつ **性質**	▶ せいしつ	▶ [名] 性格，性情；（事物）性質，特性 [類] 性格 個性

Check 2 / 必考詞組	Check 3 / 必考例句
□ 生活費を稼ぐ。 賺生活費。	▶ 東京の大学に通う息子に、毎月生活費を送っています。 我每個月都會送生活費給在東京念大學的兒子。
□ 世紀の大発見。 世紀大發現	▶ ドラえもんは22世紀からやって来たロボットです。 哆啦A夢是來自二十二世紀的機器貓。
□ 税金を納める。 繳納稅金。	▶ 税金は安い方がいいが、何より正しく使われることが重要だ。 雖然繳納的稅金越少越好，但更重要的是必須用在真正需要的地方。
□ 清潔な部屋。 乾淨的房間。	▶ 贅沢な部屋は不要です。ただ清潔なベッドが欲しいだけなんです。 我不需要豪華的房間，只想要一張乾淨的床而已。
□ 実験に成功した。 實驗成功了。	▶ 世界でも例の少ない、難しい心臓の手術に成功した。 成功完成了屬於全球罕見病例且相當困難的心臟手術。
□ 米を生産する。 生產米。	▶ 日本の眼鏡の9割は、この町で生産されています。 日本的眼鏡有九成產自這座城鎮。
□ 借金を清算した。 還清了債務。	▶ 10年交際した人との関係を清算して、親の薦める人と結婚した。 我和交往十年的男友結束了戀情，與父母介紹的另一位男性結婚了。
□ どの政治家を支持しますか。 你支持哪位政治家呢？	▶ この国を若い力で変えたいと思って、政治家になりました。 我期盼用年輕的力量改變這個國家，於是成了一名政治家。
□ 性質がよい。 性質很好。	▶ 金属には、電気を通す、熱をよく伝える等の性質がある。 金屬具有導電性和良好的導熱性等特性。

Check 1	必考單字	高低重音	詞性、類義詞與對義詞

0712□□□
せいじん
成人 ▸ せいじん ▸
[名・自サ] 成年人；成長，（長大）成人
類 大人 成人
おとな

0713□□□
せいすう
整数 ▸ せいすう ▸
[名]（數）整数
關 小数 小數
しょうすう

0714□□□
せいぜん
生前 ▸ せいぜん ▸
[名] 生前
關 生存 生存 對 死後 死後
せいぞん　　　　しご

0715□□□
せいちょう
成長 ▸ せいちょう ▸
[名・自サ]（經濟、生產）成長，增長，發展；（人、動物）生長，發育
類 進歩 成長
しんぽ

0716□□□
せいねん
青年 ▸ せいねん ▸
[名] 青年，年輕人
類 若者 年輕人
わかもの

0717□□□
せいねんがっぴ
生年月日 ▸ せいねんがっぴ ▸
[名] 出生年月日，生日
類 誕生日　生日
たんじょうび

0718□□□
せいのう
性能 ▸ せいのう ▸
[名] 性能，機能，效能
類 働き 功能
はたら

0719□□□
せいひん
製品 ▸ せいひん ▸
[名] 製品，產品
關 見本 樣品
みほん

0720□□□
せいふく
制服 ▸ せいふく ▸
[名] 制服
關 セーラー服 水兵服 對 私服 便服
ふく　　　　　　しふく

Check 2 必考詞組

□ 成人して働きに出る。
長大後外出工作。

□ 答えは整数だ。
答案為整數。

□ 彼が生前愛用した机。
他生前愛用的桌子

□ 子供が成長した。
孩子長大成人了。

□ 感じのよい青年。
感覺很好的青年

□ 生年月日を書く。
填上出生年月日。

□ 性能が悪い。
性能不好。

□ 製品の品質を保証する。
保證產品的品質。

□ 制服を着る。
穿制服。

Check 3 必考例句

▶ 世界的にみると、成人年齢は18歳という国が多い。
綜觀全世界，許多國家都將成年人的年齡訂為十八歲。

▶ 1、2、3を正の整数、－1、－2、－3を負の整数という。
1、2、3是正整數，－1、－2、－3是負整數。

▶ これは、一人暮らしだった父が生前かわいがっていた猫です。
這是我獨居的父親生前最疼愛的貓。

▶ 日本には、七五三という子どもの成長を祝う伝統行事がある。
在日本，有所謂「七五三」的慶祝孩子成長的傳統活動。

▶ いつもお母さんの陰で泣いてた男の子が、立派な青年になったなあ。
當年那個一直躲在媽媽背後哭泣的男孩，現在已經長成優秀的青年了啊。

▶ 診察の際に、本人確認のため、氏名と生年月日を言います。
進行診療的時候，為了確認是否為本人，必須說姓名和出生年月日。

▶ トースターに高い性能は求めていない。パンが焼ければよい。
不要求烤麵包機具備多麼超群的性能，只要能烤麵包就好。

▶ 各社の製品が比較できるパンフレットはありませんか。
有沒有可以比較各公司產品的冊子？

▶ 中学は決まった制服がありましたが、高校は私服でした。
中學時要穿規定的制服，但上高中後就穿便服了。

Check 1 必考單字	高低重音	詞性、類義詞與對義詞

0721□□□
せいぶつ
生物 ▶ せいぶつ ▶ [名] 生物
關 動物 動物

0722□□□
せいり
整理 ▶ せいり ▶ [名・他サ] 整理，收拾，整頓；清理，處理；捨棄，淘汰，裁減
類 片付け 整理

0723□□□
せき
席 ▶ せき ▶ [名・漢造] 席，坐墊；席位，坐位

0724□□□
せきにん
責任 ▶ せきにん ▶ [名] 責任，職責
關 義務 義務

0725□□□
せけん
世間 ▶ せけん ▶ [名] 世上，社會上；世人；社會輿論；（交際活動的）範圍
類 社会 社會

0726□□□
せっきょくてき
積極的 ▶ せっきょくてき ▶ [形動] 積極的
類 行動的 積極的 對 消極的 消極的

0727□□□
ぜったい
絶対 ▶ ぜったい ▶ [名・副] 絕對，無與倫比；堅絕，斷然，一定
類 必ず 一定

0728□□□
セット ▶ セット ▶ [名・他サ]【set】一組，一套；舞台裝置，布景；（網球等）盤，局；組裝，裝配；梳整頭髮
類 揃い 一套

0729□□□
せつやく
節約 ▶ せつやく ▶ [名・他サ] 節約，節省
關 減らす 節省 對 浪費 浪費

Check 2　必考詞組	Check 3　必考例句

□ 生物がいる。
有生物生存。

▶ 地球以外の星にも、きっと生物がいると信じている。
我相信地球之外的其他星球一定也有生物存在。

□ 部屋を整理する。
整理房間。

▶ 机の上を整理すれば、なくなった物が出てくると思うよ。
我想，只要把桌面整理整理，那些不見的東西就會出現哦。

□ 席を譲る。
讓座。

▶ 映画館の席は、どこかではなく前にどんな人が座るかが重要だ。
關於電影院的座位，重要的不是坐在哪個位置，而是前面坐著什麼樣的人。

□ 責任を持つ。
負責任。

▶ 大会で負けたので、監督が責任を取って辞めることになった。
輸掉大賽後，教練主動辭職以示負責了。

□ 世間を広げる。
交遊廣闊。

▶ 世間では、男は女より強いと言われているが、実際は逆だと思う。
世上的男人總說自己比女人強，但我認為事實是相反的。

□ 積極的に仕事に取り組む。
積極地致力於工作。

▶ 彼女は積極的な性格で、誰とでもすぐに仲良くなる。
她個性很積極，和任何人都能很快變成好朋友。

□ 絶対に面白いよ。
一定很有趣喔。

▶ 結婚するとき、君を絶対に幸せにするって言ったよね？
結婚的時候，我說過一定會讓妳幸福，對吧？

□ ワンセットで売る。
整組來賣。

▶ コーヒーとケーキを一緒に頼むと、セット料金で100円安くなる。
咖啡和蛋糕一起點的套餐價會便宜一百圓。

□ 交際費を節約する。
節省應酬費用。

▶ 交通費の節約と体力づくりのために、自転車通勤しています。
為了節約交通費和鍛鍊體力，我都騎自行車上班。

Check 1　必考單字	高低重音	詞性、類義詞與對義詞
0730 □□□ せ と もの 瀬戸物	▸ せともの	[名] 陶瓷品 [關] 花瓶　花瓶
0731 □□□ ⦿CD1 36 ぜ ひ 是非	▸ ぜひ	[名・副] 是非，善惡；務必，一定 [類] 必ず　一定
0732 □□□ せ わ 世話	▸ せわ	[名・他サ] 援助，幫助；介紹，推薦；照 　　　顧，照料；俗語，常言 [類] 面倒　援助
0733 □□□ せん 戦	▸ せん	[漢造] 戰爭；決勝負，體育比賽；發抖
0734 □□□ ぜん 全	▸ ぜん	[漢造] 全部，完全；整個；完整無缺 [類] 全部　全部
0735 □□□ ぜん 前	▸ ぜん	[漢造] 前方，前面；（時間）早；預先； 　　　從前 [對] 後　後面
0736 □□□ せんきょ 選挙	▸ せんきょ	[名・他サ] 選舉，推選 [類] 選ぶ　選
0737 □□□ せんざい 洗剤	▸ せんざい	[名] 洗滌劑，洗衣粉（精） [類] 石けん　香皂
0738 □□□ せんじつ 先日	▸ せんじつ	[名] 前天；前些日子 [類] この間　前幾天

□ 瀬戸物を収集する。
収集陶瓷器。

▶ 父が大事にしていた瀬戸物の花瓶を割ってしまった。
我把父親珍愛的陶瓷花瓶給打碎了。

□ 是非お電話ください。
請一定打電話給我。

▶ 当社の新製品を、皆様ぜひお試しください。
請各位務必試試本公司的新產品！！

□ 子どもの世話をする。
照顧小孩。

▶ 「絶対世話するから、犬飼ってもいいでしょ？」
「だめよ。」
「可以養狗嗎？我一定會好好照顧牠的。」「不行。」

□ 選挙の激戦区。
選舉中競爭最激烈的地區

▶ 優勝決定戦は、3対3の同点のまま、PK戦となった。
總決賽以三比三同分進入了延長賽。

□ 全世界。
全世界

▶ 彼は全科目の成績がAなのに、なぜか女の子から全然人気がない。
明明他所有科目的成績都是A，不知道為什麼竟然沒有女孩子喜歡他。

□ 前首相。
前首相

▶ 営業部に来た新人は、前会長のお孫さんらしい。
剛進業務部的那個新人，好像是前任會長的孫子哦！

□ 議長を選挙する。
選出議長。

▶ 大学の文化祭の実行委員は、学生による選挙で選ばれる。
大學校慶的執行委員是透過學生選舉所選出來的。

□ 洗剤で洗う。
用洗滌劑清洗。

▶ 間違えて、食器用の洗剤で髪を洗ってしまった。
找誤拿洗碗精洗了頭。

□ 先日、田中さんに会った。
前些日子，遇到了田中小姐。

▶ 先日の台風で、畑の野菜が全部だめになってしまった。
前陣子的颱風造成菜園的蔬菜全死光了。

Check 1 必考單字	高低重音	詞性、類義詞與對義詞

0739 ☐☐☐
前日
せんじつ

▸ ぜんじつ ▸

[名] 前一天
[關] 昨日 昨天
きのう

0740 ☐☐☐
洗濯機
せんたくき

▸ せんたくき ▸

[名] 洗衣機
[關] 乾燥機 烘乾機
かんそうき

0741 ☐☐☐
センチ

▸ せんち ▸

[名] 【centimeter】厘米，公分
[關] キロ／（法）kilomètre 公里

0742 ☐☐☐
宣伝
せんでん

▸ せんでん ▸

[名・自他サ] 宣傳，廣告；吹噓，鼓吹，誇
大其詞
[類] 広告 廣告
こうこく

0743 ☐☐☐
前半
ぜんはん

▸ ぜんはん ▸

[名] 前半，前一半
[關] 上旬 上旬、前期 [對] 後半 後半
じょうじゅん こうはん

0744 ☐☐☐
扇風機
せんぷうき

▸ せんぷうき ▸

[名] 風扇，電扇
[關] エアコン／air conditioner 之略
冷氣

0745 ☐☐☐
洗面所
せんめんじょ

▸ せんめんじょ ▸

[名] 化妝室，廁所
[類] トイレ 化妝室

0746 ☐☐☐
専門学校
せんもんがっこう

▸ せんもんがっこ
う ▸

[名] 專科學校
[關] 塾 補習班
じゅく

0747 ☐☐☐
総
そう

▸ そう ▸

[漢造] 總括；總覽；總，全體；全部
[類] 全 全部
ぜん

□ 入学式の前日は緊張した。

參加入學典禮的前一天非常緊張。

▶ 試験の前日は、緊張してなかなか眠れないんです。

考試前一天緊張得遲遲無法入睡。

□ 洗濯機で洗う。

用洗衣機洗。

▶ 洗濯機で洗えるスーツが、サラリーマンに人気です。

可以用洗衣機清洗的西裝廣受上班族的喜愛。

□ 1センチ右にずれる。

往右偏離了一公分。

▶ あと5センチ身長があれば、理想的なんだけどなあ。

如果能再長個五公分，就是完美身高了啊！

□ 自社の製品を宣伝する。

宣傳自己公司的產品。

▶ 宣伝にお金をかけたが、あまり効果がなかった。

雖然花了錢宣傳，卻沒什麼效果。

□ 前半の戦いが終わった。

上半場比賽結束。

▶ 前半が終わって、台湾チームが2対0で勝っています。

上半場結束後，臺灣隊以二比零暫時領先。

□ 扇風機を止める。

關上電扇。

▶ うちの猫は、扇風機の前から一歩も動かない。

我家的貓待在電風扇前，一步都不肯移動。

□ 洗面所で顔を洗った。

在化妝室洗臉。

▶ そんなに眠いなら、洗面所へ行って顔を洗って来なさい。

這麼想睡的話，去洗手間洗個臉再回來吧。

□ 専門学校に行く。

進入專科學校就讀。

▶ 日本語学校を卒業したら、アニメの専門学校に行きたいです。

從日語學校畢業之後，我想去攻讀動漫專業學校。

□ 総員50名だ。

總共有五十人。

▶ GDP即ち国民総生産が上がっても、景気がよくなるとは限らない。

即使GDP，也就是國內生產毛額成長，也未必代表經濟好轉。

181

Check 1 必考單字	高低重音	詞性、類義詞與對義詞

0748☐☐☐
<ruby>掃除機<rt>そうじき</rt></ruby> ▸ そうじき ▸ [名] 除塵機，吸塵器
關 ぞうきん 抹布

0749☐☐☐
<ruby>想像<rt>そうぞう</rt></ruby> ▸ そうぞう ▸ [名・他サ] 想像
類 イメージ／ image 想像

0750☐☐☐
<ruby>早朝<rt>そうちょう</rt></ruby> ▸ そうちょう ▸ [名] 早晨，清晨
關 <ruby>朝<rt>あさ</rt></ruby> 早晨 對 <ruby>深夜<rt>しんや</rt></ruby> 深夜

0751☐☐☐
<ruby>草履<rt>ぞうり</rt></ruby> ▸ ぞうり ▸ [名] 草履，草鞋
關 <ruby>下駄<rt>げた</rt></ruby> 木屐

0752☐☐☐ ●CD1／37
<ruby>送料<rt>そうりょう</rt></ruby> ▸ そうりょう ▸ [名] 郵費，運費
類 <ruby>運賃<rt>うんちん</rt></ruby> 運費

0753☐☐☐
ソース ▸ ソース ▸ [名]【sauce】（西餐用）調味汁
關 <ruby>汁<rt>つゆ</rt></ruby> 汁液

0754☐☐☐
<ruby>足<rt>そく</rt></ruby> ▸ そく ▸ [接尾・漢造]（助數詞）雙；足；足夠；添
關 <ruby>着<rt>ちゃく</rt></ruby> 件

0755☐☐☐
<ruby>速達<rt>そくたつ</rt></ruby> ▸ そくたつ ▸ [名・自他サ] 快遞，快件
關 <ruby>書留<rt>かきとめ</rt></ruby> 掛號

0756☐☐☐
<ruby>速度<rt>そくど</rt></ruby> ▸ そくど ▸ [名] 速度
關 <ruby>進む<rt>すすむ</rt></ruby> 前進

Check 2 必考詞組

Check 3 必考例句

□ 掃除機をかける。
用吸塵器清掃。

▶ 子どもたちが床にこぼしたパンやお菓子を掃除機で吸います。
孩子們用吸塵器清理掉落到地板上的麵包屑和餅乾渣。

□ 想像もつきません。
真叫人無法想像。

▶ あなたの犬がもし人間の言葉を話せたら、と想像してみてください。
請想像一下你養的狗開口說人話的情景。

□ 早朝に勉強する。
在早晨讀書。

▶ 早朝、公園の周りを散歩するのが習慣になっています。
我習慣早上到公園附近散步。

□ 草履を履く。
穿草鞋。

▶ お正月に着る着物に合わせて、草履を買った。
買了一雙草屐來搭配新年要穿的和服。

□ 送料を払う。
付郵資。

▶ 1万円以上買っていただいた方は、送料が無料になります。
消費達到一萬圓以上的貴賓享有免運費服務。

□ ソースを作る。
調製醬料。

▶ ハンバーグには、ソースですか、それともケチャップ？
您的漢堡牛肉餅要淋醬汁還是加番茄醬？

□ 靴下を二足買った。
買了兩雙襪子。

▶ 3足1,000円の靴下は、やはりすぐに穴が空く。
三雙一千圓的襪子果然很快就破洞了。

□ 速達で送る。
寄快遞。

▶ 明日中にこちらに届くように、今日速達で出してください。
請於今天以限時專送寄件，這樣才來得及在明天之內送達這裡。

□ 速度を上げる。
加快速度。

▶ この辺りは子どもが多いので、速度を落として運転します。
因為這附近有很多孩童，所以我車子開到這邊時會減速慢行。

Check 1 必考單字	高低重音	詞性、類義詞與對義詞

0757□□□
そこ
底
▶ そ|こ
▶ [名] 底，底子；最低處，限度；底層，深處；邊際，極限
關 奥(おく) 內部

0758□□□
そこで
▶ そ|こで
▶ [接續] 因此，所以；（轉換話題時）那麼，下面，於是
類 それで 因此

0759□□□
そだ
育つ
▶ そ|だつ
▶ [自五] 成長，長大，發育
類 成長(せいちょう)する 成長

0760□□□
ソックス
▶ ソ|ックス
▶ [名]【socks】短襪
關 ストッキング／stocking 絲襪

0761□□□
そっくり
▶ そ|っくり
▶ [形動・副] 全部，完全，原封不動；一模一樣，極其相似
類 似(に)る 極其相似

0762□□□
そっと
▶ そ|っと
▶ [副] 悄悄地，安靜的；輕輕的；偷偷地；照原樣不動的
類 こっそり 偷偷地

0763□□□
そで
袖
▶ そ|で
▶ [名] 衣袖；（桌子）兩側抽屜，（大門）兩側的廳房，舞台的兩側，飛機（兩翼）
關 襟(えり) 領子

0764□□□
その上(うえ)
▶ そ|のうえ
▶ [接] 又，而且，加之，兼之
類 それに 而且

0765□□□
その内(うち)
▶ そ|のうち
▶ [副・連語] 最近，過幾天，不久；其中
類 いまに 不久

Check 2 / 必考詞組

□ 海の底に沈んだ。
沉入海底。

□ そこで、私は意見を言った。
於是，我說出了我的看法。

□ 元気に育っている。
健康地成長著。

□ ソックスを履く。
穿襪子。

□ 私と母はそっくりだ。
我和媽媽長得幾乎一模一樣。

□ そっと教えてくれた。
偷偷地告訴了我。

□ 半袖を着る。
穿短袖。

□ 質がいい。その上値段も安い。
不只品質佳，而且價錢便宜。

□ 兄はその内帰ってくるから、暫く待ってください。
我哥哥快要回來了，請稍等一下。

Check 3 / 必考例句

▶ この海の底には、100年前に沈んだ船の宝物が眠っているという。
據說，一百年前的沉船上的寶藏，就在這片海底長眠。

▶ 経営が苦しいです。そこで、仕事の改善について、皆さんのご意見を伺います。
我們在經營上遇到了困難。因此，請大家針對如何改善工作提出意見。

▶ 3人の息子たちは、立派に育って、今は父親になりました。
三個兒子都長大成人，現在已經成為父親了。

▶ 制服のソックスは、白か黒に決まっています。
制服的襪子必須是白色或黑色。

▶ あの親子は顔だけじゃなく、性格もそっくりだね。
那對父子不僅長相相似，連個性也幾乎一樣。

▶ 彼女は、さよならと言うと、そっと部屋を出て行った。
她說了再見後，便悄悄地走出了房間。

▶ 振袖とは、若い女性が着る、袖の長い着物のことです。
「振袖」是指年輕女性穿的長袖和服。

▶ 今日は最悪の日だ。財布を失くした。その上、自転車を盗まれた。
今天真是最慘的一天。先是遺失錢包，然後自行車又被偷了。

▶ そんなに泣かないで。そのうち、みんなも分かってくれるよ。
別再哭了。一陣子過後，大家就會理解你的難處了。

Check 1 必考單字	高低重音	詞性、類義詞與對義詞
0766□□□ そば 蕎麦	▸ そば	[名] 蕎麥；蕎麥麵 [關] うどん 烏龍麵
0767□□□ ソファー	▸ ソファー	[名]【sofa】沙發 [關] ベンチ／bench 長椅
0768□□□ そぼく 素朴	▸ そぼく	[名・形動] 樸素，純樸，質樸；(思想) 純 樸 [關] かんたん 簡単 樸素
0769□□□ それぞれ	▸ それぞれ	[副] 每個（人），分別，各自 [類] 一つ一つ 一個一個
0770□□□ それで	▸ それで	[接] 因此；後來 [類] だから 因此
0771□□□ ●CD1/38 それとも	▸ それとも	[接] 還是，或者 [類] または 或者
0772□□□ そろ 揃う	▸ そろう	[自五] （成套的東西）備齊；成套；一 致，（全部）一樣，整齊；（人） 到齊，齊聚 [關] 並ぶ 備齊
0773□□□ そろ 揃える	▸ そろえる	[他下一] 使…備齊；使…一致；湊齊，弄 齊，使成對 [關] そろ 揃う 備齊
0774□□□ そんけい 尊敬	▸ そんけい	[名・他サ] 尊敬 [類] けいい 敬意 敬意

Check 2 必考詞組	Check 3 必考例句
□ 蕎麦を植える。 種植蕎麥。	▶ 天ぷらそばとカレーライスですね。かしこまりました。 您點的是天婦羅蕎麥麵和咖哩飯對吧，我知道了。
□ ソファーに座る。 坐在沙發上。	▶ テレビを見ていて、そのままソファーで朝まで寝てしまった。 看著電視，不知不覺就這樣在沙發上睡到了早上。
□ 素朴な考え方。 單純的想法	▶ 歌手のリンちゃんは、化粧をしない素朴な感じが好きだ。 歌手小琳喜歡不上妝的樸素模樣。
□ それぞれの性格が違う。 每個人的個性不同。	▶ たとえ夫婦喧嘩でも、夫、妻、それぞれの主張を聞かなければ真実は分からない。 即使是夫妻吵架，如果沒有聽丈夫和妻子雙方各自的說法，就無法知道事情的真相。
□ それで、いつまでに終わるの。 那麼，什麼時候結束呢？	▶ 子どもの頃、犬に噛まれた。それで、今も犬が怖い。 小時候曾被狗咬過，所以到現在還是很怕狗。
□ コーヒーにしますか、それとも紅茶にしますか。 您要咖啡還是紅茶？	▶ ちょっとお茶を飲みませんか。それとも何か食べますか。 你要不要喝點茶？還是想吃點什麼？
□ 全員が揃った。 全員到齊。	▶ 毎年正月には、家族全員が揃って記念写真を撮ります。 每年過年，全家人都會聚在一起拍全家福紀念照。
□ 必要なものを揃える。 準備好必需品。	▶ これは、同じ絵のカードを 4 枚揃える遊びです。 這是蒐集四張相同畫片的遊戲。
□ 両親を尊敬する。 尊敬雙親。	▶ ノーベル賞を受賞した山中教授は全国民から尊敬を集めている。 榮獲諾貝爾獎的山中教授得到全體國民的敬重。

Check 1 必考單字	高低重音	詞性、類義詞與對義詞
0775 □□□ たい **対**	▶ たい	[名・漢造] 對比，對方；同等，對等；相 　　　　對，相向；（比賽）比；面對 圞 ペア／pair 一對
0776 □□□ だい **代**	▶ だい	[名・漢造] 代，輩；一生，一世；代價
0777 □□□ だい **第**	▶ だい	[漢造] 順序；考試及格，錄取；住宅，宅 　　邸 類 目め 第
0778 □□□ だい **題**	▶ だい	[名・自サ・漢造] 題目，標題；問題；題辭 類 タイトル／title 題目
0779 □□□ たいがく **退学**	▶ たいがく	[名・自サ] 退學 圞 中退ちゅうたい 肄業
0780 □□□ だいがくいん **大学院**	▶ だいがくいん	[名]（大學的）研究所 圞 短大たんだい 短期大學
0781 □□□ だい く **大工**	▶ だいく	[名] 木匠，木工 類 左官さ かん 泥瓦匠
0782 □□□ たいくつ **退屈**	▶ たいくつ	[名・自他サ・形動] 無聊，鬱悶，寂，厭倦 圞 飽あきる 厭倦
0783 □□□ たいじゅう **体重**	▶ たいじゅう	[名] 體重 圞 重おもさ 重量

Check 2 必考詞組	Check 3 必考例句
☐ 1対1で引き分けです。 一比一平手。	▶ 32対28で、台湾ビールチームの勝利です。 32比28，台啤隊獲得勝利。
☐ 代がかわる。 世代交替。	▶ 十代、二十代の若いうちに、世界中を見て回ることだ。 就是要趁著十幾二十幾歲還年輕的時候去環遊世界。
☐ 第1番。 第一名	▶ これより第10回定期演奏会を始めます。 現在揭開第十屆定期演奏會的序幕。
☐ 作品に題をつける。 給作品題上名。	▶ 論文は、内容を正確に表す適切な題をつけることが重要です。 論文要取個能夠表達正確內容的適切題目是非常重要的。
☐ 退学して仕事を探す。 退學後去找工作。	▶ 試験で不正をして、大学を退学になった学生がいるそうだ。 據說有大學生因為考試作弊而遭到了退學處分。
☐ 大学院に進む。 進研究所唸書。	▶ 就職するか、大学院へ進学するか迷っています。 我還在猶豫到底應該就業還是繼續攻讀研究所。
☐ 大工を頼む。 雇用木匠。	▶ 物を作るのが好きなので、将来は大工になって家を建てたい。 因為喜歡製造物品，所以將來想成為木匠，建造房子。
☐ 退屈な日々。 無聊的生活	▶ 夫は優秀な弁護士ですが、家では退屈な男です。 丈夫雖然是一名優秀的律師，但他在家時只是個無聊的男人。
☐ 体重が落ちる。 體重減輕。	▶ 体重は気になるけど、甘い物はなかなかやめられない。 我很在意體重，但又遲遲無法戒掉甜食。

Check 1 必考單字	高低重音	詞性、類義詞與對義詞

0784 □□□
たいしょく
退職 ▸ たいしょく ▸
[名・自サ] 退職
[類] 退社 退職

0785 □□□
だいたい
大体 ▸ だいたい ▸
[副] 大部分；大致；大概
[類] ほとんど／殆ど 大部分

0786 □□□
たい ど
態度 ▸ たいど ▸
[名] 態度，表現；舉止，神情，作風
[關] 格好 作風

0787 □□□
タイトル ▸ タイトル ▸
[名]【title】（文章的）題目，（著述的）標題；稱號，職稱
[類] 題名 題目

0788 □□□ ⬤CD1/39
ダイニング ▸ ダイニング ▸
[名]【dining】吃飯，用餐；餐廳（ダイニングルーム之略）；西式餐館
[類] 食堂 餐廳

0789 □□□
だいひょう
代表 ▸ だいひょう ▸
[名・他サ] 代表
[關] 表す 表現

0790 □□□
タイプ ▸ タイプ ▸
[名・他サ]【type】型，形式，類型；典型，榜樣，樣本，標本；（印）鉛字，活字；打字（機）
[關] プリント／print 印刷；部門

0791 □□□
だい ぶ
大分 ▸ だいぶ ▸
[名・形動・副] 很，頗，相當的
[類] かなり 相當

0792 □□□
だいめい
題名 ▸ だいめい ▸
[名]（圖書、詩文、戲劇、電影等的）標題，題名
[關] 看板 看板

□ 退職してゆっくり
生活したい。
退休後想休閒地過生活。

▶ 今月いっぱいで退職させて頂きます。大変お
世話になりました。
我到月底就要退休了，感謝您長久以來的關照。

□ この曲はだいたい弾
けるようになった。
大致會彈這首曲子了。

▶ 資料は大体できています。あとは間違いを
チェックするだけです。
資料大致完成了。接下來只剩檢查錯誤。

□ 態度が悪い。
態度惡劣。

▶ 君は仕事はできるのに、態度が悪いから、損を
してるよ。
你工作能力很好，但是態度不佳，這樣很吃虧哦。

□ タイトルを獲得す
る。
獲得頭銜。

▶ 気になる曲を歌うと、その曲のタイトルを教え
てくれるサービスがある。
我們有一項服務是，只要唱出您想詢問的曲子就能告知曲名。

□ ダイニングルーム
で食事をする。
在西式餐廳用餐。

▶ ダイニングに置くテーブルセットを買った。
我買了要擺在餐廳的桌椅組。

□ 代表となる。
作為代表。

▶ 先生のお宅へ、クラスを代表してお見舞いに
伺った。
我代表全班去老師家探了病。

□ このタイプの服に
する。
決定穿這種樣式的服裝。

▶ こちらのジャケットは、ボタンが 2 つのタイプ
と 3 つのタイプがございます。
這裡的夾克有兩顆鈕扣的款式和三顆鈕扣的款式。

□ だいぶ日が長く
なった。
白天變得比較長了。

▶ 薬のおかげで熱も 37 度まで下がって、だいぶ
楽になった。
還好吃了退燒藥，體溫已經降到37度，變得舒服多了。

□ 題名をつける。
題名。

▶ 題名を見てコメディーかと思ったら、ホラー映
画だった。
單看片名還以為是喜劇，沒想到竟然是恐怖電影。

Check 1 必考單字	高低重音	詞性、類義詞與對義詞
0793 □□□ ダイヤ	▶ ダイヤ	▶ [名]【diagram】之略。列車時刻表；圖表，圖解 [類] 時刻表 時刻表
0794 □□□ ダイヤ（モンド）	▶ ダイヤ／ダイヤモンド	▶ [名]【diamond】鑽石 [關] 宝石 寶石
0795 □□□ 太陽	▶ たいよう	▶ [名] 太陽 [類] 日 太陽
0796 □□□ 体力	▶ たいりょく	▶ [名] 體力 [類] 力 力量；能量
0797 □□□ ダウン	▶ ダウン	▶ [名·自他サ]【down】下，倒下，向下，落下；下降，減退；（棒）出局；（拳擊）擊倒 [類] 倒れる 倒下
0798 □□□ 絶えず	▶ たえず	▶ [副] 不斷地，經常地，不停地，連續 [類] いつも 經常
0799 □□□ 倒す	▶ たおす	▶ [他五] 倒，放倒，推倒，翻倒；推翻，打倒；毀壞，拆毀；打敗，擊敗；殺死，擊斃；賴帳，不還債 [關] 勝つ 打敗
0800 □□□ タオル	▶ タオル	▶ [名]【towel】毛巾；毛巾布 [關] おしぼり 擦手巾
0801 □□□ 互い	▶ たがい	▶ [名·形動] 互相，彼此；雙方；彼此相同 [關] 代わり 代替

Check 2 必考詞組	**Check 3** 必考例句
□ 大雪でダイヤが混乱した。 交通因大雪而陷入混亂。	▶ 幸せそうな彼女の指にはダイヤの指輪が輝いていた。 幸福洋溢的她手指上戴著閃閃發亮的鑽石戒指。
□ ダイヤモンドを買う。 買鑽石。	▶ ダイヤモンドには、青や赤など色の付いたものもある。 鑽石之中還包括帶有藍色、紅色等顏色的種類。
□ 太陽の光。 太陽的光	▶ 地球と太陽の間に月が入って、太陽が見えなくなる現象を日食といいます。 當月亮進入地球和太陽之間導致看不見太陽的現象，叫做日食。
□ 体力がない。 沒有體力。	▶ 人間、体が資本だ。勉強もいいが、体力をつけることだよ。 身體就是人類的本錢。專注學習雖好，還是要注意保持體力。
□ 風邪でダウンする。 因感冒而倒下。	▶ 風邪気味でも休まずに頑張っていたが、熱が出て、とうとうダウンした。 即使有點感冒症狀還是沒休息拚命工作，直到發燒之後終於撐不住倒下了。
□ 絶えず水が湧き出す。 水源源不絕湧出。	▶ 向かいのビルの工事の音が絶えず聞こえてきて、仕事にならない。 對面大樓施工的噪音不斷傳來，還我無法好好工作了。
□ 敵を倒す。 打倒敵人。	▶ （飛行機で）「すみません、座席を倒してもいいですか。」「どうぞ。」 （在飛機上）「不好意思，請問我能放低椅背嗎？」「請便。」
□ タオルを洗う。 洗毛巾。	▶ 洗った髪を、乾いたタオルで拭いて乾かします。 用乾毛巾將洗淨的頭髮擦乾。
□ 互いに協力する。 互相協助。	▶ 二時間以上も喧嘩をしている二人は、互いに一歩も譲ろうとしない。 他們已經吵了兩個多小時，雙方一步也不肯退讓。

Check 1 必考單字	高低重音	詞性、類義詞與對義詞

0802 □□□

高^{たか}まる ▸ た⌐かま⌐る ▸

[自五] 高漲，提高，增長；興奮
[類] 興奮^{こうふん}する　興奮

0803 □□□

高^{たか}める ▸ た⌐かめ⌐る ▸

[他下一] 提高，抬高，加高
[關] 高^{たか}まる　提高

0804 □□□ ● CD1 / 40

炊^たく ▸ た⌐く ▸

[他五] 點火，燒著；燃燒；煮飯，燒菜
[關] 煮^にる　煮

0805 □□□

抱^だく ▸ だ⌐く ▸

[他五] 抱；孵卵；心懷，懷抱
[關] 抱^{いだ}く　抱

0806 □□□

タクシー代^{だい} ▸ タ⌐クシーだい ▸

[名]【taxi だい】計程車費
[關] 電車代^{でんしゃだい}　電車費

0807 □□□

タクシー料金^{りょうきん} ▸ タ⌐クシーりょう きん ▸

[名]【taxi りょうきん】計程車費
[關] 乗車賃^{じょうしゃちん}　交通費

0808 □□□

宅配便^{たくはいびん} ▸ た⌐くはいびん ▸

[名] 宅急便，送到家中的郵件
[關] 航空便^{こうくうびん}　航空郵件

0809 □□□

炊^たける ▸ た⌐け⌐る ▸

[自下一] 燒成飯，做成飯
[關] 煮^にえる　煮熟

0810 □□□

確^{たし}か ▸ た⌐しか ▸

[副]（過去的事不太記得）大概，也許
[類] 正確^{せいかく}　正確

<table>
<tr><td>

□ 気分が高まる。

情緒高漲。

</td><td>

▶ デジタル社会となり、情報関連の技術者の需要は高まる一方だ。

如今已是數位化社會，對於資訊相關的科技人員的需求不斷增加。

</td></tr>
<tr><td>

□ 安全性を高める。

加強安全性。

</td><td>

▶ 自分を高めるために、学生時代にどんなことをしましたか。

你在學生時代做了哪些事以助於自我成長呢？

</td></tr>
<tr><td>

□ ご飯を炊く。

煮飯。

</td><td>

▶ ご飯をたくさん炊いて、おにぎりを作りましょう。

我們煮很多米飯來做飯團吧。

</td></tr>
<tr><td>

□ 赤ちゃんを抱く。

抱小嬰兒。

</td><td>

▶ 赤ちゃんを抱いたお母さんに、席を替わってあげました。

我讓位給抱著嬰兒的媽媽。

</td></tr>
<tr><td>

□ タクシー代が上がる。

計程車的車資漲價。

</td><td>

▶ タクシー代は会社から出るので、請求してください。

公司會支付計程車費用，可以向公司申請補發代墊款項。

</td></tr>
<tr><td>

□ タクシー料金が値上げになる。

計程車的費用要漲價。

</td><td>

▶ 来月からタクシー料金が上がるそうです。

聽說從下個月起計程車費將會調漲。

</td></tr>
<tr><td>

□ 宅配便が届く。

收到宅配包裹。

</td><td>

▶ 通信販売で買ったかばんが、宅配便で届いた。

網購的包包已經宅配到貨了。

</td></tr>
<tr><td>

□ ご飯が炊けた。

飯已經煮熟了。

</td><td>

▶ 朝7時に炊けるように、炊飯器をセットしました。

我把電鍋設定在早上七點自動煮飯了。

</td></tr>
<tr><td>

□ 確か言ったことがある。

好像曾經有說過。

</td><td>

▶ 君は確か、北海道の出身だと言っていたよね。

我記得你說過故鄉在北海道吧？

</td></tr>
</table>

Check 1　必考單字	高低重音	詞性、類義詞與對義詞

0811□□□
確かめる　▶　たしかめる　▶

[他下一] 查明，確認，弄清
[類] 確認する　確認

0812□□□
足し算　▶　たしざん　▶

[名] 加法
[關] プラス　加

0813□□□
助かる　▶　たすかる　▶

[自五] 得救，脫險；有幫助，輕鬆；節省（時間、費用、麻煩等）
[關] 助ける　幫助

0814□□□
助ける　▶　たすける　▶

[他下一] 幫助，援助；救，救助；輔佐；救濟，資助
[類] 応援する　援助

0815□□□
ただ　▶　ただ　▶

[名・副] 免費，不要錢；普通，平凡；只有，只是（促音化為「たった」）
[類] 無料 免費；普通

0816□□□
ただいま　▶　ただいま　▶

[名・副] 現在；馬上；剛才；我回來了
[類] 今　現在

0817□□□
叩く　▶　たたく　▶

[他五] 敲，叩；打；詢問，徵求；拍，鼓掌；攻擊，駁斥；花完，用光
[類] 打つ　打

0818□□□
畳む　▶　たたむ　▶

[他五] 疊，折；關，闔上；關閉，結束；藏在心裡
[關] 折る　折

0819□□□
経つ　▶　たつ　▶

[自五] 經，過；（炭火等）燒盡
[類] 過ぎる　過

Check 2 / 必考詞組

- □ 真偽を確かめる。
  確認真假。

- □ 足し算の教材。
  加法的教材。

- □ 全員助かりました。
  全都得救了。

- □ 命を助ける。
  救人一命。

- □ ただで入場できる。
  能夠免費入場。

- □ ただいま帰りました。
  我回來了。

- □ 太鼓をたたく。
  敲打大鼓。

- □ 布団を畳む。
  折棉被。

- □ 月日が経つ。
  歲月流逝。

Check 3 / 必考例句

▶ お互い忙しくて擦れ違いがちな彼女の気持ちを確かめたい。
我們彼此都很忙碌以致於容易產生摩擦，我希望確認她心裡的想法是什麼。

▶ この足し算、間違ってるよ。小学校で習わなかったの？
這題加法算錯了哦！讀小學時沒學過嗎？

▶ 「課長、お手伝いしましょうか。」「ありがとう、助かるよ。」
「科長，我可以幫忙嗎？」「謝謝，真的幫了大忙。」

▶ 海に飛び込んで、溺れている子どもを助けました。
我跳進大海，救了一個溺水的孩子。

▶ 友だちの家に泊まるから、ホテル代はただで済む。
因為住在朋友家，所以省下了住宿費。

▶ 「会議の資料はできてる？」「はい、ただいまお持ちします。」
「會議的資料完成了嗎？」「完成了，我現在正要拿過去。」

▶ 何度ドアを叩いても、家の中から返事がないんです。
即使我不斷敲門，家裡還是沒有人回應。

▶ 自分の脱いだ服くらい、きちんと畳みなさい。
自己換下來的衣服請自己摺好。

▶ 何年経っても、助けて頂いたご恩は決して忘れません。
不管過了多少年，我從未忘記您當時鼎力相助的大恩大德。

197

Check 1 必考單字	高低重音	詞性、類義詞與對義詞

0820 □□□
建つ
た

▶ た⌐つ

▶ [自五] 蓋，建
圞 建てる 蓋
た

0821 □□□ ○ CD1 / 41
発つ
た

▶ た⌐つ

▶ [自五] 立，站；冒，升；離開；出發；
奮起；飛，飛走
類 出発する 出發
しゅっぱつ

0822 □□□
縦長
たてなが

▶ た⌐てなが

▶ [名] 矩形，長形
圞 横長 横寬
よこなが

0823 □□□
立てる
た

▶ た⌐てる

▶ [他下一] 立起；訂立
圞 立つ 立起
た

0824 □□□
建てる
た

▶ た⌐てる

▶ [他下一] 建造，蓋

0825 □□□
棚
たな

▶ た⌐な

▶ [名] （放置東西的）隔板，架子，棚
圞 網棚 網架
あみだな

0826 □□□
楽しみ
たの

▶ た⌐のしみ

▶ [名] 期待，快樂

0827 □□□
頼み
たの

▶ た⌐のみ

▶ [名] 懇求，請求，拜託；信賴，依靠
類 願い 願望
ねが

0828 □□□
球
たま

▶ た⌐ま

▶ [名] 球
圞 野球 棒球
や きゅう

Check 2 必考詞組

□ 新居が建つ。
蓋新房。

□ 9時の列車で発つ。
坐九點的火車離開。

□ 縦長の封筒。
長方形的信封。

□ 計画を立てる。
訂定計畫。

□ 家を建てる。
蓋房子。

□ 棚に置く。
放在架子上。

□ 楽しみにしている。
很期待。

□ 頼みがある。
有事想拜託你。

□ 球を打つ。
打球。

Check 3 必考例句

うちの隣に 15 階建てのマンションが建つそうだ。
據說我們隔壁即將蓋一棟十五層樓的大廈。

朝 9 時にこちらを発てば、昼過ぎには本社に着きます。
如果早上九點從這裡出發，中午後就會到總公司了。

縦長の封筒に合わせて、宛先も縦書きで印刷します。
為配合直式信封，收件人的姓名地址也採用直式寫法印刷。

好きな漫画本を集めて、本棚に立てて並べています。
我收集了喜歡的漫畫書，並放在書架上排好。

海の見える丘の上に、小さな家を建てるのが、僕の夢だ。
我的夢想是在能看到大海的山丘上建造一棟小屋。

食器棚の中にお菓子があります。自由に食べてください。
餐具櫃裡有點心，請隨意取用。

田中君は非常に優秀な学生で、将来が実に楽しみだ。
田中同學是非常優秀的學生，我們殷切期盼他光輝的未來。

先輩の頼みじゃ仕方ありません。何でもしますよ。
如果是學長拜託的那就沒辦法了，任何事我都願意做。

お父さん、もっといい球を投げてくれないと、打てないよ。
爸爸，如果你投不出像樣一點的球，我就不打了。

Check 1　必考單字	高低重音	詞性、類義詞與對義詞
0829 □□□ だま 騙す	▶ だます	▶ [他五] 騙，欺騙，誆騙，矇騙；哄 [類] 欺く 騙
0830 □□□ た 溜まる	▶ たまる	▶ [他五] 事情積壓；積存，囤積，停滯 [類] 積もる 堆積
0831 □□□ だま 黙る	▶ だまる	▶ [自五] 沉默，不說話；不理，不聞不問 [關] 閉じる 關閉
0832 □□□ た 溜める	▶ ためる	▶ [他下一] 積，存，蓄；積壓，停滯 [關] 溜まる 積
0833 □□□ たん 短	▶ たん	▶ [名・漢造] 短；不足，缺點 [對] 長
0834 □□□ だん 団	▶ だん	▶ [漢造] 團，圓團；團體 [關] 仲間 夥伴、團體
0835 □□□ だん 弾	▶ だん	▶ [漢造] 砲彈
0836 □□□ たんきだいがく 短期大学	▶ たんきだいがく	▶ [名]（兩年或三年制的）短期大學 [關] 女子大 女子大學
0837 □□□ ダンサー	▶ ダンサー	▶ [名]【dancer】舞者；舞女；舞蹈家 [關] バレリーナ／（義）ballerina 芭蕾舞女演員

Check 2 必考詞組	Check 3 必考例句
□ 人を騙す。 騙人。	▶ お年寄りを騙してお金を盗る犯罪は、絶対に許せない。 絕對不容許對老年人詐騙盜領金錢的犯罪行為。
□ ストレスが溜まっている。 累積了不少壓力。	▶ 労働条件が悪く、社員の間に会社への不満が溜まっている。 工作條件惡劣，員工們對公司越來越不滿。
□ 黙って命令に従う。 默默地服從命令。	先生に叱られた少年は、ただ黙って下を向いていた。 老師訓斥的那名少年只默默的低著頭。
□ 記念切手を溜める。 收集紀念郵票。	▶ 長生きしたければ、ストレスを溜めないことです。 想要長壽，就不要累積壓力。
□ 飽きっぽいのが短所です。 容易厭倦是短處。	▶ 夏休みだけの、短期間のアルバイトを探しています。 我正在找暑假期間內的短期打工。
□ 記者団。 記者團	▶ 町内会の人に誘われて、地域の消防団に入ることになった 在社區協會人士的邀請之下，我加入了當地的消防隊。
□ 弾丸のように速い。 如彈丸一般地快。	▶ 一台のピアノを二人で弾くことを、連弾といいます。 兩人一起彈一架鋼琴，稱作四手聯彈。
□ 短期大学で勉強する。 在短期大學裡就讀。	この短期大学は、就職率がいいことで有名です。 這所大專院校以高就業率而著名。
□ ダンサーを目指す。 想要成為一位舞者。	▶ 彼はイギリスのバレエ団で踊っていたダンサーです。 他是在英國芭蕾舞團跳舞的舞者。

Check 1 必考單字	高低重音	詞性、類義詞與對義詞
0838 □□□ ●CD1／42 たんじょう 誕生	▶ たんじょう	▶ [名・自サ] 誕生，出生；成立，創立，創辦 類 生まれる 出生
0839 □□□ たんす	▶ たんす	▶ [名] 衣櫥，衣櫃，五斗櫃 關 押し入れ 壁櫥
0840 □□□ だんたい 団体	▶ だんたい	▶ [名] 團體，集體 關 クラブ／club 倶樂部
0841 □□□ チーズ	▶ チーズ	▶ [名]【cheese】起司，乳酪 關 納豆 納豆；優格
0842 □□□ チーム	▶ チーム	▶ [名]【team】組，團隊；（體育）隊 關 グループ／group 組
0843 □□□ チェック	▶ チェック	▶ [名・他サ]【check】支票；號碼牌；格子花 紋；核對，打勾 關 調査 調查
0844 □□□ ちか 地下	▶ ちか	▶ [名] 地下；陰間；（政府或組織）地 下，秘密（組織） 對 地上 地上
0845 □□□ ちが 違い	▶ ちがい	▶ [名] 不同，差別，區別；差錯，錯誤， 差異 關 間違い 錯誤
0846 □□□ ちか づ 近付く	▶ ちかづく	▶ [自五] 臨近，靠近；接近，交往；幾乎， 近似 關 寄る 靠近

Check 2 　必考詞組	Check 3 　必考例句
□ 誕生日のお祝いをする。 慶祝生日。	▶ 宇宙誕生の謎については、たくさんの説がある。 關於宇宙誕生的奧祕，有很多派不同的學說。
□ たんすにしまった。 收入衣櫃裡。	▶ パスポートやカードなど、大切なものは箪笥の引き出しにしまっている。 護照、信用卡等重要物品都放在衣櫃的抽屜裡。
□ 団体を解散する。 解散團體。	▶ 卓球には、個人戦の他に、チームで5試合を戦う団体戦がある。 在桌球中，除了個人賽，還有以隊伍為單位進行五場比賽的團體戰。
□ チーズを買う。 買起司。	▶ ハンバーグにチーズをたっぷり乗せて焼きます。 在漢堡肉餅上鋪滿大量起司之後烘烤。
□ チームを作る。 組織團隊。	▶ 当社の研究チームが新薬の開発に成功した。 本公司的研究小組成功開發了新藥品。
□ メールをチェックする。 檢查郵件。	▶ 出席者の名簿に間違いがないか、もう一度チェックしてください。 請再檢查一次出席者名單有無錯誤。
□ 地下に潜る。 進入地底。	▶ 歓迎会の会場は、Aホテルの地下1階にある日本料理店です。 迎新會設宴於A飯店地下一樓的日本料理店。
□ 違いが出る。 出現差異。	▶ A案とB案の違いを、分かり易く説明してください。 請以簡單易懂的方式說明A方案和B方案的差別。
□ 目的地に近付く。 接近目的地。	▶ 舞台本番の日が近づいて、練習にますます熱が入っている。 隨著正式登台演出的日子越來越近，練習也越來越密集了。

203

Check 1 　必考單字	高低重音	詞性、類義詞與對義詞

0847 ☐☐☐
ちか づ
近付ける ▸ ちかづける ▸ [他五] 使…接近，使…靠近
關 近付く　接近

0848 ☐☐☐
ちかみち
近道 ▸ ちかみち ▸ [名] 近路，捷徑

0849 ☐☐☐
ち きゅう
地球 ▸ ちきゅう ▸ [名] 地球
關 世界（せかい）　世界

0850 ☐☐☐
ち く
地区 ▸ ちく ▸ [名] 地區
類 区域（くいき）　區域

0851 ☐☐☐
チケット ▸ チケット ▸ [名]【ticket】票，券；車票；入場券；
機票
關 入場券（にゅうじょうけん）　入場票

0852 ☐☐☐
だい
チケット代 ▸ チケットだい ▸ [名]【ticket だい】票錢

0853 ☐☐☐
ち こく
遅刻 ▸ ちこく ▸ [名・自サ] 遲到，晚到
類 遅れる（おくれる）　遲到

0854 ☐☐☐
ち しき
知識 ▸ ちしき ▸ [名] 知識
關 常識（じょうしき）　常識

0855 ☐☐☐ ◉CD2 / 01
ち ぢ
縮める ▸ ちぢめる ▸ [他下一] 縮小，縮短，縮減；縮回，捲
縮，起皺紋
關 縮まる（ちぢ）　縮小

□ 人との関係を近づける。

與人的關係更緊密。

▶ 彼女は鏡に顔を近づけると、鏡の中の自分に向かって笑った。

她把臉湊向鏡子，對著鏡中的自己笑了。

□ 学問に近道はない。

學問沒有捷徑。

▶ 大通りから行くより、こっちのほうが近道ですよ。

與其從大街走過去，不如抄這條近路哦。

□ 地球上のあらゆる生物。

地球上的所有生物

▶ 宇宙から見ると、地球は青く輝いているそうだ。

據說從宇宙看到的地球閃耀著藍色的光芒。

□ 東北地区で生産された。

產自東北地區。

▶ この地区は、動物や植物を守るために保護されている。

這個地區為了保育動植物而被劃為保護區。

□ チケットを買う。

買票。

▶ 人気グループのコンサートのチケットが手に入った。

我拿到了當紅團體的演唱會門票！

□ チケット代を払う。

付買票的費用。

▶ 飛行機のチケット代はカードで支払います。

機票錢是用信用卡支付的。

□ 待ち合わせに遅刻する。

約會遲到。

▶ 駅から全力で走ったが、結局遅刻して試験を受けられなかった。

雖然一出車站就全力狂奔，結果還是遲到了，沒能趕上考試。

□ 知識を得る。

獲得知識。

▶ 君には大学で勉強した知識があるが、私には30年の経験があるよ。

雖然你具有在大學學到的知識，但我擁有三十年的經驗哦。

□ 首を縮める。

縮回脖子。

▶ 3年間留学するつもりだったが、予定を縮めて2年で帰って来た。

原本預計留學三年，後來提早完成學業，兩年就回來了。

Check 1 必考單字	高低重音	詞性、類義詞與對義詞

0856 □□□
チップ ▸ チップ ▸ [名]【chip】（削木所留下的）片削；洋芋片
關 クッキー／cookie 餅乾

0857 □□□
地方（ちほう） ▸ ちほう ▸ [名]地方，地區；（相對首都與大城市而言的）地方，外地
關 地区（ちく）地區

0858 □□□
茶（ちゃ） ▸ ちゃ ▸ [名・漢造]茶；茶樹；茶葉；茶水
關 湯（ゆ）熱水

0859 □□□
チャイム ▸ チャイム ▸ [名]【chime】組鐘；門鈴
類 ベル／bell 鈴

0860 □□□
茶色い（ちゃいろ） ▸ ちゃいろい ▸ [形]茶色
關 黄色い（きいろ）黃色

0861 □□□
着（ちゃく） ▸ ちゃく ▸ [名・接尾・漢造]到達，抵達；（計算衣服的單位）套；（記數順序或到達順序）著，名；穿衣；黏貼；沉著；著手
類 番，位（ばん，い）第～，名

0862 □□□
中学（ちゅうがく） ▸ ちゅうがく ▸ [名]中學，初中
關 高校（こうこう）高中

0863 □□□
中華鍋（ちゅうかなべ） ▸ ちゅうかなべ ▸ [名]炒菜鍋（炒菜用的中式淺底鍋）
類 炊飯器（すいはんき）電鍋

0864 □□□
中高年（ちゅうこうねん） ▸ ちゅうこうねん ▸ [名]中年和老年，中老年
關 年寄り（としょ）老人

Check 2 　必考詞組	Check 3 　必考例句

□ ポテトチップを食べる。
吃洋芋片。

▶ 兄はポテトチップを食べながらテレビを見ています。
哥哥一邊吃薯片一邊看電視。

□ 地方へ転勤する。
調派到外地上班。

▶ 九州地方に大型の台風が近づいているそうだ。
據說有大型颱風正在接近九州地區。

□ 茶を入れる。
泡茶。

▶ ウーロン茶は茶色ですが、日本茶は緑色です。
烏龍茶是褐色的，而日本茶是綠色的。

□ チャイムが鳴った。
門鈴響了。

▶ 授業終了のチャイムが鳴ったとたん、彼は教室を飛び出した。
下課鐘聲才剛響起，他就飛奔出教室了。

□ 茶色い紙。
茶色紙張

▶ 私は日本人ですが、生まれたときから髪も目も茶色いんです。
我雖是日本人，但一生下來頭髮和眼睛就都是褐色的了。

□ 東京着３時。
三點抵達東京。

▶ 決勝に残るためには、３着以内に入らなければならない。
為了進入決賽，非得打進前三名不可。

□ 中学生になった。
上了國中。

▶ 中学の卒業アルバムが出てきた。懐かしいなあ。
偶然翻出了中學畢業紀念冊，好懷念啊。

□ 中華鍋野菜を炒める。
用中式淺底鍋炒菜。

▶ 中華鍋を見ると、母の作ったおいしい麻婆豆腐を思い出す。
看見中式火鍋，就想起了媽媽做的美味的麻婆豆腐。

□ 中高年に人気だ。
受到中高年齡層觀眾的喜愛。

▶ キャンプや登山などの趣味を楽しむ中高年が増えている。
對野營和登山等興趣樂在其中的中老年人正在逐年增加。

207

Check 1 必考單字	高低重音	詞性、類義詞與對義詞

0865 □□□
ちゅうじゅん
中旬　▶ ちゅうじゅん ▶
[名]（一個月中的）中旬
[關] 途中（とちゅう）途中

0866 □□□
ちゅうしん
中心　▶ ちゅうしん ▶
[名] 中心，當中；中心，重點，焦點；中心地，中心人物

0867 □□□
ちゅうねん
中年　▶ ちゅうねん ▶
[名] 中年
[類] 中高年（ちゅうこうねん）中老年

0868 □□□
ちゅうもく
注目　▶ ちゅうもく ▶
[名・他サ・自サ] 注目，注視

0869 □□□
ちゅうもん
注文　▶ ちゅうもん ▶
[名・他サ] 點餐，訂貨，訂購；希望，要求，願望

0870 □□□
ちょう
庁　▶ ちょう ▶
[漢造] 官署；行政機關的外局

0871 □□□
ちょう
兆　▶ ちょう ▶
[名・漢造] 徵兆；（數）兆

0872 □□□ ●CD2/02
ちょう
町　▶ ちょう ▶
[名・漢造]（市街區劃單位）街，巷；鎮，街

0873 □□□
ちょう
長　▶ ちょう ▶
[名・漢造] 長，首領；長輩；長處

Check 2 必考詞組	Check 3 必考例句
☐ 6月の中旬に戻る。 在6月中旬回來。	▶ 医者からは、来月の中旬には退院できると言われています。 醫生告訴我，下個月中旬就能出院了。
☐ Aを中心とする。 以A為中心。	▶ 坂本さんはいつもクラスの中心にいる人気者です。 坂本同學一直是班上的風雲人物，很受大家歡迎。
☐ 中年になった。 已經是中年人了。	▶ 君もそろそろ中年なんだから、お酒は飲み過ぎないようにね。 你也差不多要步入中年了，不要喝太多酒哦！
☐ 人に注目される。 引人注目。	▶ 前回の大会で優勝した山下選手には全世界が注目している。 在上次大賽中奪得優勝的山下選手受到全世界的注目。
☐ パスタを注文した。 點了義大利麵。	▶ この店は、注文してから料理が出てくるまで、20分もかかる。 這家店從點餐到出餐足足需要二十分鐘。
☐ 官庁に勤める。 在政府機關工作。	▶ 東京消防庁で働いているお父さんが、僕の自慢です。 擁有在東京消防署工作的父親是我的驕傲。
☐ 日本の国家予算は80兆円だ。 日本的國家預算有80兆日圓。	▶ 毎年3兆匹の虫が、空を飛んで大陸間を季節移動しているそうだ。 據說，每年有三兆隻蟲子藉由空中飛行於五大洲之間進行季節性遷徙。
☐ 町長に選出された。 當上了鎮長。	▶ 住所は、東京都中野区中野町2丁目4番12号です。 我的地址是東京都中野區中野町2丁目4號12號。
☐ 一家の長。 一家之主	▶ 出席者は、社長、営業部長、支社長、工場長、研究所長の5名です。 出席者包括總經理、業務經理、分公司負責人、廠長和研究所長等5人。

Check 1 必考單字	高低重音	詞性、類義詞與對義詞

0874 □□□
ちょう
帳 ▸ ちょう ▸ [漢造] 帳幕；帳本

0875 □□□
ちょうかん
朝刊 ▸ ちょうかん ▸ [名] 早報

0876 □□□
ちょう さ
調査 ▸ ちょうさ ▸ [名・他サ] 調査
[類] アンケート／（法）enquête 問卷

0877 □□□
ちょう し
調子 ▸ ちょうし ▸ [名]（音樂）調子，音調；語調，聲調，口氣；格調，風格；情況，狀況

0878 □□□
ちょうじょ
長女 ▸ ちょうじょ ▸ [名] 長女，大女兒

0879 □□□
ちょうせん
挑戦 ▸ ちょうせん ▸ [名・自サ] 挑戰

0880 □□□
ちょうなん
長男 ▸ ちょうなん ▸ [名] 長子，大兒子

0881 □□□
ちょう り し
調理師 ▸ ちょうりし ▸ [名] 烹調師，廚師

0882 □□□
チョーク ▸ チョーク ▸ [名]【chalk】粉筆

Check 2　必考詞組	Check 3　必考例句
□ 銀行の預金通帳。 銀行存款簿。	▶ 銀行に行って、通帳記入をして来てください。 請先去銀行補登存摺之後再過來。
□ 朝刊を読む。 讀早報。	▶ 飛行機事故のニュースは各紙の朝刊の一面に大きく載った。 空難新聞在各家報社的早報都佔據了相當大的版面
□ 調査が行われる。 展開調查。	▶ 消費税に関する国民の意識調査をしています。 針對國民對消費稅的認知程度展開了調查。
□ 調子が悪い。 情況不好。	▶ このお茶を飲み始めてから、体の調子がいいんです。 自從開始喝這種茶之後，身體狀況就一直很好。
□ 長女が生まれる。 長女出生。	▶ 私は 3 人姉妹の長女ですので、母を手伝って、妹たちの面倒をみて来ました。 因為我是三姐妹中的長女，所以從小要幫忙媽媽照顧妹妹們。
□ 世界記録に挑戦する。 挑戰世界紀錄。	▶ 試合には負けたが、世界王者に挑戦した勇気は素晴らしい。 雖然你輸了比賽，但能有勇氣挑戰世界冠軍，真是太令人佩服了。
□ 長男が生まれる。 長男出生。	▶ お陰様で、長男が大学生、次男が高校生になりました。 托您的福，我家大兒子已經上大學，二兒子也上高中了。
□ 調理師の免許を持つ。 具有廚師執照。	▶ 調理師の免許を取るため、専門学校で勉強しています。 為了取得廚師執照而正在專業學校學習。
□ チョークで黒板に書く。 用粉筆在黑板上寫字。	▶ 黒板に白いチョークと赤いチョークで絵を描いた。 白粉筆和紅粉筆在黑板上作了畫。

Check 1 必考單字	高低重音	詞性、類義詞與對義詞
0883 □□□ ちょきん 貯金	▸ ちょきん	▸ [名・自他サ] 存款，儲蓄
0884 □□□ ちょくご 直後	▸ ちょくご	▸ [名・副]（時間，距離）緊接著，剛…之後，…之後不久
0885 □□□ ちょくせつ 直接	▸ ちょくせつ	▸ [名・副・自サ] 直接 [類] 直に 直接
0886 □□□ ちょくぜん 直前	▸ ちょくぜん	▸ [名] 即將…之前，眼看就要…的時候；（時間，距離）之前，跟前，眼前
0887 □□□ ち 散らす	▸ ちらす	▸ [他五・接尾] 把…分散開，驅散；吹散，灑散；散佈，傳播；消腫
0888 □□□ ち りょう 治療	▸ ちりょう	▸ [名・他サ] 治療，醫療，醫治
0889 □□□ ●CD2 03 ち りょうだい 治療代	▸ ちりょうだい	▸ [名] 治療費，診察費
0890 □□□ ち 散る	▸ ちる	▸ [自五] 凋謝，散漫，落；離散，分散；遍佈；消腫；渙散
0891 □□□ つい	▸ つい	▸ [副]（表時間與距離）相隔不遠，就在眼前；不知不覺，無意中；不由得，不禁

Check 2 必考詞組	Check 3 必考例句
□ 毎月決まった額を貯金する。 每個月定額存錢。	▶ 「ボーナスが出たら、何に使いますか。」「貯金します。」 「領到獎金以後，你要怎麼花？」「我會存起來。」
□ 退院した直後だ。 才剛出院。	▶ 番組が放送された直後から、テレビ局の電話が鳴り止まない。 節目一播出，電視臺的電話就響個不停。
□ 会って直接話す。 見面直接談。	▶ メールや電話ではなく、直接会って話したいな。 我真希望不要透過郵件或電話，而是直接面談。
□ テストの直前に頑張って勉強する。 在考前用功讀書。	▶ 開始直前にコンサートの中止が発表され、会場は混乱した。 在演唱會開始的前一刻宣布取消，造成了會場一片混亂。
□ 火花を散らす。 吹散煙火。	▶ 秋になると、山からの風が、赤や黄色の木の葉を散らす。 每逢秋天，紅黃相間的樹葉總被從山裡來的風吹落。
□ 治療方針が決まった。 決定治療的方式。	▶ 病気の治療のために、１年間会社を休職しています。 為了治療疾病，我向公司請了一年的假。
□ 歯の治療代が高い。 治療牙齒的費用很昂貴。	▶ 息子の病気の治療代がかかるので、パートを増やすことにした。 因為要付兒子的治療費，所以我只好多兼了幾個差。
□ 桜が散った。 櫻花飄落了。	▶ 昨日まで美しく咲いていた桜が、一夜のうちに散ってしまった。 直到昨天還絢爛地綻放的櫻花，一夕之間就落英遍地了。
□ つい傘を間違えた。 不小心拿錯了傘。	▶ 今朝からケンカしてたのに、顔を見たら、つい笑っちゃった。 我們明明今天早上就開始吵架，結果一看到對方的臉，就忍不住笑了出來。

Check 1 必考單字	高低重音	詞性、類義詞與對義詞
0892 □□□ 遂に <small>つい</small>	ついに	[副] 終於；竟然；直到最後 [類] とうとう 終於
0893 □□□ 通 <small>つう</small>	つう	[名・形動・接尾・漢造] 精通，內行，專家；通曉人 情世故，通情達理；暢通； （助數詞）封，件，紙；穿 過；往返；告知；貫徹始終
0894 □□□ 通勤 <small>つうきん</small>	つうきん	[名・自サ] 通勤，上下班 [類] 通う 通勤 <small>かよ</small>
0895 □□□ 通じる <small>つう</small>	つうじる	[自上一・他上一] 通；相通，通到，通往；通 曉，精通；明白，理解；使 …通；在整個期間內 [類] 通う 通 <small>かよ</small>
0896 □□□ 通訳 <small>つうやく</small>	つうやく	[名・他サ] 口頭翻譯，口譯；翻譯者，譯 員
0897 □□□ 捕まる <small>つか</small>	つかまる	[自五] 抓住，被捉住，逮捕；抓緊，揪住 [類] 捕（ら）えられる 被抓住 <small>と</small>
0898 □□□ 掴む <small>つか</small>	つかむ	[他五] 抓，抓住，揪住，握住；掌握到， 瞭解到
0899 □□□ 疲れ <small>つか</small>	つかれ	[名] 疲勞，疲乏，疲倦 [類] 疲労 疲勞 <small>ひろう</small>
0900 □□□ 付き <small>つ</small>	つき	[接尾]（前接某些名詞）樣子；附屬

Check 2 必考詞組

□ 遂に現れた。
終於出現了。

□ 彼は日本通だ。
他是個日本通。

□ マイカーで通勤する。
開自己的車上班。

□ 電話が通じる。
通電話。

□ 彼は通訳をしている。
他在擔任口譯。

□ 警察に捕まった。
被警察抓到了。

□ 手首を掴んだ。
抓住了手腕。

□ 疲れが出る。
感到疲勞。

□ デザート付きの定食。
附甜點的套餐

Check 3 必考例句

▶ 100巻まで続いた人気漫画が、遂に最終回を迎えた。
連載一百期的高人氣漫畫，終究迎來了最後一回。

▶ 彼はなかなかのワイン通で、味ばかりでなくワインの歴史にも詳しい。
他是一名紅酒專家，不僅精通品酒，對紅酒的歷史也非常瞭解。

▶ 通勤ラッシュがひどいので、一時間早く出勤している。
因為通勤的尖峰時段交通十分壅塞，所以總是提早一個小時去上班。

▶ 中国語はCDで勉強しただけですが、けっこう通じますよ。
雖然我只透過CD學習中文，但是程度很不錯哦！

▶ 政治家の通訳として、これまで様々な国際会議に出席しました。
身為政治家的口譯員，到目前為止已經參加過大大小小的國際會議。

▶ 車で人を轢いて逃げていた犯人が、ようやく捕まった。
開車輾人後逃逸的犯人，終於被逮捕歸案了。

▶ チャンスを掴む人は、常にそのための準備をしている人です。
能夠抓住機會的人，亦即總是預先妥善準備的人。

▶ 残業続きで疲れが溜まったときは、これを1本飲んでください。
當連續加班而疲勞不堪的時候，請服用這一瓶。

▶ 船上パーティーは豪華な食事に、お土産付きだった。
遊艇派對不僅有豪華的餐飲，還附贈了禮物。

Check 1 必考單字	高低重音	詞性、類義詞與對義詞
0901 □□□ 付き合う（つ）（あ）	▶ つきあう ▶	[自五] 交際，往來；陪伴，奉陪，應酬 [類] 交際（こうさい）する 交際
0902 □□□ 突き当たり（つ）	▶ つきあたり ▶	[名] 衝突，撞上；（道路的）盡頭
0903 □□□ 次々（つぎつぎ）	▶ つぎつぎ ▶	[副] 一個接一個，接二連三地，絡繹不絕的，紛紛；按著順序，依次 [類] 続（つづ）いて 連續
0904 □□□ 付く（つ）	▶ つく ▶	[自五] 附著，沾上；長，添增；跟隨；隨從，聽隨；偏坦；設有；連接著
0905 □□□ 点ける（つ）	▶ つける ▶	[他下一] 打開（家電類）；點燃
0906 □□□ ●CD2 04 付ける／附ける／着ける（つ）（つ）	▶ つける ▶	[他下一・接尾] 掛上，裝上；穿上，配戴；寫上，記上；定（價），出（價）；抹上，塗上
0907 □□□ 伝える（つた）	▶ つたえる ▶	[他下一] 傳達，轉告；傳導
0908 □□□ 続き（つづ）	▶ つづき ▶	[名] 接續，繼續；接續部分，下文；接連不斷
0909 □□□ 続く（つづ）	▶ つづく ▶	[自五] 續續，延續，連續；接連發生，接連不斷；隨後發生，接著；連著，通到，與…接連；接得上，夠用；後繼，跟上；次於，居次位

□ 彼女と付き合う。
與她交往。

▶ この人は私が以前付き合っていた人、つまり元カレです。
這個人就是我以前交往的對象，也就是前男友。

□ 廊下の突き当たり。
走廊的盡頭

▶ 公園は、この道をまっすぐ行った突き当たりです。
沿著這條路一直走，走到盡頭就是公園了。

□ 次々と事件が起こる。
案件接二連三發生。

▶ 池の鳥が、近づくボートに驚いて次々と飛び立った。
池塘裏的鳥被逐漸靠近的小船嚇得一隻接一隻地飛了起來。

□ ご飯粒が付く。
沾到飯粒。

▶ 男性は襟の付いたシャツを着るようにしてください。
男性請穿著有領子的襯衫。

□ クーラーをつける。
開冷氣。

▶ まず、オフィスの電気とエアコンを点けてください。
首先，請打開辦公室的電燈和空調。

□ 値段をつける。
定價。

▶ 正しいものに○を、間違っているものに×を付けなさい。
請在正確的選項上打○、錯的選項上打×。

□ 彼に伝える。
轉告他。

▶ 田中課長に、またお電話しますとお伝えください。
請轉達田中科長，我稍後將再致電。

□ 続きがある。
有後續。

▶ ドラマの続きが気になって、来週まで待てないよ。
實在太好奇劇情接下來的發展，等不到下週了啦！

□ 晴天が続く。
持續著幾天的晴天。

▶ 目の前には、どこまでも続く一本道があった。
當時，眼前有一條能夠通往所有地方的道路。

217

Check 1　必考單字	高低重音	詞性、類義詞與對義詞
0910 □□□ 〜続_{つづ}ける	つづける	[接尾]（接在動詞連用形後，複合語用法）繼續…，不斷地…
0911 □□□ 包_{つつ}む	つつむ	[他五] 包裹，打包，包上；蒙蔽，遮蔽，籠罩；藏在心中，隱瞞；包圍
0912 □□□ 繋_{つな}がる	つながる	[自五] 相連，連接，聯繫；（人）排隊，排列；有（血緣、親屬）關係，牽連
0913 □□□ 繋_{つな}ぐ	つなぐ	[他五] 拴結，繫；連起，接上；延續，維繫（生命等），連接 [類] 接続する　連接
0914 □□□ 繋_{つな}げる	つなげる	[他五] 連接，維繫
0915 □□□ 潰_{つぶ}す	つぶす	[他五] 毀壞，弄碎；熔毀，熔化；消磨，消耗；宰殺；堵死，填滿
0916 □□□ 爪先_{つまさき}	つまさき	[名] 腳指甲尖端
0917 □□□ つまり	つまり	[名・副] 阻塞，困窘；到頭，盡頭；總之，說到底；也就是說，即… [類] 即_{すなわ}ち　也就是說
0918 □□□ 詰_つまる	つまる	[自五] 擠滿，塞滿；堵塞，不通；窘困，窘迫；縮短，緊小；停頓，擱淺

Check 2 必考詞組	Check 3 必考例句
□ テニスを練習し続ける。 不斷地練習打網球。	▶ 母親は、子どもが手術を受けている間、神に祈り続けた。 當孩子動手術的那段時間，媽媽不斷向神明祈求。
□ プレゼントを包む。 包裝禮物。	▶ 餃子の皮でチーズを包んで、おつまみを作りました。 做了用餃子皮包入起司的下酒菜。
□ 電話が繋がった。 電話接通了。	▶ この会場は、電話が繋がりにくいですね。 這個會場的電話收訊很差耶。
□ 犬を繋ぐ。 拴上狗。	▶ 小さな男の子がお母さんと手を繋いで歩いています。 小男孩牽著媽媽的手走在路上。
□ 船を岸に繋げる。 把船綁在岸邊。	▶ 録画したものを切ったり繋げたりして、短い映画を作った。 用錄好的影片剪接，完成了一部微電影。
□ 会社を潰す。 讓公司倒閉。	▶ 昨日カラオケで歌い過ぎて、声を潰してしまった。 昨天在卡拉OK唱過頭，聲音都啞了。
□ 爪先で立つ。 用腳尖站立。	▶ 女の子はつま先で立つと、クルクルと回って見せた。 女孩踮起　尖後就開始不停轉圈，展現了曼妙的舞姿。
□ つまり、こういうことです。 也就是說，是這個意思。	▶ 彼女とはひと月会ってない。つまり、もう別れたんだ。 我一個月沒有見到她了。也就是說，我們已經分手了。
□ 排水パイプが詰まった。 排水管塞住了。	▶ 風邪を引いたのか、鼻が詰まって息が苦しいです。 不知道是不是感冒了，鼻塞得喘不過氣來。

Check 1 必考單字	高低重音	詞性、類義詞與對義詞

0919 □□□
積む
▸ つむ
▸ [自五・他五] 累積，堆積；裝載；積蓄，積累
類 重ねる 累積

0920 □□□
爪 (つめ)
▸ つめ
▸ [名]（人的）指甲，腳指甲；（動物的）爪；指尖；（用具的）鉤子

0921 □□□
詰める (つ)
▸ つめる
▸ [自下一] 裝入；填塞
類 詰め込む 裝入

0922 □□□
積もる (つ)
▸ つもる
▸ [自五・他五] 積，堆積；累積；估計；計算；推測

0923 □□□
梅雨 (つゆ)
▸ つゆ
▸ [名] 梅雨；梅雨季
類 梅雨 (ばいう) 梅雨

0924 □□□ ●CD2/05
強まる (つよ)
▸ つよまる
▸ [自五] 強起來，加強，增強

0925 □□□
で
▸ で
▸ [接續] 那麼；（表示原因）所以

0926 □□□
出会う (で あ)
▸ であう
▸ [自五] 遇見，碰見，偶遇；約會，幽會；（顏色等）協調，相稱
關 出会す (で くわ) 碰見

0927 □□□
低 (てい)
▸ てい
▸ [名・漢造]（位置）低；（價格等）低；變低

Check 2 必考詞組	Check 3 必考例句
□ トラックに積んだ。 裝到卡車上。	▶ このお寺は、四角く切った石を積んで造られています。 這座寺廟是以方形切割的石塊堆砌建造而成的。
□ 爪を伸ばす。 指甲長長。	▶ うちの猫が爪を出したら、気をつけてくださいね。 如果看到我家的貓露出爪子來，請小心不要被抓到喔。
□ ごみを袋に詰める。 將垃圾裝進袋中。	▶ ジャムをたくさん作ったので、瓶に詰めて友人にあげた。 因為我做了很多果醬，所以裝在瓶子裡分送了朋友。
□ 雪が積もる。 積雪。	▶ 今年は雪が多く、都会でも積もった雪がなかなか溶けない。 今年降雪量大，連都市裡的積雪也遲遲無法融化。
□ 梅雨が明ける。 梅雨期結束。	▶ 6月下旬に梅雨入りしてから、毎日雨で嫌になる。 自從六月下旬進入梅雨季之後天天都下雨，讓人覺得很煩躁。
□ 嵐が強まった。 暴風雨逐漸增強。	▶ 不良品を販売していた会社に対して、世間の批判は強まる一方だ。 對於銷售瑕疵品的公司，社會上的抨擊越來越強烈。
□ 台風で学校が休みだ。 因為颱風所以學校放假。	▶ 「私、会社辞めたんだ。」「へえ、そうなんだ。で？これからどうするの？」 「我已經向公司辭職了。」「喔，這樣哦。那麼，你接下來打算做什麼？」
□ 彼女に出会った。 與她相遇了。	▶ 「二人はどこで出会ったの？」「海で。」「いいな、羨ましい。」 「你們兩人是在哪裡相識的？」「在海邊。」「真好啊，好羨慕。」
□ 低温で殺菌する。 低溫殺菌。	▶ この国の経済は低成長期に入り、競争力の低下が問題となっている。 這個國家已進入經濟成長緩慢階段，競爭力的下滑成為一大問題。

Check 1 必考單字	高低重音	詞性、類義詞與對義詞

0928 □□□
ていあん
提案 ▸ ていあん ▸ [名・他サ] 提案，建議
類 発案 提案
（はつあん）

0929 □□□
ティーシャツ ▸ ティーシャツ ▸ [名]【T-shirt】圓領衫，T恤

0930 □□□
DVDデッキ ▸ DVDデッキ ▸ [名]【DVD deck】DVD播放機

0931 □□□
DVDドライブ ▸ DVDドライブ ▸ [名]【DVD drive】（電腦用的）DVD機

0932 □□□
てい き
定期 ▸ ていき ▸ [名] 定期，一定的期限

0933 □□□
てい きけん
定期券 ▸ ていきけん ▸ [名] 定期車票，月票

0934 □□□
ディスプレイ ▸ ディスプレイ ▸ [名]【display】陳列，展覽，顯示；（電腦的）顯示器

0935 □□□
ていでん
停電 ▸ ていでん ▸ [名・自サ] 停電，停止供電

0936 □□□
ていりゅうじょ
停留所 ▸ ていりゅうじょ ▸ [名] 公車站；電車站

□ 提案を受け入れる。 接受建議。	▶ 仕事のやり方について改善できることを提案します。 我想針對工作方式提出可供改善的方案。
□ ティーシャツを着る。 穿T恤。	▶ うちは堅い会社じゃないから、夏はティーシャツでOKだよ。 我們不是規定死板的公司，夏天穿T恤上班就可以囉。
□ DVDデッキが壊れた。 DVD播映機壞了。	▶ DVDデッキが古いせいか、映画の途中で時々変な音がする。 因為DVD播放器很舊了，電影播到一半時經常會出現雜音。
□ DVDドライブを取り外す。 把DVD磁碟機拆下來。	▶ 薄型のパソコンで、DVDドライブの付いたものを探しています。 我在找附有DVD播放器的輕薄型電腦。
□ 定期点検を行う。 舉行定期檢查。	▶ 一人暮らしのお年寄のお宅を定期的に訪問するサービスです。 這是定期到住家探訪獨居老人的服務。
□ 定期券を申し込む。 申請定期車票。	▶ 大学へは週に3日しか行かないので、定期券は買っていません。 我每個星期只有三天要去大學，所以沒有購買月票。
□ ディスプレイをリサイクルに出す。 把顯示器送去回收。	▶ デパートで、服や靴のディスプレイの仕事をしています。 在百貨商店從事陳列服飾和鞋子的工作。
□ 台風で停電した。 因為颱風所以停電了。	▶ 台風の夜、停電して真っ暗になった時は、怖くて泣きそうだった。 颱風天的夜晚，停電之後四周一片漆黑，我害怕得差點哭了出來。
□ バスの停留所で待つ。 在公車站等車。	▶ 中村橋行きのバスに乗って、北6丁目という停留所で降りてください。 請搭乘開往中村橋的巴士，並在北六丁目這一站下車。

Check 1 必考單字	高低重音	詞性、類義詞與對義詞
0937 □□□ データ	▶ データ	▶ [名]【data】論據，論證的事實；材料，資料；數據 [類] 情報 資料
0938 □□□ デート	▶ デート	▶ [名・自サ]【date】日期，年月日；約會，幽會
0939 □□□ テープ	▶ テープ	▶ [名]【tape】窄帶，線帶，布帶；卷尺；錄音帶
0940 □□□ テーマ	▶ テーマ	▶ [名]【theme】（作品的）中心思想，主題；（論文、演說的）題目，課題
0941 □□□ ◉CD2 06 てき 的	▶ てき	▶ [接尾・形動型]（前接名詞）關於，對於；表示狀態或性質
0942 □□□ で き ごと 出来事	▶ できごと	▶ [名]（偶發的）事件，變故 [關] 事故 事件
0943 □□□ てきとう 適当	▶ てきとう	▶ [名・形動・自サ] 適當；適度；隨便
0944 □□□ できる	▶ できる	▶ [自上一] 完成；能夠
0945 □□□ て くび 手首	▶ てくび	▶ [名] 手腕

□ データを集^{あつ}める。
収集情報。

▶ 君^{きみ}の予想^{よそう}はどうでもいいから、事実^{じじつ}に基^{もと}づいたデータを出^だしなさい。
你的預測完全不重要，請提出以事實為根據的資料。

□ 私^{わたし}とデートする。
跟我約會。

▶ 今日^{きょう}は彼女^{かのじょ}とデートなので、お先^{さき}に失礼^{しつれい}します。
我今天要和女朋友約會，所以先告辭了。

□ テープに録音^{ろくおん}する。
在錄音帶上錄音。

講演会^{こうえんかい}の様子^{ようす}は全^{すべ}てビデオテープに録画^{ろくが}されています。
演講會全程都已錄製在錄影帶上。

□ 論文^{ろんぶん}のテーマを考^{かんが}える。
思考論文的標題。

▶ 今年^{ことし}の展覧会^{てんらんかい}のテーマは「自然^{しぜん}と共^{とも}に生^いきる」です。
今年展覽會的主題是「與自然共存」。

□ 悲劇的^{ひげきてき}な生涯^{しょうがい}。
悲劇的一生

▶ 長年^{ながねん}に渡^{わた}って、私^{わたし}を精神的^{せいしんてき}に支^{ささ}えてくれた妻^{つま}に感謝^{かんしゃ}します。
我要感謝妻子多年來始終是我的精神支柱。

□ 悲惨^{ひさん}な出来事^{できごと}に遭^あう。
遇到悲慘的事件。

▶ 私^{わたし}の身^みに起^おこった不思議^{ふしぎ}な出来事^{できごと}を、皆^{みな}さん、聞^きいてください。
請大家聽一聽發生在我身上的奇異事件。

□ 適当^{てきとう}な例^{れい}を挙^あげる。
舉出適當了例子。

▶ 席^{せき}は決^きまっていません。どうぞ適当^{てきとう}なところに座^{すわ}ってください。
座位沒有排定，請大家坐在自己想坐的位子。

□ 1週間^{しゅうかん}でできる。
一星期內完成。

▶ 先生^{せんせい}が、君^{きみ}ならできると言^いってくださったおかげで今日^{きょう}まで頑張^{がんば}れました。
感謝老師曾告訴我「你一定做得到」，我才能堅持努力到了今天。

□ 手首^{てくび}を怪我^{けが}した。
手腕受傷了。

▶ 転^{ころ}んで手^てを着^ついた際^{さい}に、手首^{てくび}を怪我^{けが}したようだ。
捧倒的時候用手撐住，手腕好像受傷了。

Check 1 必考單字	高低重音	詞性、類義詞與對義詞
0946□□□ デザート	▶ デザート	▶ [名]【dessert】（西餐正餐後的）甜食點心，水果，冰淇淋
0947□□□ デザイナー	▶ デザイナー	▶ [名]【designer】（服裝、建築等）設計師，圖案家
0948□□□ デザイン	▶ デザイン	▶ [名・自他サ]【design】設計（圖），（製作）圖案
0949□□□ デジカメ	▶ デジカメ	▶ [名]【digital camera】數位相機
0950□□□ デジタル	▶ デジタル	▶ [名]【digital】數位的，數字的，計量的
0951□□□ 手数料 て すうりょう	▶ てすうりょう	▶ [名] 手續費；回扣
0952□□□ 手帳 て ちょう	▶ てちょう	▶ [名] 筆記本，雜記本，手冊 [關] ノート（note）筆記本
0953□□□ 鉄鋼 てっこう	▶ てっこう	▶ [名] 鋼鐵
0954□□□ 徹底 てってい	▶ てってい	▶ [名・自サ] 徹底；傳遍，普遍，落實 [類] 貫く 貫徹 つらぬ

Check 2 必考詞組	Check 3 必考例句
□ デザートを<ruby>食<rt>た</rt></ruby>べる。 吃甜點。	<ruby>食後<rt>しょくご</rt></ruby>のデザートは<ruby>当店自慢<rt>とうてんじまん</rt></ruby>のチーズケーキです。 飯後甜點是本店的招牌奶酪蛋糕。
□ デザイナーになる。 成為設計師。	アクセサリーのデザイナーになるために、イタリアに<ruby>留学<rt>りゅうがく</rt></ruby>します。 為了成為飾品設計師，我將前往義大利留學。
□ <ruby>制服<rt>せいふく</rt></ruby>をデザインする。 設計制服。	このバッグは、<ruby>使<rt>つか</rt></ruby>い<ruby>易<rt>やす</rt></ruby>い<ruby>上<rt>うえ</rt></ruby>にデザインもかわいいと<ruby>評判<rt>ひょうばん</rt></ruby>です。 大家對這款手提包的評價是「使用方便，而且設計也很可愛」。
□ デジカメを<ruby>買<rt>か</rt></ruby>った。 買了數位相機。	デジカメで<ruby>撮<rt>と</rt></ruby>った<ruby>写真<rt>しゃしん</rt></ruby>をパソコンで<ruby>見<rt>み</rt></ruby>て<ruby>楽<rt>たの</rt></ruby>しんでいる。 我正在電腦上欣賞用數位相機拍攝的照片。
□ デジタル<ruby>製品<rt>せいひん</rt></ruby>を<ruby>使<rt>つか</rt></ruby>う。 使用數位電子產品。	デジタル<ruby>家電製品<rt>かでんせいひん</rt></ruby>の<ruby>売<rt>う</rt></ruby>り<ruby>場<rt>ば</rt></ruby>では、ロボット<ruby>掃除機<rt>そうじき</rt></ruby>が<ruby>人気<rt>にんき</rt></ruby>です。 掃地機器人在數位家電產品的專櫃賣得很好。
□ <ruby>手数料<rt>てすうりょう</rt></ruby>がかかる。 要付手續費。	<ruby>営業時間外<rt>えいぎょうじかんがい</rt></ruby>に<ruby>銀行<rt>ぎんこう</rt></ruby>を<ruby>利用<rt>りよう</rt></ruby>すると、<ruby>手数料<rt>てすうりょう</rt></ruby>がかかります。 如果在非營業時段使用銀行服務，則需要支付手續費。
□ <ruby>手帳<rt>てちょう</rt></ruby>に<ruby>書<rt>か</rt></ruby>き<ruby>込<rt>こ</rt></ruby>む。 寫入筆記本。	<ruby>社長<rt>しゃちょう</rt></ruby>の<ruby>予定<rt>よてい</rt></ruby>は<ruby>一年先<rt>いちねんさき</rt></ruby>まで<ruby>全<rt>すべ</rt></ruby>て、<ruby>私<rt>わたし</rt></ruby>の<ruby>手帳<rt>てちょう</rt></ruby>に<ruby>記入<rt>きにゅう</rt></ruby>してあります。 總經理未來一年的行程安排全都記在我的筆記本上。
□ <ruby>鉄鋼業<rt>てっこうぎょう</rt></ruby>が<ruby>盛<rt>さか</rt></ruby>んだ。 鋼鐵業興盛。	<ruby>私<rt>わたし</rt></ruby>たちの<ruby>生活<rt>せいかつ</rt></ruby>を<ruby>支<rt>ささ</rt></ruby>える<ruby>車<rt>くるま</rt></ruby>や<ruby>交通機関<rt>こうつうきかん</rt></ruby>はどれも<ruby>鉄鋼<rt>てっこう</rt></ruby>がなくては<ruby>作<rt>つく</rt></ruby>れない。 舉凡有助於我們生活便利的汽車等交通工具，如果缺少鋼鐵，什麼都做不出來了。
□ <ruby>命令<rt>めいれい</rt></ruby>を<ruby>徹底<rt>てってい</rt></ruby>する。 落實命令。	オフィスの<ruby>節電<rt>せつでん</rt></ruby>を<ruby>徹底<rt>てってい</rt></ruby>した<ruby>結果<rt>けっか</rt></ruby>、<ruby>電気代<rt>でんきだい</rt></ruby>が２<ruby>割<rt>わり</rt></ruby>__減った。 在辦公室徹底執行節約用電後，省了兩成的電費。

Check 1 必考單字	高低重音	詞性、類義詞與對義詞

0955□□□
徹夜
てつや
▶ てつや
▶ [名・自サ] 通宵，熬夜，徹夜
類 夜通し 通宵

0956□□□
手の甲（て こう）
▶ てのこう
▶ [名] 手背

0957□□□
掌（てのひら）
▶ てのひら
▶ [名] 手掌

0958□□□
テレビ番組（ばんぐみ）
▶ テレビばんぐみ
▶ [名]【televisionばんぐみ】電視節目

0959□□□ ●CD2 / 07
点（てん）
▶ てん
▶ [名] 點；方面；（得）分

0960□□□
電気スタンド
▶ でんきスタンド
▶ [名]【でんき stand】檯燈

0961□□□
電気代（でん き だい）
▶ でんきだい
▶ [名] 電費

0962□□□
電球（でんきゅう）
▶ でんきゅう
▶ [名] 電燈泡
關 蛍光灯（けいこうとう）　電燈泡

0963□□□
電気料金（でん き りょうきん）
▶ でんきりょうきん
▶ [名] 電費

Check 2 必考詞組

□ 徹夜で看病する。
通宵照顧病人。

□ 手の甲を怪我した。
手背受傷了。

□ 掌に載せて持つ。
放在手掌上托著。

□ テレビ番組を制作する。
製作電視節目。

□ その点について。
關於那一點

□ 電気スタンドを点ける。
打開檯燈。

□ 電気代が高い。
電費很貴。

□ 電球が切れた。
電燈泡壞了。

□ 電気料金が値上がりする。
電費上漲。

Check 3 必考例句

▶ レポートの提出期限は明日だ。今夜は徹夜だな。
明天是提交報告的最後期限。今晚得熬夜了啊。

▶ 初デートで、別れ際に手の甲にキスされて、びっくりしました。
第一次約會道別時，對方在我的手背上親了一下，把我嚇了一大跳。

▶ 子猫のふわふわした感じが、まだ僕の掌に残ってるよ。
小貓毛茸茸的觸感還殘留在我的手掌心喔。

▶ 好きな俳優の出るテレビ番組は全て録画しています。
我把喜歡的演員參與演出的節目全都錄製下來了。

▶ 今回変更されたルールについて、良くなった点と問題点をあげます。
關於這次更改的規則，我想提出一些有所進步之處和有待商榷之處。

▶ 寝る前に本を読むために、ベッドの脇に電気スタンドを置いています。
為了能在睡前讀書，我在床旁邊放置了檯燈。

▶ 電気代は高いけど、冷蔵庫を止めるわけにもいかないしね。
雖然電費很貴，總不能把冰箱的插頭拔掉吧。

▶ おばあちゃんの家に行ったとき、天井の電球を取り替えてあげました。
去奶奶家的時候，我把天花板的燈泡換了。

▶ 電力会社が選べるようになり、電気料金も価格競争になりそうだ。
自從可以自行選擇電力公司後，各家公司的電費似乎也展開了價格戰。

229

Check 1 必考單字	高低重音	詞性、類義詞與對義詞

0964 □□□
でんごん
伝言 ▶ で|んごん ▶ [名・自他サ] 傳話，口信；帶口信
[類] 知らせ 消息

0965 □□□
でんしゃだい
電車代 ▶ で|んしゃだい ▶ [名]（搭）電車費用

0966 □□□
でんしゃちん
電車賃 ▶ で|んしゃ|ちん ▶ [名]（搭）電車費用

0967 □□□
てんじょう
天井 ▶ て|んじょう ▶ [名] 天花板

0968 □□□
でん し
電子レンジ ▶ て|んしレ|ンジ ▶ [名]【でんしrange】微波爐

0969 □□□
てんすう
点数 ▶ て|んす|う ▶ [名]（評分的）分數

0970 □□□
でんたく
電卓 ▶ で|んたく ▶ [名] 電子計算機

0971 □□□
でん ち
電池 ▶ で|んち ▶ [名]（理）電池
[類] バッテリー（batterly）電池

0972 □□□
テント ▶ テ|ント ▶ [名]【tent】帳篷

Check 2 必考詞組	Check 3 必考例句
□ 伝言がある。 有留言。	▶ 山本課長はお休みですか。では、伝言をお願いできますか。 山本科長請假了嗎？那麼，可以請您代為留言給她嗎？
□ 電車代がかかる。 花費不少電車費。	▶ 出張にかかる電車代は後日、請求してください。 出差時支付的電車費用，請於日後再行請款。
□ 電車賃は 250 円だ。 電車費是二百五十日圓。	▶ いっぱい買い物しちゃって、帰りの電車賃がなくなっちゃった。 買了太多東西，連回程的電車費都花光了。
□ 天井の高いホール。 天花板很高的大廳	▶ 教会の高い天井を見上げると、驚くほど美しい絵が描かれていた。 當我抬頭望向教堂高聳的天花板時，才發現上面畫了一幅令人驚嘆的美麗圖畫。
□ 電子レンジで調理する。 用微波爐烹調。	▶ 昨日の味噌汁を電子レンジで温めて飲みます。 把昨天的味噌湯用電子微波爐加熱後再喝。
□ 点数を計算する。 計算點數。	▶ 試験の点数が３０点以下の生徒は、再試験になります。 考試分數低於30分的同學必須補考。
□ 電卓で計算する。 用計算機計算。	▶ 明日の数学の試験は、電卓を使用して構いません。 明天的數學考試可以使用計算機。
□ 電池がいる。 需要電池。	▶ 懐中電灯は、電池が切れていないことを確認しておきます。 檢查手電筒的電池是否還有電。
□ テントを張る。 搭帳篷。	▶ 夏休みには、山でテントを張ってキャンプをしました。 暑假時，我在山上搭帳篷露營了。

Check 1　必考單字	高低重音	詞性、類義詞與對義詞

0973 □□□

でん わ だい
電話代 ▶ でんわだい ▶ [名] 電話費

0974 □□□

ど
～度 ▶ ど ▶ [接尾] 尺度；程度；溫度；次數，回數；
規則，規定；氣量，氣度

0975 □□□

とう
～等 ▶ とう ▶ [接尾] 等等；（助數詞用法，計算階級
或順位的單位）等（級）

0976 □□□ 🔘 **CD2 / 08**

とう
～頭 ▶ とう ▶ [接尾]（牛、馬等）頭

0977 □□□

どう
同 ▶ どう ▶ [名] 同樣，同等；（和上面的）相同

0978 □□□

とう さん
倒産 ▶ とうさん ▶ [名・自サ] 破產，倒閉

0979 □□□

どうしても ▶ どうしても／
どうしても ▶ [副]（後接否定）怎麼也，無論怎樣
也；務必，一定，無論如何也要

0980 □□□

どう じ
同時に ▶ どうじに ▶ [連語] 同時，一次；馬上，立刻
[類] いち ど
一度に　同時

0981 □□□

とう ぜん
当然 ▶ とうぜん ▶ [形動・副] 當然，理所當然

Check 2 / 必考詞組

□ 今月の電話代。
これ個月的電話費

□ 昨日より5度ぐらい高い。
今天開始溫度比昨天高五度。

□ フランス、ドイツ等のEU諸国。
法、德等歐盟各國。

□ 牛一頭。
一隻牛

□ 同社。
該公司

□ 合併か倒産か。
與其他公司合併，或是宣布倒閉

□ どうしても行きたい。
無論如何我都要去。

□ ドアを開けると同時に。
就在我開門的同一時刻

□ 当然の結果。
必然的結果

Check 3 / 必考例句

▶ 電話代といっても、あなたの場合、ほとんどゲームのお金でしょ。
雖說是電話費，但你的電話費幾乎都用來買了遊戲點數吧。

▶ 三度目の正直といって、3度頑張れば大抵のことはうまくいくものだよ。
「第三次就會成功」的意思是只要努力三次，多數事情都會順利的喔。

▶ ガラスや陶器等、割れる物は箱の中に入れないでください。
玻璃或陶瓷等易碎品請勿放入這個箱子。

▶ この動物園にはゾウが2頭、ライオンが5頭、猿が20匹います。
這座動物園裡有兩頭大象、五隻獅子，和二十隻猴子。

▶ 優勝は山川高校です。同校の監督にお話を伺います。
優勝是山川高中！有請該校的教練致詞。

▶ 先月やっと再就職できた会社が、倒産しそうだ。
上個月好不容易才二度就業，可是據說這家公司快要倒閉了。

▶ あなたがどうしてもと言うなら、チケットを譲ってもいいですよ。
如果你很堅持的話，我也可以把票讓給你。

▶ 会場に入ると同時に、試験開始のベルが鳴った。
進入考場的同時，考試開始的鐘聲就響了起來。

▶ 人に迷惑をかけたのだから、謝るのが当然だ。
因為造成了別人的困擾，理所當然要道歉。

233

Check 1 必考單字	高低重音	詞性、類義詞與對義詞
0982 □□□ どうちょう 道庁	▸ どうちょう	▸ [名]「北海道庁」的略稱，北海道的地方政府
0983 □□□ とうよう 東洋	▸ とうよう	▸ [名]（地）亞洲；東洋，東方（亞洲東部和東南部的總稱）
0984 □□□ どう ろ 道路	▸ どうろ	▸ [名] 道路 [類] 道 道路
0985 □□□ とお 通す	▸ とおす	▸ [他五・接尾] 穿通，貫穿；滲透，透過；連續，貫徹；（把客人）讓到裡邊；一直，連續，…到底
0986 □□□ トースター	▸ トースター	▸ [名]【toaster】烤麵包機
0987 □□□ とお 通り	▸ とおり	▸ [名] 方法；種類；套，組
0988 □□□ とお 通り	▸ とおり	▸ [名] 大街，馬路；通行，流通 [類] 道 馬路
0989 □□□ とお こ 通り越す	▸ とおりこす	▸ [自五] 通過，越過
0990 □□□ とお 通る	▸ とおる	▸ [自五] 經過；穿過；合格 [類] 合格する 通過

Check 2 必考詞組	**Check 3** 必考例句

□ 道庁は札幌市にある。
北海道道廳（地方政府）
位於札幌市。

▶ 北海道の道庁所在地は札幌です。
北海道的行政機關位於札幌。

□ 東洋文化。
東洋文化

▶ 沖縄県の宮古島の海岸は、東洋一美しいと言われています。
據說沖縄縣宮古島的海岸是東洋最美麗的地方。

□ 道路が混雑する。
道路擁擠。

▶ 降った雪が道路に積もっているので、車の運転には気をつけてください。
由於路上積了很多雪，請小心駕駛。

□ そでに手を通す。
把手伸進袖筒。

▶ ガラスは空気は通さないが、光や音は通します。
空氣無法穿透玻璃，但光和聲音可以。

□ トースターで焼く。
以烤箱加熱。

▶ パンにチーズを乗せて、トースターで焼いて食べます。
將起司鋪在麵包上，用烤麵包機烤過再吃。

□ やり方は三通りある。
作法有三種方法。

▶ 数学の問題には、正解がひとつではなく何通りもあるものもある。
數學題目的正確解法不只一種，有好幾種解法都能算出正確答案。

□ 広い通りに出る。
走到大馬路。

▶ 区役所はこの通りをまっすぐ行くと、左側にあります。
只要沿著這條街一直走，區公所就在左邊。

□ バス停を通り越す。
錯過了下車的公車站牌。

▶ 駅を出て左、電気屋の前を通り越して、交差点を右に曲がってください。
出車站後請向左走，穿越電器行前的大馬路，然後在十字路口處右轉。

□ 左側を通る。
往左側走路。

▶ 採用試験で失敗したと思って諦めていた会社に通った。
錄用考試考差了，我正要放棄時卻收到了錄取通知。

Check 1 必考單字	高低重音	詞性、類義詞與對義詞
0991 □□□ 溶かす	とかす	[他五] 溶解，化開，溶入
0992 □□□ どきどき	どきどき	[副・自サ]（心臟）撲通撲通地跳，七上八 下 [關] 脈 脈博
0993 □□□ ◎CD2 09 ドキュメンタ リー	ドキュメンタリ ニ	[名]【documentary】紀錄，紀實；紀錄 片
0994 □□□ 特	とく	[漢造] 特，特別，與眾不同
0995 □□□ 得	とく	[名・形動] 利益；便宜
0996 □□□ 解く	とく	[他五] 解開，打開（衣服）；取消，解除 （禁令等）；消除，平息；解答 [類] 解放する 解放
0997 □□□ 得意	とくい	[名・形動]（店家的）主顧；得意，滿意； 自滿，得意洋洋；拿手，擅長 [關] 有頂天 得意洋洋 [對] 苦手 不擅長
0998 □□□ 読書	どくしょ	[名・自サ] 讀書 [類] 閲読 閲讀
0999 □□□ 特徴	とくちょう	[名] 特徵，特點

Check 2 　必考詞組

□ 完全に溶かす。
完全溶解。

□ 心臓がどきどきする。
心臓撲通撲通地跳。

□ ドキュメンタリー映画。
紀錄片

□ 特異体質。
特殊體質。

□ まとめて買うと得だ。
一次買更划算。

□ 結び目を解く。
把扣解開。

□ 得意先を回る。
拜訪老主顧。

□ 兄は読書家だ。
哥哥是個愛讀書的人。

□ 特徴のある髪型。
有特色的髮型。

Check 3 　必考例句

▶ この薬は、お湯でよく溶かしてから飲んでください。
這種藥請放入熱水中完全溶解之後再行服用。

▶ 次は私の番だ。どきどきして心臓が口から飛び出しそうだ。
下一個就輪到我了。緊張到心臟都快要跳出喉嚨了。

▶ これは、一人の男が宇宙飛行士になって月へ行くまでを記録したドキュメンタリー映画だ。
這是一部講述一個男人從當上太空人到登陸月球的整個過程的紀錄片。

▶ 景色がよく見える特等席へどうぞ。あなただけ、特別ですよ。
請您坐在風景一覽無遺的特等席。這是專為您保留的哦。

▶ 損だとか得だとかじゃないんだ。みんなの役に立ちたいだけなんだ。
這無關吃虧或是佔便宜。我只是想幫上大家的忙而已。

▶ これは、小さな男の子がどんな事件の謎も解いてしまう話です。
這是個由一名小男孩解開所有事件謎團的故事。

▶ 「得意な科目は、体育と音楽です。」「つまり勉強はあまり得意じゃないのね。」
「我擅長的科目是體育和音樂。」「也就是說，你不太擅長學習囉。」

▶ 読書をして世界中を、過去や未来を、旅するのが好きです。
我喜歡藉由閱讀而穿梭於古今中外。

▶ 「その男の特徴は？」「眉毛が太くて、眼鏡をかけていました。」
「那個男人有什麼特徵？」「眉毛很粗，戴個眼鏡。」

Check 1 必考單字	高低重音	詞性、類義詞與對義詞

1000 ☐☐☐

とくべつきゅうこう
特別急行 ▸ と̄くべつきゅうこう ▸ [名] 特別快車，特快車

1001 ☐☐☐

と
溶ける ▸ と̄け̄る ▸ [自下一] 溶解，融化

1002 ☐☐☐

と
解ける ▸ と̄け̄る ▸ [自下一] 解開，鬆開（綁著的東西）；
消，解消（怒氣等）；解除（職
責、契約等）；解開（疑問等）

1003 ☐☐☐

どこか ▸ ど̄こか ▸ [連語] 哪裡是，豈止，非但

1004 ☐☐☐

ところどころ
所々 ▸ と̄ころど̄ころ ▸ [名] 處處，各處，到處都是

1005 ☐☐☐

と し
都市 ▸ と̄し ▸ [名] 都市，城市
とかい
[類] 都会 都市

1006 ☐☐☐

としうえ
年上 ▸ と̄しうえ ▸ [名] 年長，年歲大（的人）
め うえ
[類] 目上 長輩

1007 ☐☐☐

と しょ
図書 ▸ と̄しょ ▸ [名] 圖書

1008 ☐☐☐

と じょう
途上 ▸ と̄じょう ▸ [名]（文）路上；中途

Check 2　必考詞組

□ 「特急」は特別急行の略称。

「特急」是特快車的簡稱。

□ 水に溶けません。

不溶於水。

□ 靴ひもが解ける。

鞋帶鬆開。

□ どこか暖かい国へ行きたい。

想去暖活的國家。

□ 所々に間違いがある。

有些地方錯了。

□ 都市計画の情報。

都市計畫的情報

□ 年上の人。

長輩

□ 図書館で勉強する。

在圖書館唸書。

□ 通学の途上、祖母に会った。

去學校的途中遇到奶奶。

Check 3　必考例句

▶ 日本初の特別急行「富士」は、歴史ある列車です。

日本第一輛特快車「富士號」是一輛歷史悠久的列車。

▶ おしゃべりに夢中になってて、アイスクリームが溶けちゃった。

只顧著講話，冰淇淋都融化了。

▶ 君の冗談のおかげで、緊張がすっかり解けたよ。

多虧了你的玩笑話，我已經不那麼緊張了。

▶ どこでもいい、日常を忘れて、どこか遠くの国へ行きたい。

去哪裡都好，我想去很遠的國家，忘記平常的生活。

▶ 公園の所々に咲く花を見て、春が近いことを感じた。

看到公園裡盛開的花朵，感受到春天就要來臨了。

▶ 大阪は、東京に次いで日本で二番目に大きい都市です。

大阪是僅次於東京的日本第二大城。

▶ 夫は私より5歳年上ですが、子どもっぽくて弟みたいな感じです。

我先生比我大五歲，但他很孩子氣，感覺就像是弟弟。

▶ これは毎年、小学校の推薦図書に選ばれるよい本です。

這是一本好書，每年都會被選為小學生的推薦讀物。

▶ この薬はまだ開発の途上ですが、一日も早い商品化が待たれています。

這種藥雖然還在研發，不過大家都很期待它能盡早上市。

Check 1 / 必考單字	高低重音	詞性、類義詞與對義詞
1009 □□□ ● CD2 / 10 年寄り	▸ としより	▸ [名] 老人；（史）重臣，家老；（史）村長；（史）女管家；（相撲）退休的力士，顧問 [關] 老いる　老
1010 □□□ 閉じる	▸ とじる	▸ [自上一] 閉，關閉；結束 [類] しまる　關
1011 □□□ 都庁	▸ とちょう	▸ [名] 東京都政府（「東京都庁」之略）
1012 □□□ 特急	▸ とっきゅう	▸ [名] 特快，特快車；火速，趕快
1013 □□□ 突然	▸ とつぜん	▸ [副] 突然 [類] 急に　突然
1014 □□□ トップ	▸ トップ	▸ [名]【top】尖端；（接力賽）第一棒；領頭，率先；第一位，首位，首席
1015 □□□ 届く	▸ とどく	▸ [自五] 及，達到；（送東西）到達；周到；達到（希望） [類] 着く　到達
1016 □□□ 届ける	▸ とどける	▸ [他下一] 送達；送交；報告
1017 □□□ 〜殿	▸ どの	▸ [接尾]（前接姓名等）表示尊重

Check 2　必考詞組	Check 3　必考例句
□ 年寄りをいたわる。 照顧老年人。	▶ 子どもの頃、近所のお年寄りに昔の遊びを教えてもらいました。 小時候，附近的老人家教我玩古早的遊戲。
□ 戸が閉じた。 門關上了。	▶ 胸に手を当てて、目を閉じて、よく考えなさい。 把手放在胸前，閉上眼睛，好好想想。
□ 都庁行きのバス。 往東京都政府的巴士。	▶ 都庁の最上階からは東京の景色がよく見えます。 從東京都政府的頂樓可以清楚看見東京的景色。
□ 特急で東京へたつ。 坐特快車前往東京。	▶ 週末は特急に乗って、山へスキーに行くのが楽しみです。 好期待週末搭特快車去山上滑雪哦。
□ 突然怒り出す。 突然生氣。	▶ 空が暗くなったと思ったら、突然大雨が降り出した。 天才剛暗下來，就突然下起了大雨。
□ 成績がトップ。 名列前茅	▶ 台湾には世界トップクラスの超高層ビルがあります。 臺灣擁有世界頂尖的摩天大樓。
□ 手紙が届いた。 收到信。	▶ 昨日インターネットで買った本が今日の午後届く。 昨天在網路上買的書今天下午就會到貨。
□ 忘れ物を届ける。 把遺失物送回來。	▶ 私の演奏で、世界の子どもたちに幸せを届けたい。 希望透過我的演奏，給全世界的孩子們帶來幸福。
□ 校長殿。 校長先生	▶ 鈴木和夫殿　ご依頼の件、了解いたしました。 鈴木和夫先生　我們已經收到了您的委託。

Check 1　必考單字	高低重音	詞性、類義詞與對義詞
1018 □□□ 飛ばす ^と	▶ とばす	▶ [他五・接尾] 使…飛，使飛起；（風等）吹 起，吹跑；飛濺，濺起
1019 □□□ 跳ぶ ^と	▶ とぶ	▶ [自五] 跳，跳起；跳過（順序、號碼 等）
1020 □□□ ドライブ	▶ ドライブ	▶ [名・自サ]【drive】開車遊玩；兜風
1021 □□□ ドライヤー	▶ ドライヤー	▶ [名]【drier】吹風機，乾燥機
1022 □□□ トラック	▶ トラック	▶ [名]【track】（操場、運動場、賽馬場 的）跑道
1023 □□□ ドラマ	▶ ドラマ	▶ [名]【drama】劇；戲劇；劇本；戲劇文 學；（轉）戲劇性的事件
1024 □□□ トランプ	▶ トランプ	▶ [名]【trump】撲克牌
1025 □□□ 努力 ^{ど りょく}	▶ どりょく	▶ [名・自サ] 努力 類 頑張る 努力 ^{がん ば}
1026 □□□ ●CD2 11 トレーニング	▶ トレーニング	▶ [名・他サ]【training】訓練，練習

Check 2 　必考詞組	Check 3 　必考例句
□ バイクを飛ばす。 飆摩托車。	▶ 今回の台風は被害が大きく、屋根を飛ばされた家も多い。 這場颱風帶來極大的災害，很多房子的屋頂都被吹走了。
□ 跳び箱を跳ぶ。 跳過跳箱。	▶ 大きな音にびっくりした猫は、慌てて棚の上に跳び上がった。 被巨大聲響嚇到的貓咪驚慌失措地跳到了架子上。
□ ドライブに出かける。 開車出去兜風。	▶ 車を買ったので、勇気を出して、和子さんをドライブに誘ってみた。 我買了一輛車，於是鼓起勇氣，試著邀請和子小姐去兜風。
□ ドライヤーをかける。 用吹風機吹。	▶ 鏡を見ながら、ドライヤーで髪を乾かします。 拿吹風機對著鏡子把頭髮吹乾。
□ 競技用トラック。 比賽用的跑道。	▶ トレーニングのために、大学のトラックを一日10 km走っています。 為了鍛鍊而每天沿著大學操場跑道跑十公里。
□ 大河ドラマ。 大河劇	▶ このドラマはよく出来ていて、毎回最後まで犯人が分からない。 這齣戲拍得很好，每一集都要看到最後才會知道兇手是誰。
□ トランプを切る。 洗牌。	▶ 友達が、トランプを使った手品を見せてくれた。 朋友用撲克牌表演魔術給我們看。
□ 努力が実った。 努力而取得成果。	▶ トップ選手と言われる人は皆、努力をする才能がある。 被稱作王牌選手的人，各個都堅持貫徹永不放棄的精神。
□ トレーニングに勤しむ。 忙於鍛鍊。	▶ 学生時代はトラック競技の選手で、毎日5時間トレーニングをしていた。 我在學生時期是田徑選手，每天都要訓練五個小時。

Check 1 必考單字	高低重音	詞性、類義詞與對義詞
1027 □□□ ドレッシング	▸ ドレッシング	▸ 图【dressing】調味料，醬汁
1028 □□□ トン	▸ トン	▸ 图【ton】（重量單位）噸，公噸， 一千公斤
1029 □□□ どんなに	▸ どんなに	▸ 副 怎樣，多麼，如何；無論如何…也
1030 □□□ どんぶり 丼	▸ どんぶり	▸ 图 大碗公；大碗蓋飯，大碗 ちゃわん 関 茶碗 碗
1031 □□□ ない 内	▸ ない	▸ 漢造 內，裡頭；家裡；內部
1032 □□□ ないよう 内容	▸ ないよう	▸ 图 内容 なか み 類 中身 內容
1033 □□□ なお 直す	▸ なおす	▸ 接尾 （前接動詞連用形）重做…
1034 □□□ なお 直す	▸ なおす	▸ 他五 修理；改正；治療
1035 □□□ なお 治す	▸ なおす	▸ 他五 醫治，治療 ち りょう 類 治療する 治療

Check 2 必考詞組	Check 3 必考例句
□ さっぱりしたドレッシング。 口感清爽的調味醬汁。	▶ 酢と塩と油で、サラダにかけるドレッシングを作りました。 用醋、鹽和油做了淋在沙拉上的調味醬汁。
□ 一万トンの船。 一萬噸的船隻	▶ 10トンもの土を積んだ大型トラックが工事現場に入って来た。 一輛裝載了多達十噸泥土的大型卡車開進了工地。
□ どんなにがんばっても、うまくいかない。 不管再怎麼努力，事情還是無法順利進行。	▶ どんなに離れていても、私の心は君のそばにいるよ。 不管我們距離多遠，我的心都在你身邊哦。
□ 鰻丼。 鰻魚蓋飯	▶ お昼ご飯は、牛丼やカツ丼などの丼物をよく食べます。 我午餐經常吃牛肉蓋飯和炸豬排蓋飯等蓋飯類餐點。
□ 校内で走るな。 校內嚴禁奔跑。	▶ これは社内用の資料ですので、外部に出さないよう願います。 這是公司內部要用的資料，因此請注意切勿外流。
□ 手紙の内容。 信的內容	▶ 内容もよく読まないで、契約書にサインしてはいけないよ。 還沒有仔細讀過內容之前，不能在合約上簽名哦！
□ やり直す。 從頭來。	▶ 時間が余ったので、解答用紙を出す前に、もう一度、答えを見直した。 因為還有時間，所以在交卷前再一次檢查了答案。
□ 自転車を直す。 修理腳踏車。	▶ 先生、日本語で作文を書きました。直して頂けませんか。 老師，我用日文寫了作文，可以請您幫我修改嗎？
□ 虫歯を治す。 治療蛀牙。	▶ 仕事のことは心配せず、ゆっくり体を治してください。 請不要掛心工作，好好休養，把病治好。

Check 1 必考單字	高低重音	詞性、類義詞與對義詞
1036 □□□ なか **仲**	▶ な<u>か</u>	▶ [名] 交情；（人和人之間的）聯繫關係
1037 □□□ なが **流す**	▶ な<u>が</u>す	▶ [他五] 使流動，沖走；使漂走；流 　　（出）；放逐；使流産；傳播；洗 　　掉（汙垢）；不放在心上
1038 □□□ なか み **中身**	▶ な<u>か</u>み	▶ [名] 裝在容器裡的內容物，內容 [類] ないよう 　　 内容　内容
1039 □□□ なかゆび **中指**	▶ な<u>か</u>ゆび	▶ [名] 中指
1040 □□□ なが **流れる**	▶ な<u>が</u>れる	▶ [自下一] 流動；漂流；飄動；傳布；流 　　逝；流浪；（壞的）傾向；流 　　産；作罷；瀰漫；降落
1041 □□□ な **亡くなる**	▶ な<u>く</u>なる	▶ [他五] 死，喪
1042 □□□ ●CD2/12 なぐ **殴る**	▶ な<u>ぐ</u>る	▶ [他五] 毆打，揍；草草了事 [類] はた 　　 叩く　打
1043 □□□ な ぜ **何故なら（ば）**	▶ な<u>ぜ</u>なら	▶ [接續] 因為，原因是 [類] だって　因為
1044 □□□ なっ とく **納得**	▶ な<u>っ</u>とく	▶ [名・他サ] 理解，領會；同意，信服

□ 仲_{なか}がいい。

交情很好。

▶ ケンカするほど仲_{なか}がいいっていうけど、君_{きみ}たちを見_みていると、本当_{ほんとう}だね。

都說「吵得越兇感情越好」，看到你們的例子後，發現還真的是這樣呢。

□ 水_{みず}を流_{なが}す。

沖水。

▶ 説明会_{せつめいかい}が始_{はじ}まるまでの間_{あいだ}、会場_{かいじょう}では会社_{かいしゃ}を紹介_{しょうかい}するビデオが流_{なが}された。

在說明會開始之前，會場上播放了介紹公司的影片。

□ 中身_{なかみ}がない。

沒有內容。

▶ かばんを開_あけてください。中身_{なかみ}を確認_{かくにん}させて頂_{いただ}きます。

請把包包打開，讓我檢查一下裡面的物品。

□ 中指_{なかゆび}でさすな。

別用中指指人。

▶ 彼_{かれ}は人差_{ひとさ}し指_{ゆび}と中指_{なかゆび}で、Ｖサインを作_{つく}って見_みせた。

他伸出食指和中指，朝我們比了V的手勢。

□ 汗_{あせ}が流_{なが}れる。

流汗。

▶ そのレストランには、静_{しず}かなクラシック音楽_{おんがく}が流_{なが}れていた。

那家餐廳當時播放著優雅的古典樂。

□ おじいさんが亡_なくなった。

爺爺過世了。

▶ 両親_{りょうしん}は亡_なくなりましたが、兄弟仲良_{きょうだいなかよ}く暮_くらしています。

雖然父母親去世了，但是我們兄弟姐妹仍和睦地生活在一起。

□ 人_{ひと}を殴_{なぐ}る。

打人。

▶ 力_{ちから}の強_{つよ}い男_{おとこ}が、女_{おんな}の子_こを殴_{なぐ}るなんて、絶対_{ぜったい}に許_{ゆる}されないことだ。

力氣大的男人毆打女孩子這種事，絕對無法原諒！

□ もういや、なぜなら彼_{かれ}はひどい。

我投降了，因為他太惡劣了。

▶ 私_{わたし}は医者_{いしゃ}になりました。なぜなら父_{ちち}がそう希望_{きぼう}したからです。

我成了醫生。因為我的父親希望我走這條路。

□ 納得_{なっとく}がいく。

信服。

▶ 私_{わたし}は悪_{わる}くないのに、なぜ謝_{あやま}らなければならないのか、全_{まった}く納得_{なっとく}できない。

我又沒有錯，完全無法理解為什麼要我道歉？

Check 1 必考單字	高低重音	詞性、類義詞與對義詞
1045 □□□ なな 斜め	▶ な<u>なめ</u>	▶ [名・形動] 斜，傾斜；不一般，不同往常
1046 □□□ なに 何か	▶ な<u>にか</u>	▶ [連語・副] 什麼；總覺得
1047 □□□ なべ 鍋	▶ な<u>べ</u>	▶ [名] 鍋子；火鍋
1048 □□□ なま 生	▶ な<u>ま</u>	▶ [名・形動]（食物沒有煮過、烤過）生的； 直接的，不加修飾的；不熟練，不 到火候；生鮮的東西
1049 □□□ なみだ 涙	▶ な<u>みだ</u>	▶ [名] 淚，眼淚；哭泣；同情
1050 □□□ なや 悩む	▶ な<u>やむ</u>	▶ [自五] 煩惱，苦惱，憂愁；感到痛苦
1051 □□□ な 鳴らす	▶ な<u>らす</u>	▶ [他五] 鳴，啼，叫；（使）出名；嘮 叨；放響屁
1052 □□□ な 鳴る	▶ な<u>る</u>	▶ [自五] 響，叫；聞名
1053 □□□ ナンバー	▶ ナ<u>ンバー</u>	▶ [名]【number】數字，號碼；（汽車等 的）牌照

□ 斜めになっていた。
歪了。

▶ この広場を斜めに横切るのが、駅への近道です。
斜著穿越這座廣場是去車站的捷徑。

□ 何か飲みたい。
想喝點什麼。

▶ 講義は以上です。何か質問がある人は、手を挙げてください。
這堂課就上到這裡。有問題的同學請舉手。

□ 鍋で炒める。
用鍋炒。

▶ 電子レンジ壊れてるから、牛乳は鍋で温めてね。
因為微波爐壞了，牛奶就用鍋子加熱吧！

□ 生で食べる。
生吃。

▶ 豚肉はよく焼かないと、生で食べるとお腹を壊すよ。
如果沒把豬肉徹底烤熟，吃到生肉的話會鬧肚子哦！

□ 涙があふれる。
淚如泉湧。

▶ このスープは涙が出るほど辛いけど、おいしくて止められないんだ。
這碗湯雖然辣得我飆淚，但是太好吃了，讓人一口接一口停不下來。

□ 悩むことはない。
沒有煩惱。

▶ 進路のことで悩んでいるのですが、相談に乗って頂けますか。
我正為未來的出路而煩惱，能和您商量一下嗎？

□ 鐘を鳴らす。
敲鐘。

▶ 気分が悪くなったときは、このベルを鳴らしてください。
感到不適的時候，請按這個鈴。

□ ベルが鳴る。
鈴聲響起。

▶ さっきから、おなかがグーグー鳴ってるけど、朝ご飯ちゃんと食べたの？
從剛才開始你的肚子就一直咕嚕咕嚕叫，你有好好吃早餐嗎？

□ 自動車のナンバー。
汽車牌照。

▶ 走り去る車のナンバーを、慌てて覚えてメモしました。
我慌慌張張地記下了肇事逃逸的車牌號碼。

Check 1 必考單字	高低重音	詞性、類義詞與對義詞
1054□□□ に あ 似合う	▶ に あう	[他五] 合適，相稱，調和 類 合う 合適 類 釣り合う 相稱
1055□□□ に 煮える	▶ に える	[自下一] 煮熟，煮爛；水燒開；固體融化 （成泥狀）；發怒，非常氣憤 關 焼く 烤
1056□□□ にが て 苦手	▶ にがて	[名・形動] 棘手的人或事；不擅長的事 物，不擅長 類 不得意 不擅場
1057□□□ にぎ 握る	▶ にぎる	[他五] 握，抓；握飯團或壽司；掌握，抓 住；（圍棋中決定誰先下）抓棋子 類 掴む 抓
1058□□□ にく 憎らしい	▶ にくらしい	[形] 可憎的，討厭的，令人憎恨的
1059□□□ ●CD2/13 にせ 偽	▶ にせ	[名] 假，假冒；贋品
1060□□□ に 似せる	▶ にせる	[他下一] 模仿，仿效；偽造
1061□□□ にゅう こく かん り きょく 入国管理局	▶ にゅうこくかん りきょく	[名] 入國管理局
1062□□□ にゅうじょうりょう 入場料	▶ にゅうじょう りょう	[名] 入場費，進場費

Check 2 必考詞組	Check 3 必考例句

□ 君によく似合う。
很適合你。

▶ 「この帽子、どうかしら。」「よく似合ってるよ。」
「這頂帽子怎麼樣？」「很適合妳哦！」

□ 芋は煮えました。
芋頭已經煮熟了。

▶ 鍋の中の野菜が煮えたら、砂糖と醤油で味をつけます。
鍋子裡的蔬菜煮好後，再用砂糖和醬油提味。

□ 苦手な科目。
不擅長的科目。

▶ 「何か苦手なものはありますか。」「ニンジンがダメなんです。」
「你有什麼不敢吃的食物嗎？」「我不敢吃胡蘿蔔。」

□ 手を握る。
握拳。

▶ 父は「頑張れよ」と言って、私の手を強く握った。
爸爸緊緊握住我的手，說：「加油啊！」

□ あの男が憎らしい。
那男人真是可恨啊。

▶ 息子はこの頃、うるさいとか邪魔だとか、憎らしいことばかり言う。
我兒子最近總是嫌我煩，說我在干涉他，淨說些可惡的話。

□ 偽の1万円札。
萬圓偽鈔

▶ 偽警察官がお年寄からお金を盗む事件が続いている。
冒牌警察盜取年長者金錢的案件還在持續增加。

□ 本物に似せる。
與真物非常相似。

▶ あなたのお母さんの味に似せて作ってみたけど、どう？
我試著照你媽媽的方法做了菜，味道怎麼樣？

□ 入国管理局にビザを申請する。
在入國管理局申請了簽證。

▶ 入国管理局で外国人登録証明書の申請をしました。
在入境管理局申請了外國人登錄證。

□ 入場料が高い。
門票很貴呀。

▶ 写真展は本日より公民館にて。入場料は無料です。
今天開始在公民會館舉辦攝影展。免費入場。

Check 1 必考單字	高低重音	詞性、類義詞與對義詞
1063 □□□ に 煮る	▶ に<u>る</u>	▶ [自五] 煮，燉，熬
1064 □□□ にん き 人気	▶ に<u>んき</u>	▶ [名] 人緣，人望 せいぼう 圞 声望 人望
1065 □□□ ぬ 縫う	▶ ぬ<u>う</u>	▶ [他五] 縫，縫補；刺繡；穿過，穿行； （醫）縫合（傷口）
1066 □□□ ぬ 抜く	▶ ぬ<u>く</u>	▶ [自他五・接尾] 抽出，拔去；選出，摘引；消 除，排除；省去，減少；超越 お こ 圞 追い越す 超越
1067 □□□ ぬ 抜ける	▶ ぬ<u>ける</u>	▶ [自下一] 脫落，掉落；遺漏；脫；離，離 開，消失，散掉；溜走，逃脫
1068 □□□ ぬ 濡らす	▶ ぬ<u>らす</u>	▶ [他五] 浸濕，淋濕，沾濕
1069 □□□ ぬる 温い	▶ ぬ<u>るい</u>	▶ [形] 微溫，不溫不涼；不夠熱；（處 置）溫和
1070 □□□ ね あ 値上がり	▶ ね<u>あがり</u>	▶ [名・自サ] 價格上漲，漲價
1071 □□□ ね あ 値上げ	▶ ね<u>あげ</u>	▶ [名・他サ] 提高價格，漲價

Check 2 必考詞組	Check 3 必考例句
□ 豆を煮る。 煮豆子。	▶ この魚は、煮ても焼いてもおいしいですよ。 這種魚無論是用煮的還是用烤的都很美味哦。
□ あのタレントは人気がある。 那位藝人很受歡迎。	▶ 彼は海外では人気がありますが、日本ではあまり知られていません。 他在國外很受歡迎，但在日本卻沒什麼名氣。
□ 服を縫った。 縫衣服。	▶ ズボンのお尻を破ってしまい、針と糸を借りて縫った。 褲子後面破了，我借來針線把洞縫好了。
□ 空気を抜いた。 放了氣。	▶ スタートで遅れたが、その後4人を抜いて、1位でゴールした。 雖然在起跑時慢了，但後來追過四個人，摘下了第一名的金牌。
□ スランプを抜けた。 越過低潮。	▶ この頃、髪の毛がよく抜けるんだ。心配だなあ。 最近經常掉髮。好焦慮啊。
□ 濡らすと壊れる。 碰到水，就會故障。	▶ コップを倒して、大事な書類を濡らしてしまった。 把杯子碰倒，弄濕了重要的文件。
□ 温いやり方。 不夠嚴厲的處理辦法。	▶ 音楽を聴きながら、温いお風呂にゆっくり入ります。 一邊聽音樂一邊悠閒地泡溫水澡。
□ 土地の値上がり。 地價高漲。	▶ 夏に雨が多かったせいで、野菜の値上がりが避けられないそうだ。 據說是因為夏季多雨，所以菜價不可避免地上漲了。
□ 値上げになる。 漲價。	▶ 来月ビールが値上げになるから、今のうちに買っておこう。 下個月啤酒要漲價了，所以趁現在先買吧！

1072 □□□

ネックレス ▸ ネックレス ▸ [名]【necklace】項鍊

1073 □□□

熱中（ねっちゅう） ▸ ねっちゅう ▸ [名・自サ] 熱中，專心；酷愛，著迷於

1074 □□□

眠る（ねむ） ▸ ねむる ▸ [自五] 睡覺；埋藏

1075 □□□

狙い（ねら） ▸ ねらい ▸ [名] 目標，目的；瞄準，對準

1076 □□□

年始（ねんし） ▸ ねんし ▸ [名] 年初；賀年，拜年

1077 □□□ CD2/14

年生（ねんせい） ▸ ねんせい ▸ [接尾] …年級生

1078 □□□

年末年始（ねんまつねんし） ▸ ねんまつねんし ▸ [名] 年底與新年

1079 □□□

農家（のうか） ▸ のうか ▸ [名] 農民，農戶；農民的家
[類] 百姓（ひゃくしょう） 農民

1080 □□□

農業（のうぎょう） ▸ のうぎょう ▸ [名] 農耕；農業

□ ネックレスをつける。
戴上項鍊。

▶ このドレスに合うネックレスが欲しいのですが。
我想要一條可以搭配這件禮服的項鍊。

□ ゲームに熱中する。
沈迷於電玩。

▶ 教授は研究に熱中し過ぎて、ご飯も忘れてしまうんです。
教授埋頭於研究，連飯都忘了吃。

□ 薬で眠らせた。
用藥讓他入睡。

▶ 母親の腕の中で眠る子どもは、微笑んでいるように見えた。
睡在母親懷裡的孩子看起來似乎正在微笑。

□ 狙いを明確にする。
目標明確。

▶ この授業の狙いは、生徒に考える力をつけることです。
本課程的教學目的是培養學生們思考的能力。

□ 年末年始。
歳暮年初時節

▶ お世話になった先生のお宅へ、年始のご挨拶に伺った。
我去了受到關照的老師家拜年。

□ 3年生に編入された。
被分到三年級。

▶ 子どもは中学1年生と小学4年生です。
我的兩個孩子分別是中學一年級和小學四年級的學生。

□ 年末年始に旅行する。
在年底到新年去旅行。

▶ 病院や交通機関など、年末年始でも休めない仕事は多い。
在醫院和交通運輸機構工作的人員，即使在歲末年初之際也不能休假，工作十分繁重。

□ 農家で育つ。
生長在農家。

▶ 実家は農家で、両親と兄夫婦でミカンを作っています。
我老家務農為生，父母和哥哥夫婦一起種橘子。

□ 機械化された農業。
機械化農業。

▶ 国民の食を支える農業には、もっと若い人の力が必要です。
提供國民食物來源的農業需要更多年輕人的力量。

Check 1 / 必考單字	高低重音	詞性、類義詞與對義詞
1081 □□□ のうど 濃度	▶ のうど	▶ [名] 濃度
1082 □□□ のうりょく 能力	▶ のうりょく	▶ [名] 能力；（法）行為能力
1083 □□□ のこぎり 鋸	▶ のこぎり	▶ [名] 鋸子
1084 □□□ のこ 残す	▶ のこす	▶ [他五] 留下，剩下；存留；遺留；（相撲頂住對方的進攻）開腳站穩
1085 □□□ の 乗せる	▶ のせる	▶ [他下一] 放在高處，放到…；裝載；使搭乘；使參加；騙人，誘拐；記載，刊登；合著音樂的拍子或節奏
1086 □□□ の 載せる	▶ のせる	▶ [他下一] 放在…上，放在高處；裝載，裝運；納入，使參加；欺騙；刊登，刊載
1087 □□□ のぞ 望む	▶ のぞむ	▶ [他五] 遠望，眺望；指望，希望；仰慕，景仰 [類] 願う 希望
1088 □□□ のち 後	▶ のち	▶ [名] 後，之後；今後，未來；死後，身後
1089 □□□ ノック	▶ ノック	▶ [名・他サ]【knock】敲打；（來訪者）敲門；打球

Check 2 必考詞組　　**Check 3** 必考例句

☐ 放射能濃度が高い。
輻射線濃度高。

➤ 水100ｇに食塩10ｇが溶けている食塩水の濃度は何パーセントですか。
在100克的水加入10克的食鹽後混合出來的食鹽水濃度是幾％？

☐ 能力を発揮する。
發揮才能。

➤ 部長、この仕事は私の能力を超えています。できません。
經理，這份工作超出了我的能力範圍，我無法勝任。

☐ のこぎりで板を引く。
用鋸子鋸木板。

➤ 洗濯物に日が当たらないので、庭の木をのこぎりで切った。
因為洗好的衣服照不到太陽，所以我把院子裡的樹鋸斷了。

☐ メモを残す。
留下紙條。

➤ 帰ってから食べるから、僕の分もちゃんと残しておいてね。
我回家後再吃飯，要把我的份留下來哦！

☐ 子どもを電車に乗せる。
送孩子上電車。

➤ 女の子を自転車の後ろに乗せて、下り坂を走りたいな。
真希望載個女孩子在自行車後座一路騎下坡道啊！

☐ 広告を載せる。
刊登廣告。

➤ 事実かどうか確認できていない記事を、新聞に載せるわけにはいかない。
尚未確認事實與否的報導，還不能在報上刊載。

☐ 成功を望む。
期望成功。

➤ なんでも自分の望んだ通りになる人生なんて、つまらないよ。
事事順心的人生很無聊哦。

☐ 晴れのち曇り。
晴後陰。

➤ 犯人は、1週間逃げ回った後に、警察によって逮捕された。
犯人在逃亡一周之後被警察逮捕了。

☐ ノックの音が聞こえる。
聽見敲門聲。

➤ お父さん、入るときは、ちゃんとノックしてね。
爸爸，進來之前要先敲門哦！

あ か さ た **な** は ま や ら わ

のうど～ノック

257

Check 1 必考單字	高低重音	詞性、類義詞與對義詞
1090 □□□ の 伸ばす	▸ の<u>ば</u>す ▸	[他五] 伸展，擴展，放長；延緩（日期），推遲；發展，發揮；擴大，增加；稀釋；打倒
1091 □□□ の 伸びる	▸ の<u>び</u>る ▸	[自上一]（長度等）變長，伸長；（皺摺等）伸展；擴展，到達；（勢力、才能等）擴大，增加，發展
1092 □□□ のぼ 上り	▸ の<u>ぼ</u>り ▸	[名]（「のぼる」的名詞形）登上，攀登；上坡（路）；上行列車（從地方往首都方向的列車）；進京
1093 □□□ のぼ 上る	▸ の<u>ぼ</u>る ▸	[自五] 進京；晉級，高昇；（數量）達到，高達
1094 □□□ ⬤CD2 15 のぼ 昇る	▸ の<u>ぼ</u>る ▸	[自五] 上升
1095 □□□ の か 乗り換え	▸ の<u>り</u>かえ ▸	[名] 換乘，改乘，改搭
1096 □□□ の こ 乗り越し	▸ の<u>り</u>こし ▸	[名・自サ]（車）坐過站
1097 □□□ のんびり	▸ の<u>ん</u>びり ▸	[副・自サ] 舒適，逍遙，悠然自得，悠閒自在 [類] ゆったり 舒適
1098 □□□ バーゲンセール	▸ バ<u>ーゲンセ</u>ール ▸	[名]【bargainsale】廉價出售，大拍賣，簡稱為（「バーゲン」）

□ 手を伸ばす。
伸手。

その辛く苦しい経験が、彼の才能を更に伸ばしたといえよう。

那段辛苦的經驗，可以說讓他的才華得到更進一步的成長。

□ 背が伸びる。
長高了。

浩ちゃん、しばらく見ないうちに、ずいぶん背が伸びたわね。

才一陣子不見，小浩已經長這麼高了呀。

□ 上り電車。
上行的電車

あれ、これは下りだ。上りのエスカレーターはどこかな？

咦，這裡的手扶梯是下樓的？那上樓的電扶梯在哪裡呀？

□ 階段を上る。
爬樓梯。

秋になると、卵を産むために、たくさんの魚が川を上っていく。

一旦到了秋天，很多魚為了產卵而循著河川逆流而上。

□ 太陽が昇る。
太陽升起。

日が昇る前に山の頂上に着きたければ、急いだほうがいい。

如果想在太陽升起之前到達山頂，我們最好動作快一點。

□ 電車の乗り換え。
電車轉乘。

電車の乗り換えがうまくいって、予定より30分も早く着いた。

電車的轉乘很順利，比預定的時間早到了30分鐘。

□ 乗り越しの方。
坐過站的乘客。

新宿までは定期があるから、その先の乗り越し料金を払えば済む。

因為我有到新宿的月票，所以只要付後續路段的車費就可以了。

□ のんびり暮らす。
悠閒度日。

飛行機もいいけど、たまにはのんびりと列車の旅もいいね。

搭飛機當然好，但偶爾來一趟悠閒的火車旅行也不錯。

□ バーゲンセールが始まった。
開始大拍賣囉。

これ、バーゲンセールで半額で買えたから、あなたにもあげるわ。

這個是我用半價優惠買到的，送你一個吧！

| --- | --- | --- |
1099 □□□ パーセント	パーセント	[名] 百分率
1100 □□□ パート	パート	[名]【parttime】之略（按時計酬）打零工
1101 □□□ ハードディスク	ハードディスク	[名]【harddisk】（電腦）硬碟
1102 □□□ パートナー	パートナー	[名]【partner】伙伴，合作者，合夥人；舞伴
1103 □□□ 灰 _{はい}	はい	[名] 灰
1104 □□□ 倍 _{ばい}	ばい	[名・漢造・接尾] 倍，加倍；（數助詞的用法）倍
1105 □□□ 灰色 _{はいいろ}	はいいろ	[名] 灰色 [類] グレー（gray）灰色
1106 □□□ バイオリン	バイオリン	[名]【violin】（樂）小提琴
1107 □□□ ハイキング	ハイキング	[名]【hiking】健行，遠足

Check 2 必考詞組	**Check 3** 必考例句
□ 手数料が 3 パーセントかかる。 手續費要三個百分比。	▶ 今回の選挙は国民の関心が高く、投票率は前回より 10 パーセント以上高かった。 國民都很關心這次的選舉，投票率比上次高出了百分之十以上。
□ パートに出る。 出外打零工。	▶ うちの店はなぜか正社員よりパートの方が仕事ができるんだ。 不知道什麼原因，我們店裡的工讀生比正式員工還要能幹。
□ ハードディスクが壊れた。 硬碟壞了。	▶ 写真や動画をコンピューターのハードディスクに保存します。 將照片和影片存在電腦的硬碟裡。
□ いいパートナー。 很好的工作伙伴	▶ ダンスパーティーの日までに、パートナーを探さなくちゃ。 在舉行舞會那天之前，得找到舞伴才行。
□ タバコの灰。 煙灰。	▶ タバコを吸いたいのですが、灰皿はありますか？ 我想抽菸，請問有菸灰缸嗎？
□ 賞金を倍にする。 獎金加倍。	▶ このレストランは他より値段が 2 倍高いが、3 倍おいしい。 雖然這家餐廳比別家的價格貴兩倍，但是比別家好吃三倍。
□ 灰色の壁。 灰色的牆	▶ 彼女に振られた。僕の未来は灰色だ。いいことなんかあるわけない。 我被女朋友給甩了。我的未來是灰色的（我的未來是黑白的）。不可能再遇到好事了。
□ バイオリンを弾く。 拉小提琴。	▶ 姉のピアノと私のバイオリンで、演奏会を開きます。 姐姐彈鋼琴，我拉小提琴，我們一起開了演奏會。
□ 鎌倉へハイキングに行く。 到鎌倉去健行。	▶ 日曜日は、お弁当を持って、裏山へハイキングに行こう。 星期天，我們帶著便當去後山郊遊吧！

Check 1 必考單字	高低重音	詞性、類義詞與對義詞
1108 □□□ バイク	▸ バイク	▸ [名]【bike】腳踏車；摩托車
1109 □□□ ばいてん 売店	▸ ばいてん	▸ [名]（車站等）小賣店
1110 □□□ バイバイ	▸ バイバイ	▸ [寒暄]【bye-bye】再見，拜拜
1111 □□□ **CD2 16** ハイヒール	▸ ハイヒール	▸ [名]【highheel】高跟鞋
1112 □□□ はいゆう 俳優	▸ はいゆう	▸ [名] 演員 しょくにん [關] 職人 工匠
1113 □□□ パイロット	▸ パイロット／パ イロット	▸ [名]【pilot】領航員；飛行駕駛員；實驗 性的飛行員
1114 □□□ は 生える	▸ はえる	▸ [自下一]（草，木）等生長
1115 □□□ ば か 馬鹿	▸ ばか	▸ [名・接頭] 愚蠢，糊塗
1116 □□□ はく ぱく ～泊／～泊	▸ はく／ぱく	▸ [名・漢造] 宿，過夜；停泊 しゅくはく [關] 宿泊 住宿

Check 2 必考詞組

□ バイクで旅行したい。
想騎機車旅行。

□ 駅の売店。
車站的小賣店。

□ バイバイ、またね。
掰掰，再見。

□ ハイヒールをはく。
穿高跟鞋。

□ 映画俳優。
電影演員

□ パイロットを志す。
以當飛行員為志向。

□ 雑草が生えてきた。
雜草長出來了。

□ ばかなまねはするな。
別做傻事。

□ 京都に一泊する。
在京都住一晚。

Check 3 必考例句

▶ 車は渋滞があるので、バイクで通勤しています。
因為開車會被塞在路上，所以都騎機車通勤。

▶ 駅の売店でおにぎりとお茶を買いました。
在車站的小賣部買了飯糰和茶。

▶ 「じゃ、またね。」「うん、また明日ね、バイバイ。」
「再見囉！」「嗯！明天見，拜拜！」

▶ 今日はハイヒールを履いているので、そんなに走れません。
因為我今天穿高跟鞋，沒辦法跑太遠。

▶ 彼は映画やテレビより、舞台で活躍している俳優です。
比起電影或電視劇，作為一個演員，他在舞台上的表現更為活躍。

▶ パイロットから、この後少し揺れます、と放送が入った。
飛行員廣播說道：「稍後機身會有點搖晃。」

▶ ほら、息子の口に、前歯が２本生えてきたのが見えるでしょう。
你瞧，可以看到我兒子嘴裡有兩顆剛長出來的門牙吧？

▶ お前は馬鹿だなあ。一人で悩んでないで、早く相談すればいいのに。
你也真傻啊，用不著獨自一人煩惱，早點跟我商量多好。

▶ 冬休みは、３泊４日で北海道へスキーに行く予定です。
寒假期間，我計劃一趟四天三夜的旅行去北海道滑雪。

Check 1 必考單字	高低重音	詞性、類義詞與對義詞

1117 □□□
拍手
はくしゅ
▶ は｜くしゅ ▶ [名・自サ] 拍手，鼓掌
關 喝采 喝彩

1118 □□□
博物館
はくぶつかん
▶ は｜くぶつ｜かん ▶ [名] 博物館，博物院

1119 □□□
歯車
はぐるま
▶ は｜ぐるま ▶ [名] 齒輪

1120 □□□
激しい
はげしい
▶ は｜げし｜い ▶ [形] 激烈，劇烈；（程度上）很高，厲害；熱烈
關 甚だしい 非常

1121 □□□
鋏
はさみ
▶ は｜さみ ▶ [名] 剪刀；剪票鉗
類 剪刀 剪刀

1122 □□□
端
はし
▶ は｜し ▶ [名] 開端，開始；邊緣；零頭，片段；開始，盡頭

1123 □□□
始まり
はじまり
▶ は｜じまり ▶ [名] 開始，開端；起源

1124 □□□
始め
はじめ
▶ は｜じめ ▶ [名・接尾] 開始，開頭；起因，起源；以…為首
類 最初 起初

1125 □□□
柱
はしら
▶ は｜しら ▶ [名・接尾]（建）柱子；支柱；（轉）靠山

Check 2　必考詞組

☐ 拍手を送った。
一起報以掌聲。

☐ 博物館を楽しむ。
到博物館欣賞。

☐ 機械の歯車。
機器的齒輪

☐ 競争が激しい。
競爭激烈。

☐ はさみで切る。
用剪刀剪。

☐ 道の端。
路的兩旁

☐ 近代医学の始まり。
近代醫學的起源。

☐ 年の始め。
年初。

☐ 柱が倒れた。
柱子倒下。

Check 3　必考例句

▶ 演奏が終わった後も、会場の拍手は鳴り止まなかった。
即使演奏結束了，會場的掌聲仍不絕於耳。

▶ 閉館後の夜の博物館では、人形たちがパーティーをしているんだよ。
入夜後，娃娃們會在閉館後的博物館裡開派對唷。

人間が機械の一部のように働く様子を、「私は会社の歯車だ」といいます。
「我是公司的齒輪」這句話表達了人類宛如機器中的某個零件般運轉。

▶ 昨日の夜中、突然の激しい痛みで、目が覚めました。
昨天夜裡，我被突然襲來的劇烈疼痛給痛醒了。

▶ 封筒の端をはさみで切って、中のカードを取り出した。
我用剪刀把信封的邊緣剪開，取出了裡面的卡片。

▶ この写真の右端に写っているのは誰ですか。
這張照片的右邊拍到的是誰？

▶ 君と出会ったときが、僕の人生の始まり、といえる。
和你相遇的瞬間，可以說是我人生的開始。

論文の始めと終わりだけ読んでレポートを書いた。
我只讀了論文的開頭和結尾就寫了報告。

▶ うちは母子家庭なので、母親の私が子どもたちを支える柱なんです。
因為我家是單親家庭，所以身為母親的我就是孩子們的支柱。

Check 1　必考單字	高低重音	詞性、類義詞與對義詞
1126 □□□ 外_{はず}す	はずす	[他五] 摘下，解開，取下；錯過，錯開；落後，失掉；避開，躲過 [類] 取る　取_と下
1127 □□□ バス代_{だい}	バスだい	[名]【busだい】公車（乘坐）費
1128 □□□ パスポート	パスポート	[名]【passport】護照；身分證
1129 □□□ ●CD2／17 バス料金_{りょうきん}	バスりょうきん	[名]【busりょうきん】公車（乘坐）費
1130 □□□ 外_{はず}れる	はずれる	[自下一] 脫落，掉下；（希望）落空，不合（道理）；離開（某一範圍）
1131 □□□ 旗_{はた}	はた	[名] 旗，旗幟；（佛）幡
1132 □□□ 畑_{はたけ}	はたけ	[名] 田地，旱田；專業的領域
1133 □□□ 働_{はたら}き	はたらき	[名] 勞動，工作；作用，功效；功勞，功績；功能，機能
1134 □□□ はっきり	はっきり	[副・自サ] 清楚；直接了當

Check 2 必考詞組	**Check 3** 必考例句
□ 眼鏡を外す。 摘下眼鏡。	▶ 申し訳ありません、村田はただいま席を外しております。 非常抱歉，村田現在不在位子上。
□ バス代を払う。 付公車費。	▶ バス代は会社から出ないので、駅まで歩いています。 因為公司不會出公車錢，所以我徒步前往車站。
□ パスポートを出す。 取出護照。	▶ パスポートの写真がよく撮れていて、違う人かと疑われる。 護照的照片拍得太好看了，因而被懷疑不是本人。
□ 大阪までのバス料金。 搭到大阪的公車費用。	▶ バス料金は安くて魅力的なので、友人とバス旅行を計画している。 因為巴士費很便宜這點很吸引人，所以我和朋友正計畫來趟巴士旅行。
□ ボタンが外れる。 鈕釦脫落。	▶ 今日は晴れるって言ってたのに、また天気予報、外れたね。 明明說今天會是晴天，天氣預報又不準了啊。
□ 旗をかかげる。 掛上旗子。	▶ 台湾のお客様がいらっしゃるので、テーブルに台湾の旗を飾った。 因為有來自臺灣的貴賓，所以在桌上裝飾著臺灣的國旗。
□ 畑を耕す。 耕地。	▶ 畑の野菜を採ってきて、朝ご飯に味噌汁を作った。 我摘下田裡的蔬菜，煮了味增湯當早餐。
□ 妻が働きに出る。 妻子外出工作。	▶ A社と契約が取れたのは、君の働きのおかげだ。よくやった。 能和A公司簽約全是你的功勞。做得好！
□ はっきり言いすぎた。 說得太露骨了。	▶ 私の考えに賛成なのか、反対なのか、はっきりしてください。 你是贊成我的想法呢，還是反對呢，請好好講清楚。

Check 1 必考單字	高低重音	詞性、類義詞與對義詞

1135 □□□

バッグ ▸ バック ▸ [名]【bag】手提包

1136 □□□

発見 _{はっけん} ▸ はっけん ▸ [名・他サ] 發現
類 見つける 發現

1137 □□□

発達 _{はったつ} ▸ はったつ ▸ [名・自サ]（身心）成熟，發達；擴展，進步；（機能）發達，發展
對 進歩 進步 _{しん ぼ}

1138 □□□

発明 _{はつめい} ▸ はつめい ▸ [名・他サ] 發明
關 発案 提案 _{はつあん}

1139 □□□

派手 _{は で} ▸ はで ▸ [名・形動]（服裝等）鮮艷的，華麗的；（為引人注目而動作）誇張，做作
對 地味 樸素 _{じ み}

1140 □□□

花柄 _{はながら} ▸ はながら ▸ [名] 花的圖樣

1141 □□□

話し合う _{はな あ} ▸ はなしあう ▸ [自五] 對話，談話；商量，協商，談判

1142 □□□

離す _{はな} ▸ はなす ▸ [他五] 使…離開，使…分開；隔開，拉開距離

1143 □□□

花模様 _{はな も よう} ▸ はなもよう ▸ [名] 花的圖樣

Check 2 必考詞組

- □ バッグに財布を入れる。
  把錢包放入包包裡。

- □ 死体を発見した。
  發現了屍體。

- □ 技術の発達。
  技術的發展

- □ 機械を発明した。
  發明機器。

- □ 派手な服を着る。
  穿華麗的衣服。

- □ 花柄のワンピース。
  有花紋圖樣的連身洋裝。

- □ 楽しく話し合う。
  相談甚歡。

- □ 目を離す。
  轉移視線。

- □ 花模様のハンカチ。
  綴有花樣的手帕。

Check 3 必考例句

▶ 誕生日プレゼントくれるの？じゃあ、ブランドのバッグがいいな。
你要送我生日禮物嗎？那我想要名牌包！

▶ いつか新しい星を発見することを夢見て、毎晩夜空を観察しています。
我每天晚上都在觀察星空，幻想著某天能發現未知的星星。

▶ 彼は体操の選手なので、全身の筋肉が発達しています。
因為他是體操選手，所以全身肌肉都很發達。

▶ 発明王と言われるエジソンは、一生で1300もの発明を行った。
被譽為發明王的愛迪生，一生中有1300項發明。

▶ あの子はあんな派手な格好をしてるけど、仕事はすごく真面目だよ。
她雖然打扮得很浮誇，但是工作起來非常認真哦！

▶ 男が花柄の服を着ちゃいけないっていう決まりでもあるのか。
有規定男生不能穿花紋的服裝嗎？

▶ 進学は君一人の問題じゃないから、ご両親とよく話し合いなさい。
升學不是你一個人的問題，請好好和父母親討論。

▶ お祭りの会場では、お子さんから目を離さないようにお願いします。
在祭典的會場上，請不要讓孩子離開您的視線。

▶ 部屋の壁紙を花模様に替えたら、違う部屋みたいに明るくなった。
把房間的壁紙換成花朵圖案後，彷彿進到了另一間房間，變得明亮多了。

Check 1 必考單字	高低重音	詞性、類義詞與對義詞
1144□□□ 離れる <ruby>離<rt>はな</rt></ruby>れる	▸ はなれる	▸ [自下一] 離開，分開；離去；距離，相隔；脫離（關係），背離
1145□□□ 幅 <ruby>幅<rt>はば</rt></ruby>	▸ はば	▸ [名] 寬度，幅面；幅度，範圍；勢力；伸縮空間 [關] <ruby>間隔<rt>かんかく</rt></ruby> 間隔
1146□□□ ●CD2/18 歯みがき <ruby>歯<rt>は</rt></ruby>みがき	▸ はみがき	▸ [名] 刷牙；牙膏，牙膏粉；牙刷
1147□□□ 場面 <ruby>場面<rt>ばめん</rt></ruby>	▸ ばめん／ばめん	▸ [名] 場面，場所；情景，（戲劇、電影等）場景，鏡頭；市場的情況，行情 [類] <ruby>光景<rt>こうけい</rt></ruby> 情景
1148□□□ 生やす <ruby>生<rt>は</rt></ruby>やす	▸ はやす	▸ [他五] 使生長；留（鬍子）
1149□□□ 流行る <ruby>流行<rt>はや</rt></ruby>る	▸ はやる	▸ [自五] 流行，時興；興旺，時運佳 [類] <ruby>広<rt>ひろ</rt></ruby>まる 傳開
1150□□□ 腹 <ruby>腹<rt>はら</rt></ruby>	▸ はら	▸ [名] 肚子；心思，內心活動；心情，情緒；心胸，度量；胎內，母體內
1151□□□ バラエティ	▸ バラエティ	▸ [名]【variety】多樣化，豐富多變；綜藝節目（「バラエティーショー」之略）
1152□□□ ばらばら（な）	▸ ばらばら	▸ [形動·副] 分散貌；凌亂，支離破碎的；（雨點）等連續降落

Check 2 必考詞組

Check 3 必考例句

□ 故郷を離れる。
離開家鄉。

▶ 波が高くて危険ですから、海岸から離れてください。
浪大危險，請遠離岸邊。

□ 幅を広げる。
拓寬。

▶ 大雨の後で、川の幅がいつもの倍くらいに広がっている。
大雨過後，河流的寬度比平時寬了一倍。

□ 毎食後に歯みがきをする。
每餐飯後刷牙。

▶ 歯医者さんで、正しい歯磨きの仕方を教えてもらいました。
牙醫教了我正確的刷牙方式。

□ 場面が変わる。
轉換場景。

▶ この映画を見たのは 10 年も前だが、最後の場面ははっきり覚えている。
我看這部電影是十年前的事了，但是最後一幕仍然記得非常清楚。

□ 髭を生やす。
留鬍鬚。

▶ どうも子どもっぽく見られるから、髭を生やしてみたけど、どうかな。
因為總被人說是娃娃臉，所以我試著留了鬍子，看起來怎麼樣？

□ ヨガダイエットが流行っている。
流行瑜珈減肥。

▶ その年に流行った言葉を選ぶ、流行語大賞という賞があります。
「流行語獎」就是選出當年度流行用語的獎項。

□ 腹がいっぱい。
肚子很飽。

▶ 腹減ったなあ。なんか食うもんない？
肚子餓了耶。有什麼吃的嗎？

□ バラエティ番組。
綜藝節目。

▶ お昼のバラエティ番組は、有名人の離婚の話ばかりだ。
中午的綜藝節目都在談論名人離婚的話題。

□ 時計をばらばらにする。
把表拆開。

▶ 全員ばらばらだった動きが、半日の練習でぴったり合うようになった。
全體人員散開的動作大家只練了半天就整齊劃一了。

Check 1 必考單字	高低重音	詞性、類義詞與對義詞
1153 □□□ バランス	▸ バランス	▸ [名]【balance】平衡，均衡，均等
1154 □□□ 張る は	▸ はる	▸ [自五・他五] 延伸，伸展；覆蓋；膨脹，負 擔過重；展平，擴張；設置， 布置
1155 □□□ バレエ	▸ バレエ	▸ [名]【ballet】芭蕾舞
1156 □□□ バン	▸ バン	▸ [名]【van】大篷貨車
1157 □□□ 番 ばん	▸ ばん	▸ [名・接尾・漢造] 輪班；看守，守衛；（表 順序與號碼）第…號；（交 替）順序
1158 □□□ 範囲 はん い	▸ はんい	▸ [名] 範圍，界線
1159 □□□ 反省 はんせい	▸ はんせい	▸ [名・他サ] 反省，自省（思想與行為）； 重新考慮
1160 □□□ 反対 はんたい	▸ はんたい	▸ [名・自サ] 相反；反對
1161 □□□ パンツ	▸ パンツ	▸ [名]【pants】（男性與兒童的）褲子； 西裝褲；長運動褲，內褲

Check 2 必考詞組	**Check 3** 必考例句
□ バランスを取る。 保持平衡。	▶ 肉だけとか野菜だけとかじゃだめ。食事はバランスだよ。 只吃肉或只吃蔬菜都是不行的，必須均衡飲食。
□ 池に氷が張る。 池塘都結了一層薄冰。	▶ 事件のあった公園内は立ち入り禁止で、入り口には縄が張られていた。 發生事故的公園入口處拉起了封條，禁止進入了。
□ バレエを習う。 學習芭蕾舞。	▶ バレエの発表会で、白鳥の湖を踊りました。 在芭蕾舞的成果發表會上跳了天鵝湖。
□ 新型のバンがほしい。 想要有一台新型貨車。	▶ 友達のバンを借りて、家族でキャンプに行った。 向朋友借了箱型車和家人去露營。
□ 店の番をする。 照看店鋪。	▶ 次は私の番ですよ。ちゃんと順番を守ってください。 下一個輪到我了哦，請務必遵守順序。
□ 予算の範囲でやる。 在預算範圍內做。	▶ 明日の試験範囲は、24ページから32ページまでです。 明天考試的範圍從第24頁到第32頁。
□ 深く反省している。 深深地反省。	▶ 子どもは「ごめんなさーい」と笑いながら逃げて行った。 小孩一邊笑著說「對不起！」一邊逃走了。
□ 道の反対側。 道路的相對一側。	▶ 親に反対されたくらいで、夢を諦めるのか。 只因為父母反對，你就要放棄夢想嗎？
□ パンツをはく。 穿褲子。	▶ 男はパンツのポケットに両手を入れて立っていた。 當時男子站著，雙手插在褲子的口袋裡。

Check 1 必考單字	高低重音	詞性、類義詞與對義詞
1162 □□□ はんにん 犯人	▸ はんにん	▸ [名] 犯人
1163 □□□ パンプス	▸ パンプス	▸ [名]【pumps】女用的高跟皮鞋，淑女包鞋
1164 □□□ ●CD2 19 パンフレット	▸ パンフレット	▸ [名]【pamphlet】小冊子
1165 □□□ ひ 非	▸ ひ	▸ [漢造] 非，不是
1166 □□□ ひ 費	▸ ひ	▸ [漢造] 消費，花費；費用
1167 □□□ ピアニスト	▸ ピアニスト	▸ [名]【pianist】鋼琴師，鋼琴家
1168 □□□ ヒーター	▸ ヒーター	▸ [名]【heater】暖氣裝置；電熱器，電爐
1169 □□□ ビール	▸ ビール	▸ [名]【(荷)bier】啤酒
1170 □□□ ひがい 被害	▸ ひがい	▸ [名] 受害，損失 [類] そんがい 損害 損失

Check 2 必考詞組	Check 3 必考例句
□ 犯人を逮捕する。 逮捕犯人。	▶ 暴力事件の犯人と間違われて、警察に連れて行かれた。 我被誤認為暴力事件的犯人，被警察帶走了。
□ パンプスをはく。 穿淑女包鞋。	▶ 仕事で履くので、歩き易いパンプスを探しています。 我想買一雙工作用的輕便包鞋。
□ 詳しいパンフレット。 詳細的小冊子。	▶ すごくいい映画だったので、ついパンフレットを買ってしまった。 因為是一部很不錯的電影，所以沒什麼考慮就買了宣傳冊子。
□ 非を認める。 承認錯誤。	▶ 目上の人を10分も待たせるとは、非常識だな。 居然讓長輩等了十分鐘，真是太不懂事了。
□ 経費。 經費	▶ 今日の歓迎会の費用は、会社の交際費で処理してください。 今天歡迎會的費用，請用公司的社交費來支付。
□ ピアニストの方。 鋼琴家。	▶ 結婚式場でピアニストのアルバイトをしています。 我的兼職工作是在結婚會場當鋼琴師。
□ ヒーターをつける。 裝暖氣。	▶ 今年の冬は寒くて、朝から晩までヒーターを点けっ放しだ。 今年的冬天很冷，我從早到晚都開著暖氣。
□ ビールを飲む。 喝啤酒。	▶ 冷たくておいしい。夏はやっぱりビールだなあ。 好冰好美味！夏天果然就是要喝啤酒啊！
□ 被害がひどい。 受災嚴重。	▶ 地震による被害は小さくないが、死者が出なかったことは不幸中の幸いだ。 雖然地震造成了不小的災害，但沒有出現死者是不幸中的大幸。

Check 1 必考單字	高低重音	詞性、類義詞與對義詞
1171 □□□ 引き受ける	ひきうける ▶	[他下一] 承擔，負責；照應，照料；應付，對付；繼承 [類] 預かる 負責
1172 □□□ 引き算	ひきざん ▶	[名]（數）減法
1173 □□□ ピクニック	ピクニック／ピクニック ▶	[名]【picnic】郊遊，野餐
1174 □□□ 膝	ひざ ▶	[名] 膝，膝蓋
1175 □□□ 肘	ひじ ▶	[名] 肘，手肘
1176 □□□ 美術	びじゅつ ▶	[名] 美術
1177 □□□ 非常	ひじょう ▶	[名・形動] 非常，很，特別；緊急，緊迫 [類] 特別 特別
1178 □□□ 美人	びじん／びじん ▶	[名]（文）美人，美女 [類] 美女 美女
1179 □□□ 額	ひたい ▶	[名] 前額，額頭；物體突出部分

Check 2 / 必考詞組	Check 3 / 必考例句
☐ 事業を引き受ける。 繼承事業。	自分にできない仕事は引き受けちゃだめって言わなかったっけ。 我沒告訴過你不要接下自己無法完成的工作嗎？
☐ 引き算を習う。 學習減法。	一万円から、使った分を引き算すれば、おつりがいくらか分かるよ。 原本有一萬圓，扣除花掉的錢，就知道還剩多少錢了。
☐ ピクニックに行く。 去野餐。	サンドイッチとコーヒーを持って、森へピクニックに行こう。 帶著三明治和咖啡，我們去森林野餐吧！
☐ 膝を曲げる。 曲膝。	制服のスカートは、膝が隠れるくらいの長さです。 制服裙子的長度大約是膝蓋以下。
☐ 肘つきのいす。 帶扶手的椅子。	授業中、彼女は机に肘をついて、ぼんやり窓の外を見ていた。 上課時她用手肘撐在桌子上，心不在焉地看著窗外。
☐ 美術の研究。 研究美術	美術大学を卒業しましたが、美術史が専門なので、絵は描けません。 雖然我畢業於美術大學，但因為專攻的是美術史，所以不會畫畫。
☐ 非常の場合。 緊急的情況	彼の活躍は、同じ研究者として非常に嬉しく思っています。 同樣身為研究者，我為他的活躍感到非常高興。
☐ 美人薄命。 紅顏薄命。	君のお母さんは美人だなあ。君が羨ましいよ。 你的媽媽真是個美人啊。我好羨慕你哦。
☐ 額に汗して働く。 汗流滿面地工作。	女の子は、額にかかる前髪を右手で払うと、前を向いた。 那個女孩子伸出右手撥開遮住額頭的瀏海，面向前方。

Check 1 / 必考單字	高低重音	詞性、類義詞與對義詞
1180 □□□ 引っ越し <small>ひ こ</small>	▶ ひっこし	▶ [名] 搬家，遷居
1181 □□□ ●CD2／20 ぴったり	▶ ぴったり	▶ [副・自サ] 緊緊地，嚴實地；恰好，正適合；說中，猜中，剛好合適 [關] 合う　恰好 <small>あ</small>
1182 □□□ ヒット	▶ ヒット	▶ [名・自サ]【hit】大受歡迎，最暢銷；（棒球）安打
1183 □□□ ビデオ	▶ ビデオ	▶ [名]【video】影像，錄影；錄影機；錄影帶
1184 □□□ 人差し指 <small>ひと さ ゆび</small>	▶ ひとさしゆび	▶ [名] 食指 [類] 食指　食指 <small>しょく し</small>
1185 □□□ ビニール	▶ ビニール	▶ [名]【vinyl】（化）乙烯基；乙烯基樹脂；塑膠
1186 □□□ 皮膚 <small>ひ ふ</small>	▶ ひふ／ひふ	▶ [名] 皮膚 [關] 皮　皮膚 <small>かわ</small>
1187 □□□ 秘密 <small>ひ みつ</small>	▶ ひみつ	▶ [名・形動] 秘密，機密 [類] 内緒　秘密 <small>ないしょ</small>
1188 □□□ 紐 <small>ひも</small>	▶ ひも	▶ [名]（布、皮革等的）細繩，帶

□ 引っ越しをする。
搬家。

▶ 会社の近くのマンションに引っ越しすることにした。
我決定搬到公司附近的公寓。

□ ぴったり寄り添う。
緊緊地偎靠在一起。

▶ 佐藤さんは毎朝8時45分ぴったりに会社に来ます。
佐藤每天早上都準時在8點45分到公司。

□ ヒットソング。
暢銷流行曲。

▶ 主婦の意見を取り入れて開発した掃除用品は、発売と同時に大ヒットした。
採用主婦們的意見研發而成清潔用品，一上市就大受歡迎。

□ ビデオを再生する。
播放錄影帶。

▶ 息子は大好きなアニメのビデオを繰り返し見ている。
兒子正在重看他最喜歡的動畫片。

□ 人差し指を立てる。
豎起食指。

▶ 彼は人差し指を立てて、僕はナンバーワンだ、と叫んだ。
他伸出食指，大喊道：「我是第一名！」

□ ビニール袋。
塑膠袋

▶ 急に降って来たので、コンビニでビニール傘を買った。
因為突然下雨了，所以我在便利商店買了把塑膠傘。

□ 皮膚が荒れる。
皮膚粗糙。

▶ 皮膚が弱いので、化粧品には気をつけています。
因為我的皮膚不好，所以使用化妝品時要很謹慎。

□ 秘密を明かす。
透漏秘密。

▶ あの子は、絶対秘密ね、と言いながら、みんなにしゃべっている。
那孩子，邊說著「這是秘密，絕對不要告訴別人」，一邊又到處跟大家說。

□ 靴紐を結ぶ。
繫鞋帶。

▶ 靴の紐をしっかり結び直して、歩き出した。
把鞋帶重新繫好後，我邁出了腳步。

Check 1 必考單字	高低重音	詞性、類義詞與對義詞

1189 □□□
冷やす
▸ ひやす
▸ [他五] 使變涼，冰鎮；（喻）使冷靜
關 冷ます 冷鎮 對 温める 温

1190 □□□
秒
▸ びょう
▸ [名・漢造]（時間單位）秒

1191 □□□
標語
▸ ひょうご
▸ [名] 標語

1192 □□□
美容師
▸ びようし
▸ [名] 美容師

1193 □□□
表情
▸ ひょうじょう
▸ [名] 表情

1194 □□□
標本
▸ ひょうほん
▸ [名] 標本；（統計）樣本；典型

1195 □□□
表面
▸ ひょうめん
▸ [名] 表面

1196 □□□
評論
▸ ひょうろん
▸ [名・他サ] 評論，批評

1197 □□□
ビラ
▸ ビラ
▸ [名]【bill】（宣傳、廣告用的）傳單

Check 2　必考詞組	Check 3　必考例句
□ 冷蔵庫で冷やす。 放在冰箱冷藏。	友達が来るので、冷蔵庫にジュースを冷やしておきます。 因為有朋友要來，所以先把果汁放到冰箱裡冰鎮。
□ タイムを秒まで計る。 以秒計算。	人の一生を80年とすると、80年は約3万日、約2億5千万秒だ。 假設人可以活到八十歲，八十年大約是三萬天，也就是兩億五千萬秒左右。
□ 交通安全の標語。 交通安全的標語	工場の壁には事故防止のための標語が貼られている。 為了避免事故發生，工廠的牆壁上張貼著警語。
□ 人気の美容師。 極受歡迎的美髮設計師。	美容師さんに髪を切ってもらって、町に出かけたくなった。 我想請美容師剪短頭髮，去鎮上晃晃。
□ 表情が暗い。 神情陰鬱。	写真を見ると、それまで笑っていた彼女の表情が固まった。 一看到照片，原本一直面帶笑容的她，表情突然僵住了。
□ 動物の標本。 動物的標本	夏休みの宿題で、虫の標本を作りました。 我做了一個昆蟲標本作為暑假作業。
□ 表面だけ飾る。 只裝飾表面。	太陽の表面温度は6000度と言われていたが、実は低温で27度だという。 一般都說太陽的表面溫度高達6000度，但實際上卻只有27度的低溫。
□ 評論家として。 以評論家的身分	高校生に向けて、文学作品に関する評論文を書いている。 正在撰寫適合高中生閱讀的文學書評。
□ ビラをまく。 發傳單。	来週パン屋を開店するので、駅前で宣伝のビラを配った。 因為下星期麵包店就要開幕了，所以我們在車站前發了宣傳單。

1198□□□ ● CD2 / 21

開く
ひら
▶ ひらく

▶ [自五・他五] 綻放；開，拉開

1199□□□

広がる
ひろ
▶ ひろがる

▶ [自五] 開放，展開；（面積、規模、範圍）擴大，蔓延，傳播

1200□□□

広げる
ひろ
▶ ひろげる

▶ [他下一] 打開，展開；（面積、規模、範圍）擴張，發展

1201□□□

広さ
ひろ
▶ ひろさ

▶ [名] 寬度，幅度

1202□□□

広まる
ひろ
▶ ひろまる

▶ [自五]（範圍）擴大；傳播，遍及

1203□□□

広める
ひろ
▶ ひろめる

▶ [他下一] 擴大，增廣；普及，推廣；披漏，宣揚

1204□□□

瓶
びん
▶ びん

▶ [名] 瓶，瓶子

1205□□□

ピンク
▶ ピンク

▶ [名]【pink】桃紅色，粉紅色；桃色

1206□□□

便箋
びんせん
▶ びんせん

▶ [名] 信紙，便箋

Check 2 必考詞組

- [ ] 花が開く。
  花兒綻放開來。

- [ ] 事業が広がる。
  擴大事業。

- [ ] 捜査の範囲を広げる。
  擴大捜査範圍。

- [ ] 広さは 3 万坪ある。
  有三萬坪的寬度。

- [ ] 話が広まる。
  事情漸漸傳開。

- [ ] 知識を広める。
  普及知識。

- [ ] 瓶を壊す。
  打破瓶子。

- [ ] ピンク色のセーター。
  粉紅色的毛衣

- [ ] 便箋と封筒。
  信紙和信封

Check 3 必考例句

▶ 彼女は手帳を取り出すと、メモをしたページを開いた。
她把筆記本拿出來後，翻到之前抄了筆記的那一頁。

▶ インターネット上には、大統領の発言を批判する声が広がっていた。
針對總統發言的批判聲浪在網絡上越演越烈。

▶ 父親は両腕を大きく広げると、走って来る娘を抱き上げた。
父親張開雙臂，抱起了朝他跑來的女兒。

▶ このマンションは、広さは十分だが、車の騒音が気になるね。
雖然這棟大廈的空間很寬敞，但是車輛的噪音卻讓人介意。

▶ 日本にキリスト教が広まらなかった理由について研究している。
正在研究基督教無法在日本廣為宣教的原因。

▶ 彼が社長の息子だという噂を広めたのは一体誰なの？
究竟是誰把他是社長的兒子這件事傳出去的？

▶ アパートの床には、お酒の瓶が何本も転がっていました。
當時公寓的地板上躺著好幾支酒瓶。

▶ ピンク色の頬をした女の子は、きらきらした目で私を見つめた。
女孩子那時紅著臉蛋，用閃閃發光的眼睛望著我。

▶ たった 1 枚の手紙を書くのに、便箋を 10 枚も無駄にしちゃった。
僅僅為了寫一封信，竟浪費了十張便條。

Check 1 必考單字	高低重音	詞性、類義詞與對義詞
1207 □□□ 不 ふ	► ふ	► [漢造] 不；壞；醜；笨
1208 □□□ 部 ぶ	► ぶ	► [名・漢造] 部分；部門；冊
1209 □□□ 無 ぶ	► ぶ	► [漢造] 無，沒有，缺乏
1210 □□□ ファースト フード	► ファーストフー ド	► [名]【fastfood】速食
1211 □□□ ファスナー	► ファスナー	► [名]【fastener】（提包、皮包與衣服上 的）拉鍊
1212 □□□ ファックス	► ファックス	► [名]【fax】傳真
1213 □□□ 不安 ふあん	► ふあん	► [名・形動] 不安，不放心，擔心；不穩定
1214 □□□ 風俗 ふうぞく	► ふうぞく	► [名] 風俗；服裝，打扮；社會道德
1215 □□□ 夫婦 ふうふ	► ふうふ	► [名] 夫婦，夫妻

□ 不思議。
不可思議

▶ 遊びたいのは分かるけど、不規則な生活はよくないよ。
我知道你想玩，但不規律的生活作息對身體很不好喔。

□ 営業部。
業務部

▶ 以前は本社の営業部にいましたが、この春から工場の製造部で働いています。
我以前待在總公司的業務部，從今年春天開始調職到工廠的生產部。

□ 無難。
無事

▶ 「あの男はずいぶん無遠慮だな。」「彼は無器用なだけですよ。」
「那個男人很不拘小節耶。」「他只是笨手笨腳而已啦。」

□ ファーストフードを食べすぎた。
吃太多速食。

▶ 毎日ファストフードじゃ、そのうち体を壊すよ。
如果每天都吃速食，很快就會把身體搞壞的。

□ ファスナーがついている。
有附拉鍊。

▶ パスポートは、スーツケースの、ファスナーのついたポケットの中です。
護照在旅行箱中那個有拉鍊的口袋裡。

□ 地図をファックスする。
傳真地圖。

▶ 会員名簿を今すぐ、ファックスで送ってもらえますか。
請問您能立即把會員名單傳真過來嗎？

□ 不安をおぼえる。
感到不安。

▶ 「私は絶対にミスしません。」「それを聞いて、ますます不安になったよ。」
「我絕對不會犯錯！」「聽你這麼一說，我更不安了耶。」

□ 土地の風俗。
當地的風俗

▶ 東北地方の風俗を紹介する本を出版したい。
我想出版一本介紹東北地方風俗文化的書。

□ 夫婦になる。
成為夫妻。

▶ 私の両親は仲がよくて、理想の夫婦だと思います。
我父母的感情很好，是我心目中的夫妻楷模。

Check 1 必考單字	高低重音	詞性、類義詞與對義詞
1216 □□□ ● CD2 22 不可能（な） ^{ふ か のう}	▶ ふかのう	▶ [形動] 不可能的，做不到的
1217 □□□ 深まる ^{ふか}	▶ ふかまる	▶ [自五] 加深，變深
1218 □□□ 深める ^{ふか}	▶ ふかめる	▶ [他下一] 加深，加強
1219 □□□ 普及 ^{ふ きゅう}	▶ ふきゅう	▶ [名・自サ] 普及
1220 □□□ 拭く ^ふ	▶ ふく	▶ [他五] 擦，抹
1221 □□□ 副 ^{ふく}	▶ ふく	▶ [名・漢造] 副本，抄件；副；附帶
1222 □□□ 含む ^{ふく}	▶ ふくむ	▶ [他五・自四] 含（在嘴裡）；帶有包含；瞭解，知道；含蓄；懷（恨）；鼓起；（花）含苞 [關] 包む 包
1223 □□□ 含める ^{ふく}	▶ ふくめる	▶ [他下一] 包含，含括；囑咐，告知，指導 [類] 入れる 包含
1224 □□□ 袋 ^{ふくろ}	▶ ふくろ	▶ [名] 口袋；腰包

□ 不可能（ふかのう）な要求（ようきゅう）。
不可能達成的要求

▶ こんなわずかな予算（よさん）では、実験（じっけん）を成功（せいこう）させることは不可能（ふかのう）です。
用這麼低的預算，是不可能讓實驗成功的。

□ 秋（あき）が深（ふか）まる。
秋深。

▶ スポーツを通（とお）して、国同士（くにどうし）の関係（かんけい）が深（ふか）まることは珍（めずら）しくない。
藉由運動促進國與國之間的友誼，這樣的例子並不少見。

□ 知識（ちしき）を深（ふか）める。
增進知識。

▶ もっと外国人労働者（がいこくじんろうどうしゃ）に対（たい）する理解（りかい）を深（ふか）めることが必要（ひつよう）だ。
我們需要對於外籍勞工有更進一步的了解。

□ テレビが普及（ふきゅう）している。
電視普及。

▶ インターネットの普及（ふきゅう）によって、社会（しゃかい）の情報化（じょうほうか）が進（すす）んだ。
隨著網絡的普及，我們又朝資訊化的社會邁進了一步。

□ 雑巾（ぞうきん）で拭（ふ）く。
用抹布擦拭。

▶ 父（ちち）は、眼鏡（めがね）を拭（ふ）きながら、私（わたし）の話（はなし）を黙（だま）って聞（き）いていました。
當時父親一邊擦拭眼鏡，一邊默默地聽我說話。

□ 副社長（ふくしゃちょう）。
副社長。

▶ 本日（ほんじつ）は山下部長（やましたぶちょう）に代（か）わりまして、副部長（ふくぶちょう）の私（わたし）がご挨拶（あいさつ）させて頂（いただ）きます。
今天由身為副經理的我代替山下經理前來拜會。

□ 目（め）に涙（なみだ）を含（ふく）む。
眼裡含淚。

▶ 勤務時間（きんむじかん）は9時（じ）から5時（じ）まで。昼休（ひるやす）み1時間（じかん）を含（ふく）みます。
工作時間從九點到五點，包含午休時間一個小時。

□ 子供（こども）を含（ふく）めて三百人（さんびゃくにん）だ。
包括小孩在內共三百名。

▶ 大会参加者（たいかいさんかしゃ）は800人（にん）、観客（かんきゃく）も含（ふく）めると2000人（にん）以上（いじょう）が会場（かいじょう）に集（あつ）まった。
出賽選手為八百名，加上觀眾共有兩千多人在會場上齊聚一堂。

□ 袋（ふくろ）に入（い）れる。
裝入袋子。

▶ スーパーでもらったレジ袋（ぶくろ）にゴミを入（い）れて持（も）ち帰（かえ）った。
我把垃圾放入在超市拿到的塑膠袋裡提回家了。

Check 1 / 必考單字	高低重音	詞性、類義詞與對義詞

1225 □□□
更ける
ふ・ける
▸ ふ|ける
▸ [自下一]（秋）深；（夜）闌

1226 □□□
不幸
ふ・こう
▸ ふ|こう
▸ [名] 不幸，倒楣；死亡，喪事

1227 □□□
符号
ふ・ごう
▸ ふ|ごう
▸ [名] 符號，記號；（數）符號

1228 □□□
不思議
ふ・し・ぎ
▸ ふ|しぎ
▸ [名・形動] 奇怪，難以想像，不可思議
[關] 神秘　神祕
しん・ぴ

1229 □□□
不自由
ふ・じ・ゆう
▸ ふ|じゅう
▸ [名・形動・自サ] 不自由，不如意，不充裕；（手腳）不聽使喚；不方便

1230 □□□
不足
ふ・そく
▸ ふ|そく
▸ [名・形動・自サ] 不足，不夠，短缺；缺乏，不充分；不滿意，不平
[類] 欠ける　不足
か

1231 □□□
蓋
ふ・た
▸ ふ|た
▸ [名]（瓶、箱、鍋等）的蓋子；（貝類的）蓋，蓋子

1232 □□□ ◉CD2/23
舞台
ぶ・たい
▸ ぶ|たい
▸ [名] 舞台；大顯身手的地方

1233 □□□
再び
ふ・た・た
▸ ふ|たたび
▸ [副] 再一次，又，重新再
[類] また　又

Check 2 必考詞組

□ 夜が更ける。
三更半夜。

□ 不幸を嘆く。
哀嘆不幸。

□ 数学の符号。
數學符號。

□ 不思議なこと。
不可思議的事。

□ 金に不自由しない。
不缺錢。

□ 不足を補う。
彌補不足。

□ 蓋をする。
蓋上。

□ 舞台に立つ。
站上舞台。

□ 再びやってきた。
捲土重來。

Check 3 必考例句

▶ 夜が更けて、遠くに犬の吠える声だけが響いている。
夜深了，只剩下遠處狗兒的吠叫聲仍在迴盪。

▶ 自分は不幸だと思っていたが、みんな辛くても明るく頑張っているのだと知った。
雖然我認為自己很不幸，但我也知道即使大家生活辛苦，仍然保持樂觀進取。

▶ 前年より増えた場合はプラス、減った場合はマイナスの符号をつけます。
如果數目比去年多就寫加號，若是減少就寫減號。

▶ お互い言葉が通じないのに、ホセさんの言いたいことは不思議と分かる。
雖然我們彼此語言不通，但不可思議的是，我竟能理解荷西先生想表達的意思。

▶ 耳や目の不自由な方にも楽しんで頂ける舞台を目指しています。
我的目標是打造一座讓視障者和聽障者也能盡情享受的舞台。

▶ 君には知識はあるかもしれないが、経験が不足しているよ。
或許你具有知識，但是經驗不足啊。

▶ 水筒に熱いお茶を入れて、蓋をしっかり閉めた。
把熱茶倒進水壺裡，然後牢牢鎖緊了蓋子。

▶ いつかあの舞台に立って、大勢の観客の前で歌いたい。
希望未來的某一天我能站在那座舞台上，在許多觀眾面前唱歌。

▶ 男は助けた子どもを岸に上げると、再び海の中へ飛び込んだ。
男子把救回來的小孩抱上岸後，又再度跳進海裡。

Check 1 必考單字	高低重音	詞性、類義詞與對義詞
1234 □□□ ふた て 二手	▶ ふたて	▶ [名] 兩路
1235 □□□ ふ ちゅう い 不注意（な)	▶ ふちゅうい	▶ [形動] 不注意，疏忽，大意
1236 □□□ ふ ちょう 府庁	▶ ふちょう	▶ [名] 府辦公室
1237 □□□ ぶっ 物	▶ ぶつ	▶ [名・漢造] 大人物；物，東西
1238 □□□ ぶっ か 物価	▶ ぶっか	▶ [名] 物價
1239 □□□ ぶつける	▶ ぶつける	▶ [他下一] 扔，投；碰，撞，（偶然）碰上， 　遇上；正當，恰逢；衝突，矛盾 [類] 当てる　碰上
1240 □□□ ぶつ り 物理	▶ ぶつり	▶ [名] （文）事物的道理；物理（學）
1241 □□□ ふなびん 船便	▶ ふなびん	▶ [名] 船運通航
1242 □□□ ふ まん 不満	▶ ふまん	▶ [名・形動] 不滿足，不滿，不平

Check 2 　必考詞組

☐ **二手に分かれる。**
ふた て わ
兵分兩路。

☐ **不注意な発言。**
ふ ちゅう い はつげん
失言。

☐ **府庁所在地。**
ふ ちょうしょざい ち
府辦公室所在地。

☐ **紛失物。**
ふんしつぶつ
遺失物品

☐ **物価が上がった。**
ぶっ か あ
物價上漲。

☐ **車をぶつける。**
くるま
撞上了車。

☐ **物理変化。**
ぶつ り へん か
物理變化

☐ **船便で送る。**
ふなびん おく
用船運過去。

☐ **不満を抱く。**
ふ まん いだ
心懷不滿。

Check 3 　必考例句

▶ じゃあ、二手に分かれて探そう。私は右へ行く
ふた て わ さが わたし みぎ い
から、左側を頼む。
ひだりがわ たの
那我們分頭找吧！我走右邊，左邊就拜託你了。

▶ 運転中は、不注意な行動が大きな事故に繋がる
うんてんちゅう ふ ちゅう い こうどう おお じ こ つな
ので、気をつけよう。
き
駕駛時，一個不小心都可能釀成重大事故，請留意喔。

▶ 引っ越しをしたので、府庁へ住所変更の手続き
ひ こ ふ ちょう じゅうしょへんこう て つづ
に行きました。
い
因為我搬家了，所以去政府機構辦理了變更住址的手續。

▶ その映画は、登場人物が次々と毒物によって命
えい が とうじょうじんぶつ つぎつぎ どくぶつ いのち
を落とす話だ。
お はなし
那部電影講的是出場角色一個接著一個因毒物而喪命（被
毒死）的故事。

▶ 都会は便利だけど、物価が高くて暮らしにくい。
と かい べん り ぶっ か たか く
住在都市很方便，但是物價太高，過得很辛苦。

▶ たんすの角に足をぶつけて、痛くて跳び上がっ
かど あし いた と あ
た。
腳撞到衣櫃的邊角，痛得跳了起來。

▶ 大学では物理を専攻して、宇宙の謎を研究した
だいがく ぶつ り せんこう う ちゅう なぞ けんきゅう
い。
我在大學主修物理學，希望研究宇宙的奧秘。

▶ 急ぎませんから船便でいいですよ、安いですか
いそ ふなびん やす
ら。
不急著送達，用海運就好了哦。這樣比較便宜。

▶ 世の中に不満を抱く若者が犯罪に走るケースが
よ なか ふ まん いだ わかもの はんざい はし
多いという。
おお
據說對社會感到不滿的年輕人犯罪的案例很多。

Check 1 必考單字	高低重音	詞性、類義詞與對義詞

1243 □□□
踏切 (ふみきり) ▸ ふ|みきり ▸ [名]（鐵路的）平交道，道口；（轉）決心

1244 □□□
麓 (ふもと) ▸ ふ|もと ▸ [名] 山腳

1245 □□□
増やす (ふ) ▸ ふ|やす ▸ [他五] 繁殖；增加，添加
[關] 増す (ま) 増加

1246 □□□
フライ返し (がえ) ▸ フ|ライが|えし ▸ [名]【fry がえし】炒菜鏟

1247 □□□
フライトアテンダント ▸ フ|ライトアテンダント ▸ [名] 空服員

1248 □□□
プライバシー ▸ プ|ライバシー ▸ [名]【privacy】私生活，個人私密

1249 □□□ ◉ CD2 / 24
フライパン ▸ フ|ライパン ▸ [名]【frypan】煎鍋，平底鍋
[關] 中華鍋 (ちゅうかなべ) 炒菜鍋

1250 □□□
ブラインド ▸ ブ|ラインド ▸ [名]【blind】百葉窗，窗簾，遮光物

1251 □□□
ブラウス ▸ ブ|ラウス ▸ [名]【blouse】（婦女穿的）寬大的罩衫，襯衫，女襯衫

□ 踏切を渡る。

過平交道。

朝夕のラッシュの時は、踏切が10分以上開かないこともある。

在早晚通勤的交通尖峰期間，鐵路平交道的柵欄有時超過十分鐘都沒有升起。

□ 富士山の麓。

富士山下

私の実家は、北海道の山の麓で旅館をやっています。

我的老家在北海道的山腳下經營旅館。

□ 人手を増やす。

增加人手。

君は手伝ってくれてるのか、それとも僕の仕事を増やしてるのか。

你是在幫我的忙還是在幫倒忙？

□ 使いやすいフライ返し。

好用的炒菜鏟。

フライ返しで卵焼きを作ります。

甩鍋鏟煎雞蛋。

□ フライトアテンダントを目指す。

以當上空服員為目標。

フライトアテンダントになるために、専門学校に通っています。

為了成為空服員而正在就讀職業學校。

□ プライバシーに関する情報。

關於個人隱私的相關資訊。

生徒のプライバシーを守るために、写真の撮影はご遠慮ください。

為保護學生的隱私，請勿拍照。

□ フライパンで焼く。

用平底鍋烤。

『フライパンひとつでできる料理』という本が売れている。

《只要一個平底鍋就能完成的料理》這本書很暢銷。

□ ブラインドを掛ける。

掛白葉窗。

もう朝か。ブラインドが閉まっていて、気がつかなかった。

已經天亮了哦。百葉窗關著，所以沒察覺。

□ ブラウスを洗濯する。

洗襯衫。

母の日に、花柄のブラウスをプレゼントしました。

母親節時送了媽媽印花罩衫。

Check 1 必考單字	高低重音	詞性、類義詞與對義詞
1252 □□□ プラス	▶ プラス	▶ [名・他サ]【plus】（數）加號；正數；利益，好處；盈餘
1253 □□□ プラスチック	▶ プラスチック	▶ [名]【plastic;plastics】（化）塑膠，塑料
1254 □□□ プラットホーム	▶ プラットホーム	▶ [名]【platform】月台
1255 □□□ ブランド	▶ ブランド	▶ [名]【brand】（商品的）牌子；商標
1256 □□□ 振り	▶ ぶり	▶ [造語] 樣子，狀態 [關] アクション／action 行動
1257 □□□ 振り	▶ ぶり	▶ [造語] 相隔
1258 □□□ プリペイドカード	▶ プリペイドカード	▶ [名]【prepaidcard】預先付款的卡片（電話卡、影印卡等）
1259 □□□ プリンター	▶ プリンター	▶ [名]【printer】印表機；印相片機
1260 □□□ 古	▶ ふる	▶ [名・漢造] 舊東西；舊，舊的

Check 2 必考詞組	**Check 3** 必考例句
□ プラスになる。 有好處。	▶ 病気を克服した経験は、君の今後の人生にきっとプラスになる。 對抗病魔的經驗，對你的未來一定有所助益。
□ プラスチック製の 車。 塑膠製的車子。	▶ ピクニック用に、プラスチックの食器を買った。 我買了野餐用的塑料盤子。
□ プラットホームを 出る。 走出月台。	▶ 4番線のプラットホームに特急列車が入って来た。 特快車開進了四號月台。
□ ブランド品。 名牌商品。	▶ イタリアに行くなら、お土産にブランドのお財布が欲しいな。 如果你要去義大利，旅遊禮物我想要名牌的錢包喔。
□ 勉強振り。 學習狀況	▶ 彼がこの計画に真剣なのは、仕事振りを見れば分かる。 看他工作的樣子就知道他對這個計畫很用心。
□ 五年振りの来日。 相隔五年的訪日。	▶ 「お久しぶりです。」「そうだね、半年ぶりくらいかな。」 「好久不見。」「對啊，差不多有半年沒見了吧！」
□ 国際電話用のプリ ペイドカード。 撥打國際電話的預付卡	▶ コンビニで、使い捨てのプリペイドカードを買った。 我在便利商店買了一次性的預付卡。
□ 新しいプリンター。 新的印表機	▶ パソコンで作った資料をプリンターに送信します。 把在電腦上做的資料傳送到印表機。
□ 古本屋さん。 二手書店	▶ 家にあった父の本を整理して、古本屋に売った。 把爸爸放在家裡的那些書整理整理，賣給了二手書店。

Check 1 必考單字	高低重音	詞性、類義詞與對義詞
1261 □□□ 振る ふ	ふる	[他五] 揮，搖；撒，丟；（俗）放棄，犧牲（地位等）；謝絕，拒絕；派分；在漢字上註假名
1262 □□□ フルーツ	フルーツ	[名]【fruits】水果
1263 □□□ ブレーキ	ブレーキ	[名]【brake】煞車；制止，控制，潑冷水 [對] アクセル／ accelerator 之略 加速踏板
1264 □□□ 風呂（場） ふ ろ ば	ふろば	[名] 浴室，洗澡間，浴池
1265 □□□ 風呂屋 ふ ろ や	ふろや	[名] 浴池，澡堂
1266 □□□ ブログ	ブログ	[名]【blog】部落格
1267 □□□ ⊙CD2/25 プロ	プロ	[名]【professional之略】職業選手，專家，專業
1268 □□□ 分 ぶん	ぶん	[名・漢造] 部分；份；本分；地位
1269 □□□ 分数 ぶんすう	ぶんすう	[名]（數學的）分數

□ 手を振る。
挥手。

▶ 一列に並んだ子どもたちが旗を振って、走って来る選手たちを迎えた。

排成一列的孩子們揮舞著旗子，迎接了跑過來的選手們。

□ フルーツジュース。
果汁

▶ 新鮮なフルーツをたっぷり使った贅沢なケーキです。

這個豪華蛋糕用了大量的新鮮水果。

□ ブレーキをかける。
踩煞車。

▶ 道路に猫が飛び出してきて、慌ててブレーキを踏んだ。

貓從路邊衝了出來，我連忙踩了剎車。

□ 風呂に入る。
泡澡。

▶ その汚れた足を、まずお風呂場で洗ってきなさい。

弄髒的腳請先在浴室清洗乾淨。

□ 風呂屋に行く。
去澡堂。

▶ 友達が泊まりに来たので、近所の風呂屋に行った。

因為有朋友來家裡住，所以我們去了附近的澡堂。

□ ブログを作る。
架設部落格。

▶ ブログを始めました。皆さん、読んでください。

我開始寫部落格了，請大家要看哦！

□ プロになる。
成為專家。

▶ 僕はプロの作家です。書店の店員は生活のためのアルバイトです。

我是專業作家，為了餬口才兼職書店店員。

□ 減った分を補う。
補充減少部分。

▶ お菓子は一人二つです。自分の分を取ったら、席に着いてください。

每人有兩個點心。拿完自己的份後，請到位子坐下。

□ 分数を習う。
學分數。

▶ 分数の足し算、引き算の問題が苦手です。

我很不擅長做分數加減運算的題目。

Check 1 必考單字	高低重音	詞性、類義詞與對義詞
1270 □□□ ぶんたい **文体**	▸ ぶんたい	▸ [名]（某時代特有的）文體；（某作家特有的）風格
1271 □□□ ぶんぼうぐ **文房具**	▸ ぶんぼうぐ	▸ [名] 文具，文房四寶 [類] 文具 文具 <small>ぶんぐ</small>
1272 □□□ へいき **平気**	▸ へいき	▸ [名・形動] 鎮定，冷靜；不在乎，不介意，無動於衷 [類] 平静 平靜 <small>へいせい</small>
1273 □□□ へいきん **平均**	▸ へいきん	▸ [名・自サ・他サ] 平均；（數）平均值；平衡，均衡 [關] 均等 平均 <small>きんとう</small>
1274 □□□ へいじつ **平日**	▸ へいじつ	▸ [名]（星期日、節假日以外）平日；平常，平素 [類] 普段 平常 <small>ふだん</small>
1275 □□□ へいたい **兵隊**	▸ へいたい	▸ [名] 士兵，軍人；軍隊
1276 □□□ へいわ **平和**	▸ へいわ	▸ [名・形動] 和平，和睦 [類] 太平 太平 [對] 戦争 戰爭 <small>たいへい</small> <small>せんそう</small>
1277 □□□ へそ **臍**	▸ へそ	▸ [名] 肚臍；物體中心突起部分
1278 □□□ べつ **別**	▸ べつ	▸ [名・形動・漢造] 分別，區分；分別 [關] 別々 分開 <small>べつべつ</small>

Check 2 必考詞組	Check 3 必考例句
□ 漱石の文体をまねる。 模仿夏目漱石的文章風格。	この二つの評論は、文体が違うだけで、言っていることは同じだ。 這兩則評論雖然文章體裁不同，但說的都是同一件事。
□ 文房具屋さん。 文具店	かわいいペンやきれいなメモ帳、文房具屋は見ていて飽きない。 可愛的筆和漂亮的記事本……，這些東西在文具店裡怎麼看都看不膩。
□ 平気な顔。 冷靜的表情	あの子、平気な振りしてるけど、本当は相当辛いと思うよ。 她雖然裝出滿不在乎的樣子，但我覺得她其實非常難受。
□ 平均所得。 平均收入	東京の1月の平均気温は、最高気温が10度、最低気温が2度です。 東京一月份的平均溫度，最高為10度，最低為2度。
□ 平日ダイヤで運行する。 以平日的火車時刻表行駛。	平日は21時まで、土日は23時まで営業しております。 本店平日營業到21點，周末營業到23點。
□ 兵隊に行く。 去當兵。	戦争中祖父が兵隊に行った時の、白黒の写真を見た。 我看了爺爺當年入伍參戰時的黑白照片。
□ 平和に暮らす。 過和平的生活。	私たち一人一人にも、世界の平和のためにできることがあります。 我們每一個人都可以為世界和平貢獻一份力量。
□ へそを曲げる。 不聽話。	おへそを出して寝たら風邪をひくよ。ちゃんと布団を掛けて。 睡覺時露出肚臍會感冒哦。乖乖把被子蓋好！
□ 別の方法を考える。 想別的方法	もうおなかいっぱい。でも、デザートは別です。 已經很飽了。不過，裝甜點的是另一個胃！

Check 1 必考單字	高低重音	詞性、類義詞與對義詞

1279 □□□
別に ▸ べつに ▸ [副]（後接否定）不特別

1280 □□□
別々 ▸ べつべつ ▸ [形動] 各自，分別，各別
[類] それぞれ 各自

1281 □□□
ベテラン ▸ ベテラン ▸ [名]【veteran】老手，內行

1282 □□□
部屋代 ▸ へやだい ▸ [名] 房間費

1283 □□□
減らす ▸ へらす ▸ [他五] 減，減少；削減，縮減；空（腹）

1284 □□□
ベランダ ▸ ベランダ ▸ [名]【veranda】陽台；走廊

1285 □□□ ●CD2 / 26
経る ▸ へる ▸ [自下一]（時間、空間、事物）經過、通過

1286 □□□
減る ▸ へる ▸ [自五] 減，減少；磨損
[類] 減少する 減少 [對] 増える 増加

1287 □□□
ベルト ▸ ベルト ▸ [名]【belt】皮帶；（機）傳送帶；（地）地帶

Check 2 必考詞組	Check 3 必考例句
□ 別に忙しくない。 不特別忙。	▶ 「洋一君も一緒に行く？」「ううん、いいよ、別に興味ないし。」 「洋一同學也一起去嗎？」「不，不要，我又沒興趣。」
□ 別々に研究する。 分別研究。	▶ ごちそうさまでした。お会計は別々にお願いします。 我們吃飽了，請分開結帳。
□ ベテラン選手がやめる。 老將辭去了。	▶ 君、もう8年もこの仕事やってるの？すっかりベテランだね。 你這份工作已經做了八年了嗎？已經是個老手了啊。
□ 部屋代を払う。 支付房租。	▶ 友達と一緒に住んでいるが、部屋代は私が出している。 雖然我和朋友一起住，但房租是我繳的。
□ 体重を減らす。 減輕體重。	▶ 会社の経営が厳しいらしく、交際費を減らすように言われた。 公司的營運狀況似乎不太妙，宣布要刪減交際費。
□ ベランダの花。 陽台上的花。	▶ 部屋の窓が開いていた。犯人はベランダから逃げたのだろう。 房間的窗戶當時是開著的，犯人應該是從陽臺逃脱的吧。
□ 3年を経た。 經過了三年。	▶ 200年の時を経て、その寺は今も村民の心の支えだ。 經過兩百年的時間，那座寺廟至今仍是村民的心靈支柱。
□ 収入が減る。 收入減少。	▶ 円高の影響で、自動車の輸出額が減っている。 受到日幣升值的影響，汽車出口量持續衰退。
□ ベルトの締め方。 繫皮帶的方式。	▶ ズボンが緩いので、ベルトを締めないと落ちてきちゃうんだ。 因為褲子很鬆，所以如果沒繫腰帶就會掉下來。

Check 1 必考單字	高低重音	詞性、類義詞與對義詞

1288 □□□

ヘルメット ▸ ヘルメット ▸ [名]【helmet】安全帽；頭盔，鋼盔

1289 □□□

偏 ▸ へん ▸ [名・漢造] 漢字的（左）偏旁；偏，偏頗

1290 □□□

編 ▸ へん ▸ [名・漢造] 編，編輯；（詩的）卷

1291 □□□

変化 ▸ へんか ▸ [名・自サ] 變化，改變；（語法）變形，活用
[類] 変動 變化

1292 □□□

ペンキ ▸ ペンキ ▸ [名]【pek】油漆

1293 □□□

変更 ▸ へんこう ▸ [名・他サ] 變更，更改，改變
[類] 改定 修改

1294 □□□

弁護士 ▸ べんごし ▸ [名] 律師

1295 □□□

ベンチ ▸ ベンチ ▸ [名]【bench】長椅，長凳；（棒球）教練，選手席板凳

1296 □□□

弁当 ▸ べんとう ▸ [名] 便當，飯盒

□ ヘルメットをかぶる。
戴安全帽。

▶ バイクの後ろに乗せてあげるよ。君の分のヘルメットもあるから。
我騎機車載你吧！反正我多帶了一頂安全帽。

□ 衣偏。
衣部（部首）

▶ 漢字の左側を「偏」という。「体」という漢字は「にんべん」に「本」。
漢字的左側稱為「偏」。「体」這個漢字是「人字偏旁」再加上「本」。

□ 編集者。
編輯人員。

▶ この小説は、主人公の少年時代を描いた前編と、成長後の後編に分かれている。
這部小說分為描寫主人公少年時代的上卷，以及成長之後的下卷。

□ 変化に乏しい。
平淡無奇。

▶ 企業も時代にあわせて変化していかなければならない。
企業也必須隨著時代的脈動而有所改變才行。

□ ペンキが乾いた。
油漆乾了。

▶ 息子と一緒に犬小屋を作って、屋根に青いペンキを塗った。
我和兒子一起蓋了狗屋，並在屋頂刷上藍色的油漆。

□ 計画を変更する。
變更計畫。

▶ 予定が変わったので、飛行機の時間を変更した。
因為行程改了，所以也更改了飛機的時間。

□ 弁護士になる。
成為律師。

▶ 裁判の前に、弁護士とよく相談したほうがいいですよ。
在審判之前先跟律師仔細商量過比較好哦。

□ ベンチに腰掛ける。
坐到長椅上。

▶ そのおじいさんは、毎日同じベンチに座っています。
那個老爺爺每天都坐在同一張長椅上。

□ 弁当を作る。
做便當。

▶ 「お弁当は温めますか。」「はい、お願いします。」
「便當要加熱嗎？」「要，拜託你了。」

Check 1 / 必考單字	高低重音	詞性、類義詞與對義詞
1297 □□□ 歩／歩 _{ほ ぽ}	▸ ほ／ぽ	▸ [名・漢造] 步，步行；（距離單位）步
1298 □□□ 保育園 _{ほ いく えん}	▸ ほいくえん	▸ [名] 幼稚園，保育園
1299 □□□ 保育士 _{ほ いく し}	▸ ほいくし	▸ [名] 幼教師
1300 □□□ 防 _{ぼう}	▸ ぼう	▸ [漢造] 防備，防止；堤防
1301 □□□ 報告 _{ほう こく}	▸ ほうこく	▸ [名・他サ] 報告，匯報，告知 [類] レポート（report）報告
1302 □□□ 包帯 _{ほう たい}	▸ ほうたい	▸ [名・他サ]（醫）繃帶
1303 □□□ 包丁 _{ほう ちょう}	▸ ほうちょう	▸ [名] 菜刀；廚師；烹調手藝 [關] ナイフ（knife）餐刀
1304 □□□ ◯CD2/27 方法 _{ほう ほう}	▸ ほうほう	▸ [名] 方法，辦法 [類] 手段 方法 _{しゅだん}
1305 □□□ 訪問 _{ほう もん}	▸ ほうもん	▸ [名・他サ] 訪問，拜訪

□ 前へ、一歩進む。
往前一步。

▶ ストーブが点けっ放しだったよ。一歩間違えたら大火事だった。
開著爐子就放著不管了啊。萬一不小心就會發生嚴重的火災了。

□ ２歳から保育園に行く。
從兩歲起就讀育幼園。

▶ 働きたいので、１歳の娘を預かってくれる保育園を探している。
因為我想去工作，所以在找能托育一歲女兒的托兒所。

□ 保育士になる。
成為幼教老師。

▶ 子どもが好きなので、保育士の資格を取るつもりだ。
因為喜歡小孩子，所以我打算考取幼教師的證照。

□ 予防医療。
預防醫療

▶ 風邪の予防のためには、手を洗うことが大切です。
為了預防感冒，洗手是非常重要的。

□ 事件を報告する。
報告案件。

▶ 調査結果は、どんな小さなことでも報告してください。
不管是多麼細微的線索，也請務必放進調查報告中。

□ 包帯を換える。
更換包紮帶。

▶ 手術をした右足には、白い包帯が巻かれていた。
動了手術的右腳用白色的繃帶包紮起來了。

□ 包丁で切る。
用菜刀切。

▶ 料理なんかしないから、うちには包丁もまな板もないよ。
因為根本不做飯，所以家裡既沒有菜刀也沒有砧板哦。

□ 方法を考え出す。
想出辦法。

▶ 代表者を決めるに当たっては、全員が納得できる方法を考えよう。
在決定代表的時候，要考慮全體人員都能接受的選拔辦法。

□ 家庭を訪問する。
家庭訪問。

▶ お年寄りのお宅を訪問して、買い物などのお手伝いをする仕事です。
我的工作是去老年人家裡訪視，以及幫忙購物等等。

Check 1 必考單字	高低重音	詞性、類義詞與對義詞
1306 □□□ ぼうりょく **暴力** ▶	ぼうりょく ▶	[名] 暴力，武力
1307 □□□ ほお ほほ **頬／頬** ▶	ほお／ほほ ▶	[名] 頰，臉蛋
1308 □□□ **ボーナス** ▶	ボーナス ▶	[名]【bonus】特別紅利，花紅；獎金， 額外津貼，紅利
1309 □□□ **ホーム** ▶	ホーム ▶	[名]【platform之略】月台
1310 □□□ **ホームページ** ▶	ホームページ ▶	[名]【homepage】（網站的）首頁
1311 □□□ **ホール** ▶	ホール ▶	[名]【hall】大廳；舞廳；（有舞台與觀 眾席的）會場
1312 □□□ **ボール** ▶	ボール ▶	[名]【ball】球；（棒球）壞球
1313 □□□ ほけんじょ **保健所** ▶	ほけんじょ ▶	[名] 保健所，衛生所
1314 □□□ ほけんたいいく **保健体育** ▶	ほけんたいいく ▶	[名]（國高中學科之一）保健體育

□ 暴力禁止法案。
ぼうりょくきんしほうあん

嚴禁暴力法案

▶ どんな理由があっても、暴力は決して許されない。

不管你有任何理由，絕不允許使用暴力。

□ 頬が赤い。
ほお　あか

臉蛋紅通通的。

▶ ソファーで眠る男の子の頬には、涙の跡があった。

睡在沙發上的男孩的臉頰上還掛著淚痕。

□ ボーナスが出る。
で

發獎金。

▶ ボーナスが出たら何をしようか、考えるだけで幸せだ。

拿到獎金後要做什麼呢，光是想想就覺得很幸福。

□ ホームを出る。
で

走出月台。

▶ 駅に着きました。5番線のホームのベンチで待ってます。

我到車站了。我在五號月臺的長椅上等你。

□ ホームページを作る。
つく

架設網站。

▶ ホームページを見て、こちらの会社で働きたいと思いました。

看了這家公司的網站後，我想到這裡上班了！

□ 新しいホール。
あたら

嶄新的大廳

▶ 研究発表会は、公民館の小ホールで行います。

研究成果發表會在文化會館的小禮堂舉行。

□ サッカーボール。

足球

▶ 子どもの頃は、毎日暗くなるまでサッカーボールを追いかけていた。

小時候，每天都踢足球玩到太陽下山。

□ 保健所の人。
ほけんじょ　ひと

衛生中心的人員

▶ 心配なら、保健所の健康相談に行ってみたら？

如果你擔心的話，要不要去衛生所的健康諮詢室呢？

□ 保健体育の授業。
ほけんたいいく　じゅぎょう

健康體育課

▶ 明日の保健体育の授業は、体育館で体力測定をします。

明天的健康與體育課要在體育館進行體力測試。

Check 1　必考單字	高低重音	詞性、類義詞與對義詞

1315 □□□

ほっと ▸ ほっと ▸ [副・自サ] 嘆氣貌；放心貌

1316 □□□

ポップス ▸ ポップス ▸ [名]【pops】流行歌，通俗歌曲（「ポピュラーミュージック」之略）

1317 □□□

骨（ほね） ▸ ほね ▸ [名] 骨頭；費力氣的事
關 骨格（こっかく）　骨骼

1318 □□□

ホラー ▸ ホラー ▸ [名]【horror】恐怖，戰慄

1319 □□□

ボランティア ▸ ボランティア ▸ [名]【volunteer】志願者，自願參加者；志願兵

1320 □□□

ポリエステル ▸ ポリエステル ▸ [名]【polyethylene】（化學）聚乙稀，人工纖維

1321 □□□

ぼろぼろ（な）▸ ぼろぼろ ▸ [名・形動・副]（衣服等）破爛不堪；（粒狀物）散落貌

1322 □□□ ●CD2/28

本日（ほんじつ）▸ ほんじつ ▸ [名] 本日，今日

1323 □□□

本代（ほんだい）▸ ほんだい ▸ [名] 買書錢

Check 2 必考詞組	**Check 3** 必考例句
☐ ほっと息をつく。 鬆了一口氣。	病気だと聞いていたけど、元気な顔を見てほっとしたよ。 之前聽說她生病了，現在看到她有精神的樣子，也就鬆了一口氣。
☐ 80年代のポップス。 八〇年代的流行歌。	音楽は、クラシックからポップスまで何でも好きです。 在音樂方面，從古典音樂到流行歌曲我全都喜歡。
☐ 骨が折れる。 費力氣。	スキーで転んで、足の骨を折った。 滑雪時摔倒，導致腿骨骨折了。
☐ ホラー映画。 恐怖電影	昼間に見たホラー映画のせいで、昨夜は眠れなかった。 都是因為昨天白天看了恐怖片，害我昨晚沒睡好。
☐ ボランティア活動。 志工活動	外国人観光客の案内をするボランティアをしています。 我目前擔任外國遊客的導覽志工。
☐ ポリエステルの服。 人造纖維的衣服。	このシャツはポリエステルが５％入っているので、乾き易いです。 因為這件襯衫含有5%的人造纖維，所以很容易乾。
☐ ぼろぼろな財布。 破破爛爛的錢包	彼女に振られたときは、身も心もぼろぼろになったよ。 被她甩了的時候，身心都嚴重受創了。
☐ 本日のお薦めメニュー。 今日的推薦菜單。	本日はお忙しい中、お集まり頂き誠にありがとうございます。 今天感謝您在百忙之中蒞臨這場聚會。
☐ 本代がかなりかかる。 買書的花費不少。	学費は、授業料以外に、授業で使う本代もけっこうかかります。 學費除了老師的授課費之外，上課時會用到的書本費也是一大筆錢。

Check 1 必考單字	高低重音	詞性、類義詞與對義詞
1324 □□□ ほんにん 本人	▸ ほんにん	▸ [名] 本人 [類] 当人 本人
1325 □□□ ほんねん 本年	▸ ほんねん	▸ [名] 本年，今年
1326 □□□ ほんの	▸ ほんの	▸ [連體] 不過，僅僅，一點點
1327 □□□ まい 毎	▸ まい	▸ [接頭] 毎
1328 □□□ マイク	▸ マイク	▸ [名]【mike】麥克風
1329 □□□ マイナス	▸ マイナス	▸ [名·他サ]【minus】（數）減，減法；減 號，負數；負極；（溫度）零下
1330 □□□ マウス	▸ マウス	▸ [名]【mouse】老鼠：（電腦）滑鼠
1331 □□□ まえ 前もって	▸ まえもって	▸ [副] 預先，事先
1332 □□□ まか 任せる	▸ まかせる	▸ [他下一] 委託，託付；聽任，隨意；盡 力，盡量 [關] 委託する　委託

Check 2 必考詞組

□ 本人が現れた。
當事人現身了。

□ 本年もよろしく。
今年還望您繼續關照。

□ ほんの少し。
只有一點點

□ 毎朝、牛乳を飲む。
每天早上，喝牛奶。

□ マイクを通じて話す。
透過麥克風說話。

□ マイナスになる。
變得不好。

□ マウスを移動する。
移動滑鼠。

□ 前もって知らせる。
事先知會。

□ 運を天に任せる。
聽天由命。

Check 3 必考例句

▶ ご来店の際は、本人を確認できる書類をお持ちください。
來店時，請攜帶能核對身分的證件。

▶ 昨年はお世話になりました。本年も宜しくお願い致します。
去年承蒙您的關照。今年也請多多指教。

▶ 「お土産、どうもありがとう。」「いいえ、ほんの気持ちです。」
「謝謝你的伴手禮。」「不會，只是一點心意。」

▶ この曲はいくら練習しても、毎回同じところで間違えてしまう。
這首曲子不管再怎麼練習，每次還是都在同個地方出錯。

▶ 後ろの席まで声が届かないから、マイクを使いましょう。
因為聲音無法傳到後面的位子，還是拿麥克風吧！

▶ 今、急いで結論を出しても、長い目で見たらマイナスになる。
就算現在匆忙的做出結論，日後還是會產生負面影響。

▶ パソコンを買い替えたので、マウスも新しくした。
因為買了新電腦，所以滑鼠也換了個新的。

▶ ご来社の際は、前もって総務部までご連絡ください。
蒞臨本公司之前，敬請事先通知總務部。

▶ 君に任せると言った以上、責任は私が取るから、自由にやりなさい。
既然我說交給你了，責任就由我來承擔，你就放手去做吧。

311

Check 1 必考單字	高低重音	詞性、類義詞與對義詞
1333 □□□ 巻く（ま）	▶ まく	▶ [自五・他五] 形成漩渦；喘不上氣來；捲；纏繞； 上發條；捲起；包圍；（登山）迂迴 繞過險處；（連歌，俳諧）連吟 關 囲む（かこ） 包圍
1334 □□□ 枕（まくら）	▶ まくら	▶ [名] 枕頭
1335 □□□ 負け（ま）	▶ まけ	▶ [名] 輸，失敗；減價；（商店送給客戶 的）贈品
1336 □□□ 曲げる（ま）	▶ まげる	▶ [他下一] 彎，曲；歪，傾斜；扭曲，歪 曲；改變，放棄；（當舖裡的） 典當；偷，竊
1337 □□□ 孫（まご）	▶ まご	▶ [名・漢造] 孫子
1338 □□□ ●CD2／29 まさか	▶ まさか	▶ [副]（後接否定語氣）絕不…，總不會 …，難道；萬一，一旦該不會 關 いくら何（なん）でも 即使…也
1339 □□□ 混ざる（ま）	▶ まざる	▶ [自五] 混雜，夾雜
1340 □□□ 交ざる（ま）	▶ まざる	▶ [自五] 混雜，交雜，夾雜
1341 □□□ まし（な）	▶ まし	▶ [形動] 強，勝過

Check 2 必考詞組	**Check 3** 必考例句
☐ 紙を筒状に巻く。 把紙捲成筒狀。	▶ 父はお風呂から出ると、体にタオルを巻いたまま、ビールを飲み始めた。 爸爸一洗完澡，身上只裹著浴巾就開始喝起啤酒了。
☐ 枕につく。 就寢，睡覺。	▶ ホテルの枕は合わないので、自分用の枕を持ち歩いています。 飯店的枕頭我睡不習慣，所以總是自己帶枕頭去。
☐ 私の負け。 我輸了。	▶ ここは怒った方が負けだよ。まず冷静になろう。 被激怒的話就輸了，總之先冷靜下來！
☐ 腰を曲げる。 彎腰。	▶ あの男は、誰がなんと言おうと、自分の意見を曲げない。 不管誰說什麼，那個男人始終堅持己見。
☐ 孫ができた。 抱孫子了。	▶ 息子が二人、娘が三人、孫は十二人います。 我有兩個兒子、三個女兒，和十二個孫子。
☐ まさかの時に備える。 以備萬一。	▶ まさか君があそこで泣くとは思わなかったよ。本当にびっくりした。 沒想到你會躲在那裡哭。真令人大吃一驚。
☐ 米に砂が混ざっている。 米裡面夾帶著沙。	▶ 砂糖がちゃんと混ざってなかったみたい。最後の一口だけ甘かったよ。 糖好像沒有攪散，只有最後一口是甜的耶。
☐ 不良品が交ざっている。 摻進了不良品。	▶ 彼なら、新しいチームにもすぐに交ざって、うまくやれると思う。 如果是他的話，應該可以馬上融入新團隊裡並和大家相處融洽。
☐ ましな番組。 像樣一些的電視節目	▶ そこ、うるさい！授業中騒ぐなら、寝てる方がましだ。 那邊的同學，你們太吵了！如果要在課堂上吵鬧，倒不如統統睡覺！

Check 1 必考單字	高低重音	詞性、類義詞與對義詞
1342 ☐☐☐ 雑じる _ま	▶ まじる	▶ [自五] 夾雜，混雜；加入，交往，交際
1343 ☐☐☐ マスコミ	▶ マスコミ	▶ [名]【masscommunication】之略（透過報紙、廣告、電視或電影等向群眾進行的）大規模宣傳；媒體
1344 ☐☐☐ マスター	▶ マスター	▶ [名・他サ]【master】老闆；精通
1345 ☐☐☐ 益々 _{ますます}	▶ ますます	▶ [副] 越發，益發，更加
1346 ☐☐☐ 混ぜる _ま	▶ まぜる	▶ [他下一] 混入；加上，加進；攪，攪拌
1347 ☐☐☐ 間違い _{まちが}	▶ まちがい	▶ [名] 錯誤，過錯；不確實 [類] 誤り　錯誤 _{あやま}
1348 ☐☐☐ 間違う _{まちが}	▶ まちがう	▶ [自五・他五] 做錯，搞錯；錯誤，弄錯 [類] 誤る　弄錯 _{あやま}
1349 ☐☐☐ 間違える _{まちが}	▶ まちがえる	▶ [他下一] 弄錯，搞錯，做錯
1350 ☐☐☐ 真っ暗 _{ま　くら}	▶ まっくら	▶ [名・形動] 漆黑；（前途）黯淡 [關] 暗い　暗 _{くら}

Check 2 必考詞組

Check 3 必考例句

☐ 酒に水が雑じる。
酒裡摻水。

▶ 私は日本人ですが、四分の一、ブラジル人の血が混じっています。
我雖然是日本人，但有四分之一的巴西血統。

☐ マスコミに追われている。
蜂擁而上的採訪媒體。

▶ 大臣の発言に対するマスコミの反応は様々だった。
對於部長的發言，各家媒體的反應各不相同。

☐ 日本語をマスターしたい。
我想精通日語。

▶ フランス語の文法はマスターしたが、発音が難しい。
我雖然精通法文的文法，但發音對我來說非常困難。

☐ ますます強くなる。
更加強大了。

▶ 母親が叱ると、子どもはますます大きな声で泣き出した。
母親一開口責罵，孩子就更激動的放聲大哭。

☐ ビールとジュースを混ぜる。
將啤酒和果汁加在一起。

▶ 卵に醤油少々を入れて、箸でよく混ぜてください。
請在雞蛋上淋上少許醬油，並用筷子攪拌均勻。

☐ 間違いを直す。
改正錯誤。

▶ たった一度や二度の間違いで、人生が終わったみたいなことを言うんじゃないよ。
不過是犯一兩次錯誤，不要說得像是人生已經完蛋了啊。

☐ 計算を間違う。
算錯了。

▶ 先生でも、こんな簡単な問題を間違うこと、あるんですね。
即使是老師，這麼簡單的問題也可能會答錯呢。

☐ 人の傘と間違える。
跟別人的傘弄錯了。

▶ 右に曲がるところを、間違えて左に行ってしまったんです。
在應該右轉的地方左轉，走錯路了。

☐ 真っ暗になる。
變得漆黑。

▶ 今年も単位を落としてしまった。僕の人生は真っ暗だ。
今年又沒拿到學分。我的人生真是一片黑暗。

Check 1 必考單字	高低重音	詞性、類義詞與對義詞
1351 □□□ 真っ黑	▸ まっくろ	▸ [名・形動] 漆黑，烏黑
1352 □□□ まつ毛	▸ まつげ	▸ [名] 睫毛
1353 □□□ 真っ青	▸ まっさお	▸ [名・形動] 蔚藍，深藍；（臉色）蒼白
1354 □□□ ◉CD2 30 真っ白	▸ まっしろ	▸ [名・形動] 雪白，淨白，皓白 [關] 白 白色
1355 □□□ 真っ白い	▸ まっしろい	▸ [形] 雪白的，淨白的，皓白的
1356 □□□ 全く	▸ まったく	▸ [副] 完全，全然；實在，簡直；（後接否定）絕對，完全 [類] 完全に 完全
1357 □□□ 祭り	▸ まつり	▸ [名] 祭祀；祭日，廟會祭典 [類] 祭礼 祭祀
1358 □□□ 纏まる	▸ まとまる	▸ [自五] 解決，商訂，完成，談妥；湊齊，湊在一起；集中起來，概括起來，有條理 [關] 片付く 處理好
1359 □□□ 纏める	▸ まとめる	▸ [他下一] 解決，結束；總結，概括；匯集，收集；整理，收拾

Check 2 必考詞組

☐ 日差しで真っ黒に
なった。
被太陽晒得黑黑的。

☐ まつ毛が抜ける。
掉睫毛。

☐ 真っ青な顔をして
いる。
變成鐵青的臉。

☐ 頭の中が真っ白に
なる。
腦中一片空白。

☐ 真っ白い雪が降っ
てきた。
下起雪白的雪來了。

☐ まったく違う。
全然不同。

☐ 祭りに出かける。
去參加節日活動。

☐ 意見がまとまる。
意見一致。

☐ 意見をまとめる。
整理意見。

Check 3 必考例句

▶ 父は今年70ですが、まだまだ元気で髪も真っ
黒です。
我父親今年70歲，但仍然非常硬朗，頭髮也很烏黑。

▶ 木村さんは目が大きくてまつ毛が長くて、女優
さんみたいですね。
木村小姐的眼睛很大，睫毛也很長，簡直就像女演員一樣。

▶ 今月の給料を落としてしまって、真っ青になっ
た。
我把這個月的薪水弄丟了，急得臉色都發青了。

▶ 雨が雪に変わり、辺りには真っ白な景色が広
がっていた。
雨轉為雪，四周盡是一片雪白的景色。

▶ 花嫁は真っ白いドレスがよく似合う素敵な人で
した。
新娘是一位非常適合純白禮服的美人。

▶ 彼女が何を考えているのか、私には全く分かり
ません。
我完全不懂她在想什麼。

▶ お祭りの夜は、この辺まで賑やかな声が聞こえ
てきますよ。
祭典那天晚上，熱鬧的聲音連這附近都能聽見喔。

▶ 何度も両家が話し合って、ようやく兄の結婚話
がまとまった。
兩家人談了好幾次，終於談妥了哥哥的婚事。

▶ グループで話し合った結果をまとめて、3分間
で発表してください。
請總結小組討論的結果，並做成三分鐘的簡報。

Check 1 必考單字	高低重音	詞性、類義詞與對義詞
1360 □□□ **間取り**	▶ ま|どり	▶ [名]（房子的）房間佈局，採間，平面佈局
1361 □□□ **マナー**	▶ マ|ナー	▶ [名]【manner】禮貌，規矩；態度舉止，風格
1362 □□□ **まな板**	▶ ま|ないた	▶ [名]切菜板
1363 □□□ **間に合う**	▶ ま|にあ|う	▶ [自五]來得及，趕得上；夠用
1364 □□□ **間に合わせる**	▶ ま|にあわせ|る	▶ [連語]臨時湊合，就將；使來得及，趕出來
1365 □□□ **招く**	▶ ま|ね|く	▶ [他五]（搖手、點頭）招呼；招待，宴請；招聘，聘請；招惹，招致
1366 □□□ **真似る**	▶ ま|ね|る	▶ [他下一]模效，仿效，模仿 [類]模倣する　模仿
1367 □□□ **眩しい**	▶ ま|ぶし|い	▶ [形]耀眼，刺眼的；華麗奪目的，鮮豔的，刺目
1368 □□□ **瞼**	▶ ま|ぶ|た	▶ [名]眼瞼，眼皮

Check 2 必考詞組	Check 3 必考例句
□ 間取りがいい。 隔間還不錯。	▶ 101 号室と 102 号室とは、広さは同じですが間取りが違います。 101號房和102號房雖然大小相同，但房間格局不同。
□ 食事のマナー。 用餐禮儀	▶ 彼は食事のマナーはいいんですが、食事中の会話がつまらないんです。 雖說他的用餐禮儀良好，但吃飯時聊的內容很無趣。
□ 木材のまな板。 木材砧板。	▶ 包丁とまな板はよく乾かしてから棚にしまいます。 把菜刀和砧板曬乾後放在架子上。
□ 電車に間に合う。 趕上電車。	▶ 明朝は 7 時にホテルを出ないと会議に間に合いません。 如果明天早上七點前不離開飯店的話，就趕不上會議了。
□ 締切に間に合わせる。 在截止期限之前繳交。	▶ 社員全員で残業をして、なんとか期限に間に合わせた。 全公司的員工一起加班，總算趕上了最後期限。
□ パーティーに招かれた。 受邀參加派對。	▶ 国際交流のためのパーティーに招かれて、スピーチをした。 我受邀出席了國際交流的聚會，並且上台演講。
□ 上司の口ぶりを真似る。 仿效上司的說話口吻。	▶ 女の子は、母親のしゃべり方をまねてみせて、みんなを笑わせた。 那位女孩模仿了母親說話的樣子，逗得大家哈哈大笑。
□ 太陽が眩しかった。 太陽很刺眼。	▶ 眩しいよ。人が寝てるのに、電気を点けないでよ。 太刺眼了啦。人家在睡覺，不要開燈啦。
□ 瞼を閉じる。 闔上眼瞼。	▶ パソコンなどで目が疲れたときは、まぶたを閉じて目を休めましょう。 當使用電腦之類的3C產品導致眼睛疲勞的時候，就閉眼休息一下吧。

Check 1 必考單字	高低重音	詞性、類義詞與對義詞
1369 □□□ マフラー	▶ マフラー ▶	[名]【muffler】圍巾；（汽車等的）滅音器
1370 □□□ ◯CD2 31 守る	▶ まもる ▶	[他五] 保衛，守護；遵守，保守；保持（忠貞）；（文）凝視
1371 □□□ 眉毛	▶ まゆげ ▶	[名] 眉毛
1372 □□□ 迷う	▶ まよう ▶	[自五] 迷，迷失；困惑；迷戀；（佛）執迷；（古）（毛線、線繩等）絮亂，錯亂 [對] 悟る 醒悟
1373 □□□ 真夜中	▶ まよなか ▶	[名] 三更半夜，深夜 [類] 深夜 深夜
1374 □□□ マヨネーズ	▶ マヨネーズ ▶	[名]【mayonnaise】美乃滋，蛋黃醬
1375 □□□ 丸	▶ まる ▶	[名・造語・接頭・接尾] 圓形，球狀；句點；完全
1376 □□□ まるで	▶ まるで ▶	[副]（後接否定）簡直，全部，完全；好像，宛如，恰如 [類] さながら 宛如
1377 □□□ 回り	▶ まわり ▶	[名・接尾] 轉動；蔓延；走訪，巡迴；周圍；周，圈

□ 暖かいマフラーを
くれた。
人家送了我暖和的圍巾。

▶ 今日は寒いから、マフラー、手袋を忘れずにね。
今天很冷，別忘了戴圍巾和手套啊。

□ 秘密を守る。
保密。

▶ この村の伝統を守ることが、21世紀に生きる私たちの務めだ。
守護這個村子的傳統，是生在21世紀的我們的責任。

□ まゆげが長い。
眉毛很長。

▶ 木村さんちの家族は全員眉毛が太いからすぐ分かる。
木村先生全家都是粗眉毛，所以馬上就能認出來了。

□ 道に迷う。
迷路。

▶ カレーにしようか、ハンバーグにしようか、迷うなあ。
該吃咖喱呢，還是漢堡呢？真難抉擇啊！

□ 真夜中に目が覚めた。
深夜醒來。

▶ 真夜中になると現れる不思議なドアのお話です。
這是一個到了午夜，就會出現一扇門的離奇故事。

□ 低カロリーのマヨネーズ。
低熱量的美奶滋。

▶ サンドイッチを作るので、パンにマヨネーズを塗ってください。
因為要做三明治，所以請把美乃滋塗在麵包上。

□ 丸を書く。
畫圈圈。

▶ 正しいと思うものには丸、間違っていると思うものにはバツをつけなさい。
認為是正確的就請打圈，認為錯誤的就請打叉。

□ まるで夢のようだ。
宛如作夢一般。

▶ あの二人が実は兄弟だったなんて。まるでドラマみたい。
那兩個人居然是兄弟！簡直就像電視劇一樣。

□ 火の回りが速い。
火蔓延得快。

▶ 今日は疲れているのか、お酒の回りが速い。
不知道是不是因為今天特別累，所以一下子就醉了。

Check 1 必考單字	高低重音	詞性、類義詞與對義詞
1378 □□□ まわ 周り	▶ まわり	▶ [名] 周圍，周邊
1379 □□□ マンション	▶ マンション	▶ [名]【mansion】公寓大廈；（高級）公寓
1380 □□□ まんぞく 満足	▶ まんぞく	▶ [名・自サ] 滿足，令人滿意的，心滿意足；滿足，符合要求；完全，圓滿 まんえつ [關] 満悦 喜悅
1381 □□□ み おく 見送り	▶ みおくり	▶ [名] 送行，送別；靜觀，觀望；（棒球）放過好球不打 そうべつ [類] 送別 送別
1382 □□□ み おく 見送る	▶ みおくる	▶ [他五] 目送；送行，送別；送終；觀望，等待（機會）
1383 □□□ み か 見掛ける	▶ みかける	▶ [他下一] 看到，看出，看見；開始看
1384 □□□ み かた 味方	▶ みかた	▶ [名・自サ] 我方，自己的這一方；夥伴
1385 □□□ ミシン	▶ ミシン	▶ [名]【sewingmachine】縫紉機
1386 □□□ ミス	▶ ミス	▶ [名]【Miss】小姐，姑娘

□ 周<small>まわ</small>りの人<small>ひと</small>。
周圍的人

何<small>なに</small>を食<small>た</small>べたの？口<small>くち</small>の周<small>まわ</small>りにケチャップがついてるよ。

你吃了什麼？嘴巴周圍沾到番茄醬了哦。

□ 高級<small>こうきゅう</small>マンションに住<small>す</small>む。
住高級大廈。

宅配便<small>たくはいびん</small>はマンションの管理人<small>かんりにん</small>さんが受<small>う</small>け取<small>と</small>ってくれます。

快遞是由大廈管理員代收。

□ 満足<small>まんぞく</small>に暮<small>く</small>らす。
美滿地過日子。

教授<small>きょうじゅ</small>は厳<small>きび</small>しい人<small>ひと</small>だから、こんなレポートじゃ満足<small>まんぞく</small>されないと思<small>おも</small>うよ。

由於教授的要求很嚴格，我覺得這樣的報告應該無法讓他滿意。

□ 盛大<small>せいだい</small>な見送<small>みおく</small>りを受<small>う</small>けた。
獲得盛大的送行。

オリンピック選手団<small>せんしゅだん</small>の見送<small>みおく</small>りに、大勢<small>おおぜい</small>の人々<small>ひとびと</small>が空港<small>くうこう</small>に集<small>あつ</small>まった。

許多人聚集在機場為奧運代表隊送行。

□ 彼女<small>かのじょ</small>を見送<small>みおく</small>る。
給她送行。

母<small>はは</small>は毎朝<small>まいあさ</small>、会社<small>かいしゃ</small>へ行<small>い</small>く父<small>ちち</small>の姿<small>すがた</small>が見<small>み</small>えなくなるまで見送<small>みおく</small>る。

媽媽每天早上都會目送爸爸出門上班，直到看不見爸爸的背影為止。

□ よく駅<small>えき</small>で見<small>み</small>かける人<small>ひと</small>。
那個人常在車站常看到。

またお会<small>あ</small>いしましょう。町<small>まち</small>で見掛<small>みか</small>けたら、声<small>こえ</small>を掛<small>か</small>けてくださいね。

下次再見面吧！如果在路上遇到了，請記得叫我一聲哦！

□ いつも君<small>きみ</small>の味方<small>みかた</small>だ。
我永遠站在你這邊。

一番厳<small>いちばんきび</small>しかった上司<small>じょうし</small>が、実<small>じつ</small>は私<small>わたし</small>の一番<small>いちばん</small>の味方<small>みかた</small>だったのだ。

最嚴屬的上司，其實最是站在我這邊的。

□ ミシンで着物<small>きもの</small>を縫<small>ぬ</small>い上<small>あ</small>げる。
用縫紉機縫好一件和服。

ミシンが故障<small>こしょう</small>したので、全部手<small>ぜんぶて</small>で縫<small>ぬ</small>いました。

因為縫紉機故障了，所以全部用手縫製。

□ ミス日本<small>にほん</small>。
日本選美小姐。

吉田君<small>よしだくん</small>のお母<small>かあ</small>さんは、昔<small>むかし</small>、ミス日本<small>にほん</small>だったらしいよ。

吉田同學的媽媽曾經當選日本選美皇后哦！

Check 1 必考單字	高低重音	詞性、類義詞與對義詞

1387 □□□ ● CD2 / 32

ミス ▸ ミス ▸ [名・自サ]【miss】失敗，錯誤；失誤

1388 □□□
みずたま も よう
水玉模様 ▸ みずたまもよう ▸ [名] 小圓點圖案

1389 □□□
み そ しる
味噌汁 ▸ みそしる ▸ [名] 味噌湯

1390 □□□
ミュージカル ▸ ミュージカル ▸ [名]【musical】音樂的，配樂的；音樂劇

1391 □□□
ミュージシャン ▸ ミュージシャン ▸ [名]【musician】音樂家

1392 □□□
みょう
明 ▸ みょう ▸ [接頭]（相對於「今」而言的）明

1393 □□□
みょう ご にち
明後日 ▸ みょうごにち ▸ [名] 後天
あ さって
[類] 明後日 後天

1394 □□□
みょう じ みょう じ
名字／苗字 ▸ みょうじ ▸ [名] 姓，姓氏
せい
[類] 姓 姓

1395 □□□
み らい
未来 ▸ みらい ▸ [名] 將來，未來；（佛）來世
しょうらい
[類] 将来 將來

Check 2 必考詞組	Check 3 必考例句

☐ ミスを犯す。
犯錯誤。

▶ うまくいったことより、まずミスしたことを報告しなさい。
比起進展順利的事，首先應該要報告出錯的事情。

☐ 水玉模様の洋服。
圓點圖案的衣服

▶ ブラウスは水玉模様、スカートは花模様、靴下は縞模様、賑やかだね。
襯衫是點點花紋、裙子是印花花樣、襪子是條紋，還真是繽紛啊。

☐ 味噌汁を作る。
煮味噌湯。

▶ 私が熱を出した時、娘が豆腐の味噌汁を作ってくれた。
我發燒的時候，女兒煮了豆腐味噌湯給我喝。

☐ ミュージカルが好きだ。
喜歡看歌舞劇。

▶ ミュージカル俳優になりたくて、歌とダンスを勉強しています。
我想成為音樂劇演員，所以正在學習唱歌和跳舞。

☐ ミュージシャンになった。
成為音樂家了。

▶ 大好きなミュージシャンのCDが発売されるので予約した。
因為最喜歡的音樂家即將發行CD，我已經預約了。

☐ 明日のご予定は。
你明天的行程是？

▶ では、明日の社長のスケジュールを確認いたします。
那麼，容我查一下總經理明天的行程安排。

☐ 明後日に延期する。
延到後天。

▶ 卒業式は、明後日の午前10時より講堂にて行います。
後天早上十點將在禮堂舉行畢業典禮。

☐ 名字が変わる。
改姓。

▶ よかったら、名字じゃなくて下の名前で呼んでください。
不嫌棄的話，請不必以姓氏稱呼，直接叫我的名字吧！

☐ 未来を予測する。
預測未來。

▶ 20年後の未来に行って、僕の奥さんを見てみたいです。
我想到二十年後，看看我未來的妻子是誰。

Check 1 必考單字	高低重音	詞性、類義詞與對義詞
1396 □□□ ミリ	▶ ミリ	▶ [造語・名]【(法)millimetre之略】毫，千分之一；毫米，公厘
1397 □□□ 診る	▶ みる	[他上一] 診察 [類] 診察する　診察
1398 □□□ ミルク	▶ ミルク	▶ [名]【milk】牛奶；煉乳
1399 □□□ 民間	▶ みんかん	▶ [名] 民間；民營，私營
1400 □□□ 民主	▶ みんしゅ	▶ [名] 民主，民主主義
1401 □□□ 向かい	▶ むかい	[名] 正對面，對面 [類] 正面　正面
1402 □□□ 迎え	▶ むかえ	[名] 迎接；去迎接的人；接，請 [關] 歓迎　歡迎
1403 □□□ 向き	▶ むき	[名] 方向；適合，合乎；認真，慎重其事；傾向，趨向；（該方面的）人，人們 [類] 適する　適合
1404 □□□ ◯CD2/33 向く	▶ むく	[他五・自五] 朝，向，面；傾向，趨向；適合；面向 [關] 対する　對

□ 1時間100ミリの豪雨。
一小時下100毫米的雨。

▶ 肉は食べやすい大きさに、野菜は5ミリの厚さに切ります。
把肉切成容易入口的大小，並把蔬菜的厚度切成五毫米。

□ 患者を診る。
看診。

▶ 具合が悪いなら我慢せずに、早めに診てもらったほうがいいよ。
不舒服的話最好不要忍耐，早點去看醫生比較好喔。

□ ミルクチョコレート。
牛奶巧克力

▶ コーヒーに砂糖とミルクはお使いになりますか。
請問您的咖啡要加砂糖和牛奶嗎？

□ 民間人。
民間老百姓

▶ 子ども祭りは、市と民間団体とが協力して行っています。
兒童節慶祝活動將由市政府和民間團體聯合舉辦。

□ 民主主義。
民主主義

▶ 少数の人の意見を大切にするのは民主主義の基本だ。
尊重少數人的意見是民主主義的基礎。

□ 駅の向かいにある。
在車站的對面。

▶ このアパートは古いから、向かいのマンションに引っ越したい。
這間公寓很舊，所以我想搬到對面的華廈。

□ 迎えに行く。
迎接。

▶ 雨が酷いから、駅まで車で迎えに来てくれない？
雨太大了，你可以開車來車站接我嗎？

□ 向きが変わる。
轉變方向。

▶ この山はきつい坂もないし景色もきれいだし、初心者向きですよ。
這座山既沒有陡坡，景色也非常美麗，很適合新手挑戰哦。

□ 気の向くままにやる。
隨心所欲地做。

▶ ピラミッドひとつの面は、正確に北を向いている。
金字塔的其中一面準確地朝向正北方。

327

Check 1　必考單字	高低重音	詞性、類義詞與對義詞
1405 □□□ 剥く	むく	[他五] 剝，削
1406 □□□ 向ける	むける	[自他下一] 向，朝，對；差遣，派遣；撥 用，用在
1407 □□□ 剥ける	むける	[自下一] 剝落，脫落
1408 □□□ 無地	むじ	[名] 素色
1409 □□□ 蒸し暑い	むしあつい	[形] 悶熱的 關 暑い 熱　關 寒い 冷
1410 □□□ 蒸す	むす	[他五・自五] 蒸，熱（涼的食品）；（天 氣）悶熱 類 蒸し暑い 悶熱
1411 □□□ 無数	むすう	[名・形動] 無數
1412 □□□ 息子さん	むすこさん	[名]（尊稱他人的）令郎
1413 □□□ 結ぶ	むすぶ	[他五・自五] 連結，繫結；締結關係，結 合，結盟；（嘴）閉緊， （手）握緊 類 締結する 締結

Check 2 必考詞組	Check 3 必考例句
□ りんごを剥く。 削蘋果皮。	▶ りんごの皮を剥いて、ジュースを作ります。 把蘋果削皮後打成果汁。
□ 銃を男に向けた。 槍指向男人。	▶ 暗い部屋の中で、声が聞こえる方へライトを向けた。 在黑暗的房間裏，把燈光轉向了聲音傳來的方向。
□ 鼻の皮がむけた。 鼻子的皮脫落了。	▶ 封筒を貼るアルバイトで、指先の皮が剥けてしまった。 由於兼差黏貼信封袋，使得我的手指頭破皮了。
□ 無地の着物。 素色的和服	▶ このスーツに合わせるなら、ワイシャツは無地がいいと思います。 如果要和這套西裝搭配的話，我覺得襯衫選素色的比較好。
□ 昼間は蒸し暑い。 白天很悶熱。	▶ 東京の夏は蒸し暑くて、エアコンがないと過ごせない。 東京的夏天很悶熱，沒有空調就活不下去。
□ 肉まんを蒸す。 蒸肉包。	▶ この鍋で、いろいろな野菜を蒸して食べます。 用這個鍋子蒸各種蔬菜來吃。
□ 無数の星。 無數的星星	▶ 市のホームページには、事件に対する無数の意見が届いている。 針對這次事件的無數意見被傳到市政府的網站上。
□ 息子さんのお名前は。 請教令郎的大名是？	▶ 息子さんは、今年おいくつになられますか。 請問令郎今年幾歲了？
□ 契約を結ぶ。 簽合約。	▶ 彼女は長い髪をひとつに結ぶと、プールに飛び込んだ。 她綁起一頭長髮後，跳進泳池裡。

Check 1 必考單字	高低重音	詞性、類義詞與對義詞
1414 □□□ む だ **無駄**	▸ む だ	▸ [名·形動] 徒勞，無益；浪費，白費 類 無益 無益
1415 □□□ む ちゅう **夢中**	▸ む ちゅう	▸ [名·形動] 夢中，在睡夢裡；不顧一切， 　　　　熱中，沉醉，著迷 類 熱中 熱衷
1416 □□□ む ね **胸**	▸ む ね	▸ [名] 胸部；內心
1417 □□□ むらさき **紫**	▸ む ら さき	▸ [名] 紫，紫色；醬油；紫丁香
1418 □□□ めい **名〜**	▸ め い	▸ [接頭] 知名的
1419 □□□ めい **〜名**	▸ め い	▸ [接尾]（計算人數）名，人
1420 □□□ めい **姪**	▸ め い	▸ [名] 姪女，外甥女
1421 □□□ めい し **名刺**	▸ め い し	▸ [名] 名片
1422 □□□ CD2 34 めいれい **命令**	▸ め い れ い	▸ [名·他サ] 命令，規定；（電腦）指令 關 指令 指令

Check 2 必考詞組	**Check 3** 必考例句
□ 無駄な努力。 白費力氣	▶ 無駄だと思うことが、後になって役に立つことも多い。 很多原本覺得沒意義的事，到後來發現都是有意義的。
□ 夢中になる。 入迷。	▶ 夢中で仕事をして 30 年、気がついたら社長でした。 全心投入工作三十年，一晃眼已經當上總經理了。
□ 胸が痛む。 胸痛；痛心。	▶ 胸に手を当てて、自分のしたことをよく考えなさい。 把手摀著心口，好好反省自己做過的事。
□ 好みの色は紫です。 喜歡紫色	▶ 西の空はピンクから紫に変わり、とうとう真っ暗になった。 西邊的天空先是從粉色變成紫色，最後終於暗了下來。
□ 名選手。 知名選手。	▶ この映画は名作だよ。使われている音楽も名曲だ。 這部電影可是名作哦。使用的配樂也是知名的樂曲。
□ 三名一組。 三個人一組	▶ 会場のレストランを 12 時から、40 名で予約しました。 已經預約了會場的餐廳，總共40人從12點開始用餐。
□ 今日は姪の誕生日。 今天是姪子的生日。	▶ 子どもがいないので、私の財産は全て姪に譲ります。 因為我沒有孩子，所以把所有的財產都留給我的侄女。
□ 名刺を交換する。 交換名片。	▶ 会社に入って、まず名刺の渡し方から教わった。 進入公司後，首先從遞名片的方式開始學習。
□ 命令に背く。 違背命令。	▶ ジョン、ボールを取って来い…ジョン、どうして僕の命令を聞かないんだ。 約翰，把球撿回來！……約翰，為什麼不聽我的指令呢？

Check 1 必考單字	高低重音	詞性、類義詞與對義詞

1423□□□

めいわく
迷惑

▶ めいわく

▶ [名・自サ] 麻煩，囉唆；困惑，為難；討厭，妨礙

1424□□□

め うえ
目上

▶ めうえ

▶ [名] 上司；長輩
[關] 上司 長輩

1425□□□

めく
捲る

▶ めくる

▶ [他五] 翻，翻開；揭開，掀開

1426□□□

メッセージ

▶ メッセージ

▶ [名]【message】電報，消息，口信；致詞，祝詞；（美國總統）咨文

1427□□□

メニュー

▶ メニュー

▶ [名]【menu】菜單

1428□□□

メモリー

▶ メモリー

▶ [名]【memory】記憶，記憶力；懷念；紀念品；（電腦）記憶體
[關] 思い出 回憶

1429□□□

めん
綿

▶ めん

▶ [名・漢造] 棉，棉線；棉織品；綿長；詳盡；棉，棉花
[類] 木綿 棉花

1430□□□

めんきょ
免許

▶ めんきょ

▶ [名・他サ]（政府機關）批准，許可；許可證，執照；傳授秘訣

1431□□□

めんせつ
面接

▶ めんせつ

▶ [名・自サ]（為考察人品、能力而舉行的）面試，接見，會面
[類] インタビュー／interview 訪談

Check 2 必考詞組	**Check 3** 必考例句
□ 迷惑をかける。 添麻煩。	▶ ご迷惑でなければ、一緒に写真を撮って頂けませんか。 方便的話，一起拍張照好嗎？
□ 目上の人。 長輩	▶ 彼女は、年下だけど仕事上の上司だから、やっぱり目上になるのか。 雖然她年紀比我小，但因為是工作上的主管，所以階級還是比我高吧。
□ 雑誌をめくる。 翻閱雜誌。	▶ 試験会場では、受験生が問題用紙をめくる音だけが響いていた。 考場裡，只有考生翻閱考卷的聲響在空中迴盪。
□ 祝賀のメッセージを送る。 寄送賀詞。	▶ 電話が繋がらなかったので、留守番電話にメッセージを残した。 因為電話聯繫不上，所以在答錄機裡留言了。
□ レストランのメニュー。 餐廳的菜單。	▶ 「すみません、飲み物のメニューを頂けますか」「はい、お待ちください」 「不好意思，可以給我飲料的選單嗎？」「好的，請稍等。」
□ メモリーが不足している。 記憶體空間不足。	▶ ノートパソコンのメモリーがいっぱいになってしまった。 筆記型電腦的記憶體已經滿了。
□ 綿のシャツを着る。 穿棉襯衫。	▶ こちらのティーシャツは綿 100 パーセントで、肌に優しいです。 這裡的T恤是百分百純棉的，十分親膚。
□ 車の免許。 汽車駕照	▶ 車の免許は持っていますが、もう 10 年以上運転していません。 雖然我有駕照，但已經十年以上沒開過車了。
□ 面接を受ける。 接受面試。	▶ 筆記試験はいいのだが、面接で緊張していつも失敗する。 筆試成績很好，但面試時太緊張，總是落榜。

333

Check 1 必考單字	高低重音	詞性、類義詞與對義詞
1432□□□ めんどう **面倒**	▶ め↓んどう	▶ [名・形動]麻煩，費事；麻煩事；繁雜， 棘手；（用「~を見る」的形 式）照顧、照料
1433□□□ もう こ **申し込む**	▶ も↓うしこ↓む／も↓ うしこむ	▶ [他五]提議，提出；申請；報名；訂購； 預約 [類]^{しんせい}申請 申請
1434□□□ もう わけ **申し訳ない**	▶ も↓うしわけな↓い	▶ [寒暄]實在抱歉，非常對不起，十分對不 起 [類]^す済まない 抱歉
1435□□□ もう ふ **毛布**	▶ も↓うふ	▶ [名]毛毯，毯子 [關]^{ふ とん}布団 毛毯
1436□□□ も **燃える**	▶ も↓える	▶ [自下一]燃燒，起火；（轉）熱情洋溢， 滿懷希望；（轉）顏色鮮明 [類]^{ねんしょう}燃焼する 燃燒
1437□□□ もくてき **目的**	▶ も↓くてき	▶ [名]目的，目標
1438□□□ もくてき ち **目的地**	▶ も↓くてきち	▶ [名]目的地
1439□□□ **もしかしたら**	▶ も↓しかしたら	▶ [連語・副]或許，萬一，可能，說不定 [類]ひょっとしたら 或許
1440□□□ ●CD2/35 **もしかして**	▶ も↓しかして	▶ [連語・副]或許，可能

Check 2 必考詞組	**Check 3** 必考例句

□ 面倒を見る。
照料。

► 父は人に頼むのが面倒だと言って、何でも自分でやってしまう。
爸爸說拜託別人很麻煩，所以什麼事都自己做。

□ 結婚を申し込む。
求婚。

► 旅行会社のホームページから、4泊5日の台湾観光旅行に申し込んだ。
我在旅行社的網頁上報名了五天四夜的臺灣觀光旅遊。

□ 申し訳ない気持ちで一杯だ。
心中充滿歉意。

► 今年はボーナスを支給できず、社員の皆さんには申し訳ないと思っています。
今年沒有發獎金，覺得很對不起公司的同仁們。

□ 毛布をかける。
蓋上毛毯。

► やっぱりウール100パーセントの毛布は暖かいな。
百分之百的羊毛毯果然很暖和啊！

□ 怒りに燃える。
怒火中燒。

► 夜空の星が光って見えるのは、ガスが核融合反応を起こしてガスが燃えているからだ。
能看見夜空中的星星之所以閃閃發光，是因為瓦斯進行核融合反應而發光發熱的。

□ 目的を達成する。
達到目的。

► 私の旅行の目的は、この列車に乗ることなんです。
我這趟旅行目的是搭乘這輛火車。

□ 目的地に着く。
抵達目的地。

► 目的地の近くまで来ているはずなのだが、どの建物だか全然分からない。
我應該已經到目的地附近了，但卻完全搞不清楚是哪棟建築。

□ もしかしたら優勝するかも。
也許會獲勝也說不定。

► もしかしたら、午後の会議にはちょっと遅れるかもしれません。
下午的會議可能會遲到。

□ もしかして伊藤さんですか。
您該不會是伊藤先生吧？

► もしかして、君、山本君の妹？そっくりだね。
妳該不會是山本同學的妹妹吧？妳們長得真像啊！

Check 1 必考單字	高低重音	詞性、類義詞與對義詞
1441 □□□ もしかすると	もしかすると	[副] 也許，或，可能
1442 □□□ ～持ち	もち	[接尾] 負擔、持有、持久性
1443 □□□ もったいない	もったいない	[形] 可惜的，浪費的；過份的，惶恐的，不敢當
1444 □□□ 戻り	もどり	[名] 恢復原狀；回家；歸途
1445 □□□ 揉む	もむ	[他五] 搓，揉；捏，按摩；（很多人）互相推擠；爭辯；（被動式型態）鍛鍊，受磨練
1446 □□□ 股／腿	もも／もも	[名] 股，大腿
1447 □□□ 燃やす	もやす	[他五] 燃燒；（把某種情感）燃燒起來，激起 [關] つける 點火
1448 □□□ 問	もん	[接尾] （計算問題數量）題
1449 □□□ 文句	もんく	[名] 詞句，語句；不平或不滿的意見，異議

Check 2 必考詞組	**Check 3** 必考例句
□ もしかすると、手術をすることになるかもしれない。 說不定要動手術。	▶ もしかすると、このままの勢いで、彼が優勝するかもしれないぞ。 如果繼續乘勝追擊，他很可能會奪下冠軍哦！
□ 彼は妻子持ちだ。 他有家室。	▶ 「僕は力持ちだよ。」「私はお金持ちの方が好きだわ。」 「我很有力氣哦！」「我比較喜歡有錢的耶。」
□ もったいないことに。 真是浪費	▶ まだ食べられるのに捨てるなんて、もったいないなあ。 都還沒吃就扔掉，真是太浪費了。
□ お戻りは何時ですか。 幾點回來呢？	▶ 「部長、お戻りは何時くらいですか。」「午後2時には戻るよ。」 「經理，請問您大約幾點回來呢？」「下午兩點就回來囉。」
□ 肩をもんであげる。 我幫你按摩肩膀。	▶ ああ、疲れた。ちょっと肩を揉んでくれない？ 唉，好累喔。可以幫我揉揉肩膀嗎？
□ 腿の筋肉。 腿部肌肉	▶ この競技の選手はみんな、腿の筋肉が発達している。 參與這項競賽的選手們，每一位的腿部肌肉都很發達。
□ 落ち葉を燃やす。 燒落葉。	▶ 母は、若い頃に父からもらった手紙を全て燃やしてしまった。 媽媽年輕時把父親寄來的信都燒掉了。
□ 5問のうち4問は正解だ。 五題中對四題	▶ 100問中85問以上正解なら合格です。 100題裡答對85題就算合格了。
□ 文句を言う。 抱怨。	▶ 私の料理に文句があるなら、明日からお父さんが作ってくださいよ。 如果對我煮的飯菜有意見，明天起改由爸爸煮吧。

Check 1　必考單字	高低重音	詞性、類義詞與對義詞

1450□□□

夜間
やかん

▶ やかん ▶

[名] 夜間，夜晚
[類] 夜 晚上
よる

1451□□□

訳す
やくす

▶ やくす ▶

[他五] 翻譯；解釋
[類] 翻訳する 翻譯
ほんやく

1452□□□

役立つ
やくだ

▶ やくだつ ▶

[自五] 有用，有益
[類] 有益 有益
ゆうえき

1453□□□

役立てる
やくだ

▶ やくだてる ▶

[他下一]（供）使用，使…有用

1454□□□

役に立てる
やく　た

▶ やくにたてる ▶

[慣用句]（供）使用，使…有用

1455□□□

家賃
やちん

▶ やちん ▶

[名] 房租

1456□□□

家主
やぬし

▶ やぬし／やぬし ▶

[名] 戶主；房東，房主

1457□□□ ●CD2／36

やはり・やっぱり

▶ やはり・やっぱり ▶

[副] 果然；還是，仍然

1458□□□

屋根
やね

▶ やね ▶

[名] 屋頂
[類] ルーフ（roof）屋頂

Check 2 / 必考詞組

☐ 夜間営業。
夜間營業。

☐ 英語を日本語に訳す。
英譯日。

☐ 実際に役立つ。
對實際有用。

☐ 何とか役立てたい。
我很想幫上忙。

☐ 社会の役に立てる。
對社會有貢獻。

☐ 家賃が高い。
房租貴。

☐ 家主に家賃を払う。
付房東房租。

☐ やっぱり、結婚しなければよかった。
早知道，我當初就不該結婚。

☐ 屋根から落ちる。
從屋頂掉下來。

Check 3 / 必考例句

▶ この門は 22 時に閉めます。夜間の外出は裏門を使用してください。
這道門22點後就會關閉。夜間外出時請走後門。

▶ 翻訳は、単語の意味をそのまま訳せばいいというわけではない。
所謂翻譯，並不是把單字的意思直接譯過來就可以了。

▶ 健康に役立つ情報がたくさん。ぜひ読んでください。
裡面有很多有益健康的資訊，請務必閱讀。

▶ 海外生活で経験したことを、この仕事に役立てたいと思う。
我希望把在海外生活的經驗充分發揮在這份工作上。

▶ 父の残した学校ですが、村の子どもたちの役に立ててください。
這是家父留下來的學校，請讓這所學校為村裡的孩子們盡一份力。

▶ 明日は 31 日だから、家賃を振り込まなければならない。
明天就是31號了，得去匯房租才行。

▶ このアパートの家主は、裏の中川さんで間違いないですか。
這棟公寓的房東是住在後面的中川先生沒錯吧？

▶ やっぱり先生はすごいな。先生に聞けばなんでも分かる。
老師果然厲害！只要問老師，任何問題都能迎刃而解。

▶ 丘の上からは、赤や青の小さな屋根が行儀よく並んでいるのが見えた。
從山丘上可以看到紅色和藍色的小屋頂整齊的排列著。

Check 1 必考單字	高低重音	詞性、類義詞與對義詞

1459 □□□
破る
やぶ

▶ や\|ぶ\|る

▶ [他五] 弄破；破壞；違反；打敗；打破（記錄）

1460 □□□
破れる
やぶ

▶ や\|ぶ\|れ\|る

▶ [自下一] 破損，損傷；破壞，破裂，被打破；失敗
關 退職する　辭職

1461 □□□
辞める
や

▶ や\|め\|る

▶ [他下一] 辭職；休學
類 退職　辭職
たいしょく

1462 □□□
稍
やや

▶ や\|や

▶ [副] 稍微，略；片刻，一會兒

1463 □□□
やり取り
と

▶ や\|り\|とり

▶ [名・他サ] 交換，互換，授受

1464 □□□
やる気
き

▶ や\|る\|き

▶ [名] 幹勁，想做的念頭

1465 □□□
夕刊
ゆうかん

▶ ゆ\|う\|か\|ん

▶ [名] 晚報

1466 □□□
勇気
ゆうき

▶ ゆ\|う\|き

▶ [形動] 勇敢，勇氣
關 度胸　膽量
どきょう

1467 □□□
優秀
ゆうしゅう

▶ ゆ\|う\|しゅ\|う

▶ [名・形動] 優秀

Check 2　必考詞組

□ ドアを破って入った。
破門而入。

□ 紙が破れる。
紙破了。

□ 仕事を辞める。
辭掉工作。

□ やや短すぎる。
有點太短。

□ 手紙のやり取り。
通信

□ やる気はある。
幹勁十足。

□ 夕刊を購読する。
訂閱晚報。

□ 勇気を出す。
提起勇氣。

□ 優秀な人材。
優秀的人才

Check 3　必考例句

▶ 私との約束を破っておいて、よくまたここへ来られたね。
你打破了和我的約定，竟敢來到這裡！

▶ 紙袋の底が破れていて、大事な手帳を落としてしまった。
紙袋的底部破裂，掉了重要的筆記本。

▶ 今の仕事を辞めたいけど、次の仕事が見つからない。
我雖想辭去目前的工作，但卻找不到下一份工作。

▶ 明日は今日よりもやや暖かい一日となるでしょう。
明天會是比今天稍微溫暖一點的一天吧！

▶ 彼女とは、年に一、二度メールのやり取りをするだけの仲です。
我和她只是每年傳個一兩次訊息的朋友而已。

▶ やる気はあるんだけど、ちょっとやるとすぐにゲームがしたくなっちゃうんだ。
雖然我很想用功，但才剛開始念書，馬上又想打電玩了。

▶ ロケット打ち上げ成功のニュースは、その日の夕刊の一面を飾った。
火箭成功發射的新聞佔據了當天晚報的一整個版面。

▶ 友達が欲しいなら、勇気を出して、自分から話しかけてごらん。
想交朋友的話，不妨拿出勇氣，試著主動找人攀談。

▶ 君は優秀だから奨学金がたくさんもらえて、羨ましいよ。
你很優秀，所以能領到鉅額的獎學金，好羨慕你喔。

Check 1 必考單字	高低重音	詞性、類義詞與對義詞
1468 □□□ 友人 <ruby>友人<rt>ゆうじん</rt></ruby>	▶ ゆうじん ▶	[名] 友人，朋友 [類] <ruby>友達<rt>ともだち</rt></ruby> 朋友
1469 □□□ <ruby>郵送<rt>ゆうそう</rt></ruby>	▶ ゆうそう ▶	[名・他サ] 郵寄
1470 □□□ <ruby>郵送料<rt>ゆうそうりょう</rt></ruby>	▶ ゆうそうりょう ▶	[名] 郵費
1471 □□□ <ruby>郵便<rt>ゆうびん</rt></ruby>	▶ ゆうびん ▶	[名] 郵政；郵件
1472 □□□ <ruby>郵便局員<rt>ゆうびんきょくいん</rt></ruby>	▶ ゆうびんきょくいん ▶	[名] 郵局局員
1473 □□□ <ruby>有利<rt>ゆうり</rt></ruby>	▶ ゆうり ▶	[形動] 有利
1474 □□□ <ruby>床<rt>ゆか</rt></ruby>	▶ ゆか ▶	[名] 地板
1475 □□□ ●CD2/37 <ruby>愉快<rt>ゆかい</rt></ruby>	▶ ゆかい ▶	[名・形動] 愉快，暢快；令人愉快，討人 喜歡；令人意想不到
1476 □□□ <ruby>譲る<rt>ゆずる</rt></ruby>	▶ ゆずる ▶	[他五] 讓給，轉讓；謙讓，讓步；出讓， 賣給；改日，延期 [關] <ruby>与える<rt>あたえる</rt></ruby> 給予

Check 2 必考詞組

□ 友人と付き合う。
和友人交往。

□ 原稿を郵送する。
郵寄稿件。

□ 郵送料が高い。
郵資貴。

□ 郵便が来る。
寄來郵件。

□ 郵便局員として働く。
從事郵差先生的工作。

□ 有利な情報。
有利的情報。

□ 床を拭く。
擦地板。

□ 愉快に楽しめる。
愉快的享受。

□ 道を譲る。
讓路。

Check 3 必考例句

▶ 私には地位もお金もないが、素晴らしい友人がいる。
我雖沒有地位也沒有錢，但是擁有很棒的朋友。

▶ 「資料は FAX で送りますか、それとも郵送しますか。」「じゃ、郵送してください。」
「資料要傳真過去，還是郵寄過去？」「那麼，麻煩郵寄。」

▶ 速達で送りたいのですが、郵送料はいくらになりますか。
我想寄快遞，請問郵資多少錢？

▶ 「まだ郵便が来ないね。」「今日は日曜日だから、配達はないよ。」
「郵件還沒送來嗎？」「今天是星期日，不會送信哦！」

▶ こちらのサービスについては、郵便局員までお尋ねください。
關於這項服務，請詢問郵局職員。

▶ 留学経験があると就職に有利だというのは本当ですか。
具有留學經驗有利於就業，這是真的嗎？

▶ 最後に掃除したのはいつ？床の上がほこりだらけよ。
上一次打掃是什麼時候？地板上到處都是灰塵耶。

▶ 泣いてばかりじゃもったいない。せっかくの人生、愉快に生きよう。
一直哭哭啼啼的太糟蹋生命了。人生難得走一遭，還是活得快樂一點吧！

▶ お年寄りや体の不自由な人に席を譲りましょう。
請讓座給老年人和行動不便者。

343

Check 1 必考單字	高低重音	詞性、類義詞與對義詞
1477 □□□ 豊か <small>ゆた</small>	▸ ゆたか	▸ [形動] 豊富，寛裕；豊盈；十足，足夠
1478 □□□ 茹でる <small>ゆ</small>	▸ ゆでる	▸ [他下一]（用開水）煮，燙
1479 □□□ 湯飲み <small>ゆ の</small>	▸ ゆのみ	▸ [名] 茶杯，茶碗
1480 □□□ 夢 <small>ゆめ</small>	▸ ゆめ	▸ [名] 夢；夢想
1481 □□□ 揺らす <small>ゆ</small>	▸ ゆらす	▸ [他五] 搖擺，搖動
1482 □□□ 許す <small>ゆる</small>	▸ ゆるす	▸ [他五] 允許，批准；寬恕；免除；容許；承認；委託；信賴；疏忽，放鬆；釋放 [類] 許可する 允許 <small>きょ か</small>
1483 □□□ 揺れる <small>ゆ</small>	▸ ゆれる	▸ [自下一] 搖晃，搖動；躊躇
1484 □□□ 夜 <small>よ</small>	▸ よ	▸ [名] 夜、夜晚 [類] 晩 晩上 <small>ばん</small>
1485 □□□ 良い <small>よ</small>	▸ よい	▸ [形] 好的，出色的；漂亮的；（同意）可以

Check 2　必考詞組

□ **豊かな生活。**
富裕的生活

□ **よく茹でる。**
煮熟。

□ **湯飲み茶碗。**
茶杯

□ **甘い夢。**
美夢

□ **揺りかごを揺らす。**
推晃搖籃。

□ **面会を許す。**
許可會面。

□ **船が揺れる。**
船在搖晃。

□ **夏の夜は短い。**
夏夜很短。

□ **良い友に恵まれる。**
遇到益友。

Check 3　必考例句

▶ 便利な都会より、自然の豊かな田舎の生活が私には合っている。
比起便利的都市，能夠擁抱大自然的田園生活更適合我。

▶ 蕎麦はたっぷりの湯で茹でたら、すぐに氷水で冷やします。
蕎麥麵用大量的熱水燙過之後，馬上放進冰水中冷卻。

▶ 会議でお茶を出すので、湯飲みを人数分用意してください。
因為在會議上要供應與會者茶水，所以請按照人數準備茶杯。

▶ 将来、動物のお医者さんになるのが僕の夢です。
我的夢想是成為獸醫師。

▶ 春の風が、公園に咲く花を揺らして、通り過ぎて行った。
春風輕輕拂過，公園裡綻放的花朵隨之搖曳。

▶ 妻の誕生日を忘れていて、何度謝っても許してもらえない。
我把妻子的生日給忘了，不管道歉多少次都沒有得到原諒。

▶ 地震で、ビルの 50 階にあるオフィスが大きく揺れた。
位於五十樓的辦公室在地震時劇烈地搖晃。

▶ 道路工事は夜中じゅう続けられ、終わったときには夜が明けていた。
道路修繕工程持續進行一整晚，等到完工時天都已經亮了。

▶ 厳しい部長が、家庭では優しい良い夫だなんて、想像できないな。
那個嚴屬的經理在家裡居然是個溫柔的丈夫，真叫人無法想像。

Check 1 必考單字	高低重音	詞性、類義詞與對義詞

1486 □□□

よいしょ ▸ よいしょ ▸ [感]（搬重物等吆喝聲）嗨喲

1487 □□□

様 ▸ よう ▸ [造語・漢造] 樣子，方式；風格；形狀
よう

1488 □□□

幼児 ▸ ようじ ▸ [名] 幼兒，幼童
よう じ

1489 □□□

曜日 ▸ ようび ▸ [名] 星期
よう び

1490 □□□

洋服代 ▸ ようふくだい ▸ [名] 服裝費
ようふくだい

1491 □□□

翌 ▸ よく ▸ [漢造] 次，翌，第二
よく
[類] 明くる～ 次
あ

1492 □□□

翌日 ▸ よくじつ ▸ [名] 隔天，第二天
よくじつ
[關] 明日 明天
あす

1493 □□□

寄せる ▸ よせる ▸ [自下一・他下一] 靠近，移近；聚集，匯集，
よ
集中；加；投靠，寄身

1494 □□□ **CD2** 38

予想 ▸ よそう ▸ [名・自サ] 預料，預測，預計
よ そう

Check 2　必考詞組	Check 3　必考例句
□「よいしょ」と立ち上がる。 一聲「嘿咻」就站了起來。	▶ 荷物は私が持ちますよ。よいしょ、けっこう重いなあ。 我來提行李。嘿咻，這行李相當重啊。
□ 様子。 様子	▶ 犬のジョンが死んだときの母さんの悲しみ様は、見ていられなかった。 狗狗約翰死時母親悲慟的樣子，令人目不忍睹。
□ 幼児教育を研究する。 研究幼兒教育。	▶ このアニメは幼児向けだが、大人が見ても十分面白い。 雖然這部卡通是給幼兒看的，但大人看了也會感到十分有趣。
□ 今日、何曜日。 今天星期幾？	▶ 勤務は週3日ですね。希望する曜日を言ってください。 每週工作三天，請告知您希望排班的時間。（請告知您想排星期幾的班）
□ 子供たちの洋服代。 添購小孩們的衣物費用。	▶ 社会人になって、スーツやネクタイなどの洋服代がかかる。 成為社會人士後，就要支出西裝和領帶等治裝費。
□ 翌日は休日。 隔天是假日	▶ 夜中に高熱が出たが、翌朝まで待って病院へ行った。 半夜發了高燒，等到隔天早上才去醫院。
□ 翌日の準備。 隔天出門前的準備。	▶ 妻は会社の元同僚ですが、出会った翌日にデートに誘いました。 我妻子是以前的公司同事，認識第二天我就約她出來了。
□ 意見をお寄せください。 集中大家的意見。	▶ この番組に対するご意見、ご感想は番組ホームページまでお寄せください。 對本節目的意見和感想請寄到節目網站。
□ 予想が当たった。 預料命中。	▶ この映画は、予想通りのストーリーで、全然面白くなかった。 這部電影的劇情就和我預料的一模一樣，一點都不精采。

347

Check 1 必考單字	高低重音	詞性、類義詞與對義詞
1495 □□□ 世の中	よのなか	[名] 人世間，社會；時代，時期；男女之情
1496 □□□ 予防	よぼう	[名・他サ] 預防
1497 □□□ 読み	よみ	[名] 唸，讀；訓讀；判斷，盤算
1498 □□□ 寄る	よる	[自五] 順道去；接近
1499 □□□ 慶び／喜び／ 悦び／歓び	よろこび	[名] 高興，歡喜，喜悅；喜事，喜慶事；道喜，賀喜 [關] 祝い事 喜事
1500 □□□ 弱まる	よわまる	[自五] 變弱，衰弱
1501 □□□ 弱める	よわめる	[他下一] 減弱，削弱
1502 □□□ 等	ら	[接尾]（表示複數）們；(同類型的人或物）等
1503 □□□ 来	らい	[結尾] 以來

| Check 2 | 必考詞組 | Check 3 | 必考例句 |

□ 世の中の動き。
社會的變化

▶ 世の中は甘くないというが、頑張ってる人には優しい面もあるよ。
雖說這個世界不好混，但是對努力的人也會展現溫柔的一面喔。

□ 病気の予防。
預防疾病

▶ 風邪の予防には、手洗い、うがいが有効です。
洗手和漱口能有效預防感冒。

□ 読み方。
念法

▶ 日本の漢字には音読み、訓読みがあって、覚えるのが大変です。
日本的漢字有音讀和訓讀，很不容易背誦。

□ 喫茶店に寄る。
順道去咖啡店。

▶ 明日、仕事でそっちへ行くから、帰りにちょっと寄るよ。
因為明天我要去那邊工作，回程的時候會順道去找你哦。

□ 慶びの言葉を述べる。
致賀詞。

▶ 卒業した子どもたちが活躍する姿を見ることは、私の喜びです。
看到畢業了的孩子們活躍的表現，我真替他們感到開心。

□ 体が弱まっている。
身體變弱。

▶ 台風が通り過ぎると、激しかった風は急に弱まった。
颱風一過，猛激烈的強風倏地減弱了。

□ 過労は体を弱める。
過勞使身體衰弱。

▶ ちょっと寒いですね。冷房を少し弱めてもらえますか。
有點冷耶。冷氣可以稍微調弱一點嗎?

□ 君らは何年生。
你們是幾年級？

▶ 子どもらの明るい笑顔を守れる街づくりを目指します。
我們的目標是共創一座能守護兒童燦爛笑容的城市。

□ 10年来。
10年以來

▶ 彼女とは同じ大学で、10年来の友人です。
我和她讀同一所大學，我們已經是十年的老朋友了。

Check 1 必考單字	高低重音	詞性、類義詞與對義詞

1504□□□

ライター ▸ ライター ▸ [名]【lighter】打火機

1505□□□

ライト ▸ ライト ▸ [名]【light】燈，光

1506□□□

らく
楽 ▸ らく ▸ [名・形動・漢造] 快樂，安樂，快活；輕鬆，簡單；富足，充裕舒適
[類] きらく
気楽 輕鬆

1507□□□

らくだい
落第 ▸ らくだい ▸ [名・自サ] 不及格，落榜，沒考中；留級

1508□□□

ラケット ▸ ラケット ▸ [名]【racket】（網球、乒乓球等的）球拍

1509□□□

ラッシュ ▸ ラッシュ ▸ [名]【rush】（眾人往同一處）湧現；蜂擁，熱潮

1510□□□

ラッシュア
ワー ▸ ラッシュアワー ▸ [名]【rushhour】尖峰時刻，擁擠時段

1511□□□

ラベル ▸ ラベル ▸ [名]【label】標籤，籤條

1512□□□

ランチ ▸ ランチ ▸ [名]【lunch】午餐

Check 2 必考詞組	**Check 3** 必考例句
□ ライターで火をつける。 用打火機點火。	▶ 「ライターありますか。」「ここ、禁煙ですよ。」 「你有打火機嗎？」「這裡禁菸哦！」
□ ライトを点ける。 點燈。	▶ ベッドの横に置く小さなライトを探しています。 我正在找一盞適合個可以放在床邊的小夜燈。
□ 楽に暮らす。 輕鬆地過日子。	▶ 着替えを用意しましたから、スーツは脱いで、もっと楽にしてください。 我已經把要換的居家衣服準備好了，請您脫下西裝換上，儘管放鬆一些。
□ 彼は落第した。 他落榜了。	▶ 兄は3回落第して、今年で大学は7年目だ。 我哥哥已經留級落榜三次了，今年已經是念大學的第七年了。
□ ラケットを張りかえた。 重換網球拍。	▶ 試合に負けた選手は、怒ってラケットを投げ捨てた。 輸了比賽的選手憤怒地把球拍丟到地上了。
□ 帰省ラッシュ。 返鄉人潮	▶ 日本のラッシュの電車に乗ってみたい？やめた方がいいよ。 想體驗看看日本上下班尖峰時段的電車？我勸你還是不要吧！
□ ラッシュアワーに遇う。 遇上交通尖峰。	▶ ラッシュアワーを避けて、早めに出勤しています。 避開上下班尖峰時段，提早去上班了。
□ 警告用のラベル。 警告用標籤	▶ ワインの瓶のきれいなラベルを集めています。 我在收集葡萄酒瓶上的精緻貼紙。
□ ランチ（タイム）。 午餐時間	▶ お弁当もいいけど、たまにはおしゃれなお店でランチもいいな。 雖然便當也很好吃，但偶爾在華麗的餐廳裡享用午餐也很不錯啊！

Check 1 必考單字	高低重音	詞性、類義詞與對義詞
1513 □□□ ◎CD2 39 らんぼう **乱暴**	► らんぼう	► [名・形動・自サ] 粗暴，粗魯；蠻橫，不講理；胡來，胡亂，亂打人
1514 □□□ **リーダー**	► リーダー	► [名]【leader】領袖，指導者，隊長 [關] 上司 長輩
1515 □□□ り か **理科**	► りか	► [名] 理科（自然科學的學科總稱）
1516 □□□ り かい **理解**	► りかい	► [名・他サ] 理解，領會，明白；體諒，諒解
1517 □□□ り こん **離婚**	► りこん	► [名・自サ]（法）離婚 けっこん [對] 結婚 結婚
1518 □□□ **リサイクル**	► リサイクル	► [名]【recycle】回收，（廢物）再利用
1519 □□□ **リビング**	► リビング	► [名]【living】生活；客廳的簡稱
1520 □□□ **リボン**	► リボン	► [名]【ribbon】緞帶，絲帶；髮帶；蝴蝶結
1521 □□□ りゅうがく **留学**	► りゅうがく	► [名・自サ] 留學

Check 2 必考詞組	**Check 3** 必考例句
□ 言い方が乱暴だ。 說話方式很粗魯。	▶ グラスをそんなに乱暴に扱わないで。ほら、欠けちゃった。 不要這麼粗暴的丟眼鏡。你看，這裡摔破了。
□ 登山隊のリーダー。 登山隊的領隊	▶ 彼は大学の教授であると同時に、研究チームのリーダーでもある。 他是大學教授，同時也是研究團隊的領導人。
□ 理科系に進むつもりだ。 準備考理科。	▶ 理科系に進むつもりだが、生物にも物理にも興味があって決められない。 我雖打算進理學院，但我對生物和物理也都很有興趣，實在無法決定要進哪一系。
□ 理解しがたい。 難以理解。	▶ 彼の発言は理解できないが、何か事情があったのかもしれない。 我無法理解他的言論，可能是因為有什麼隱情吧。
□ 二人は協議離婚した。 兩個人是調解離婚的。	▶ 私は一度も結婚したことがないのに、友人はもう2回も離婚している。 我從來沒結過婚，但我朋友已經離兩次婚了。
□ 牛乳パックをリサイクルする。 回收牛奶盒。	▶ 紙袋やお菓子の箱も大切な資源です。リサイクルしましょう。 紙袋和糖果盒也都是珍貴重要的資源。拿去資源回收吧！
□ リビング用品。 生活用品	▶ 日の当たるリビングで読書をするのが私の幸せです。 對我而言，幸福就是在陽光明媚的客廳裡閱讀。
□ リボンを付ける。 繫上緞帶。	▶ 髪に大きなリボンを結んでいるのがうちの娘です。 頭上綁著大蝴蝶結的就是我女兒。
□ アメリカに留学する。 去美國留學。	▶ 今年の秋から3年間、イギリスの大学に留学します。 今年秋天開始，我要去英國的大學留學三年。

353

Check 1　必考單字	高低重音	詞性、類義詞與對義詞
1522 □□□ りゅうこう 流行	▶ りゅうこう	▶ [名・自サ] 流行，時髦，時興；蔓延 類 はやり　流行
1523 □□□ りょう 両	▶ りょう	▶ [漢造] 雙，兩
1524 □□□ りょう 料	▶ りょう	▶ [接尾] 費用，代價
1525 □□□ りょう 領	▶ りょう	▶ [名・接尾・漢造] 領土；脖領；首領
1526 □□□ りょうがえ 両替	▶ りょうがえ	▶ [名・他サ] 兌換，換錢，兌幣
1527 □□□ りょうがわ 両側	▶ りょうがわ	▶ [名] 兩邊，兩側，兩方面，雙方
1528 □□□ りょう し 漁師	▶ りょうし	▶ [名] 漁夫，漁民
1529 □□□ りょく 力	▶ りょく	▶ [名] （也唸「りく」）力量
1530 □□□ ルール	▶ ルール	▶ [名]【rule】規章，章程；尺，界尺

Check 2 必考詞組	Check 3 必考例句
□ 去年はグレーが流行した。 去年是流行灰色。	▶ 今、若い女の子の間では、この店のアイスクリームが流行しているそうだ。 據說最近這家店的冰淇淋在年輕女孩間蔚為風潮。
□ 橋の両側。 橋樑兩側	▶ 春には、川の両岸に咲く桜を見に、たくさんの人が訪れる。 春天，有很多人來到河堤兩岸河川的兩岸邊觀賞盛開的櫻花。
□ 入場料。 入場費用	▶ 高い授業料を払ってるんだから、寝てたら損だよ。 我都已經付了高額的學費，要是睡著就吃虧了。
□ 北方領土。 北方領土	▶ カリブ海には、イギリス領、オランダ領など欧米の海外領土がたくさんある。 加勒比海域有很多地區屬於是英國、荷蘭等歐美國家的海外領土。
□ 円とドルの両替。 日圓和美金的兌換。	▶ イタリアに行くので、銀行で円をユーロに両替した。 因為我要去義大利，所以去銀行把日元兌換成了歐元。
□ 道の両側に寄せる。 使靠道路兩旁。	▶ 怪我をした男性は、両側から支えられてやっと歩ける状態だった。 受傷的男性當時的狀態需要靠別人在處於被兩邊旁扶著的人支撐著才能勉強走路的狀。
□ 漁師の仕事。 漁夫的工作	▶ 漁師だからといって、毎日魚ばっかり食べてるわけじゃない。 即使我是漁夫，也不是每天都只吃魚。
□ 実力がある。 有實力。	▶ 人間関係は、相手の立場に立ってみる想像力が大切です。 在關於人際關係上，從對方的立場思考是很重要的。
□ 交通ルール。 交通規則	▶ ゲームは一日１時間まで、というのがわが家のルールだ。 一天最多只能玩一小時的電玩遊戲，這是我們家的規定。

Check 1 必考單字	高低重音	詞性、類義詞與對義詞

1531 ☐☐☐ 🎧 CD2 / 40

留守番 ▸ るすばん ▸ [名] 看家，看家人

1532 ☐☐☐

礼 ▸ れい ▸ [名‧漢造] 禮儀，禮節，禮貌；鞠躬；道謝，致謝；敬禮；禮品
[類] 礼儀 禮義

1533 ☐☐☐

例 ▸ れい ▸ [名‧漢造] 慣例；先例；例子
[關] 先例 先例

1534 ☐☐☐

例外 ▸ れいがい ▸ [名] 例外
[關] 特別 特別

1535 ☐☐☐

礼儀 ▸ れいぎ ▸ [名] 禮儀，禮節，禮法，禮貌

1536 ☐☐☐

レインコート ▸ レインコート ▸ [名]【raincoat】雨衣

1537 ☐☐☐

レシート ▸ レシート ▸ [名]【receipt】收據，收條

1538 ☐☐☐

列 ▸ れつ ▸ [名‧漢造] 列，隊列；排列；行，級，排
[類] 行列 行列

1539 ☐☐☐

列車 ▸ れっしゃ ▸ [名] 列車，火車

Check 2 必考詞組	**Check 3** 必考例句
□ 留守番をする。 看家。	▶ お母さんが帰るまで、一人でお留守番できるよね？ 在媽媽回家之前，你能一個人看家嗎？
□ 礼を欠く。 欠缺禮貌。	▶ 日本に来たときにお世話になった人に、お礼の手紙を書いた。 我寫了一封信感謝給我在日本時一直很照顧我的人。
□ 前例のない快挙。 破例的壯舉	▶ 君のレポートは、具体的な例を挙げて説明すると分かり易くなるよ。 你的報告如果能舉個具體的例子說明，就能更容易理解了。
□ 例外として扱う。 特別待遇。	▶ 仕事のできる人ほど、例外なく、話が短いという。 據說，工作能力越強的人說話越簡短，沒有例外。
□ 礼儀正しい青年。 有禮的青年	▶ 日本の柔道や剣道は、礼儀を大切にするスポーツだ。 日本的柔道和劍道都是重視禮儀的運動。
□ レインコートを忘れた。 忘了帶雨衣。	▶ 雨の中、レインコートを着て歩くのが好きです。 我喜歡穿雨衣在雨中行走。
□ レシートをもらう。 拿收據。	▶ 返品する場合は、必ずこのレシートを持って来てください。 如果要辦理退貨，請務必帶這張收據過來。
□ 列に並ぶ。 排成 排·	▶ 白線の内側に、3列になってお並びください。 請在白線內側排成三排。
□ 列車が着く。 列車到站。	▶ 実家は列車で2時間ほどの田舎町にあります。 我的老家在鄉下小鎮的村落，搭火車大約要兩個小時。

Check 1　必考單字	高低重音	詞性、類義詞與對義詞

1540 ☐☐☐

レベル ▶ レベル ▶ [名]【level】水平，水準；水平線，水平面；水平儀，水平器

1541 ☐☐☐

れんあい
恋愛 ▶ れんあい ▶ [名・自サ] 戀愛
あいじょう
關 愛情　愛

1542 ☐☐☐

れんぞく
連続 ▶ れんぞく ▶ [名・他サ・自サ] 連續，接連

1543 ☐☐☐

レンタル ▶ レンタル ▶ [名]【rental】出租，出賃；租金

1544 ☐☐☐

りょう
レンタル料 ▶ レンタルりょう ▶ [名]【rental りょう】租金

1545 ☐☐☐

ろうじん
老人 ▶ ろうじん ▶ [名] 老人，老年人
類 高齢者　老年人

1546 ☐☐☐

じ
ローマ字 ▶ ローマじ／ ▶ [名]【Romaじ】羅馬字，拉丁字母
　　　　　　ローマじ

1547 ☐☐☐

ろくおん
録音 ▶ ろくおん ▶ [名・他サ] 錄音

1548 ☐☐☐

ろく が
録画 ▶ ろくが ▶ [名・他サ] 錄影

Check 2 必考詞組	Check 3 必考例句

□ レベルが向上する。
水準提高。

▶ 大学の授業のレベルが高くて、ほとんど理解できない。
大學課業的難度很高，幾乎完全聽不懂。

□ 恋愛に陥った。
墜入愛河。

▶ 恋愛小説を書いて、インターネットで発表している。
我寫了愛情小說，並發表於網路上。

□ ３年連続黒字。
連續了三年的盈餘

▶ わが社は３年連続で売り上げが増加しています。
本我們公司的營業額近三年皆為已經持連續成長三年成長。

□ 車をレンタルする。
租車。

▶ 板や服は全部スキー場でレンタルすればいいよ。
滑雪板和滑雪服等全部裝備全都在滑雪區租用就好了啊。

□ ウエディングドレスのレンタル料。
結婚禮服的租借費。

▶ ８人乗りの車を３日間借りたいんですが、レンタル料はいくらですか。
我想租用一輛八人座的汽車三天，需要多少租金？

□ 老人になる。
老了。

▶ 父は80になるが、まだまだ老人じゃない、と頑張っている。
雖然家我的父年屆親就要八十歲了，但他仍然努力工作，完全不像老年人。

□ ローマ字表。
羅馬字表

▶ 名前は、片仮名とローマ字、両方の記入をお願いします。
請填入姓名，片假名和羅馬拼音兩種請都寫上。

□ 彼は録音のエンジニアだ。
他是錄音工程師。

▶ あとで原稿にするので、会議の発言は全て録音しています。
由於會因為之後必須寫成書面文字要做成稿子，所以會議上的發言全都程錄音了。

□ 大河ドラマを録画した。
錄下大河劇了。

▶ 帰りが遅くなる日は、ドラマの録画を予約しておきます。
較會晚回家的日子，會時候，事先設定用了電視的預約錄影功能錄下，把電視劇錄下。

Check 1 必考單字	高低重音	詞性、類義詞與對義詞
1549 □□□ ロケット	ロ̅ケット／ ロ̅ケ̅ッ̅ト̅	[名]【rocket】火箭發動機；（軍）火箭彈；狼煙火箭
1550 □□□ ●CD2 41 ロッカー	ロ̅ッカー	[名]【locker】（公司、機關用可上鎖的）文件櫃；（公共場所用可上鎖的）置物櫃，置物箱，櫃子
1551 □□□ ロック	ロ̅ック	[名・他サ]【lock】鎖，鎖上，閉鎖
1552 □□□ ロボット	ロ̅ボ̅ット̅	[名]【robot】機器人；自動裝置；傀儡
1553 □□□ 論 ろん	ろ̅ん	[名] 論，議論
1554 □□□ 論じる／ 論ずる ろん	ろ̅んじる／ ろ̅んずる	[他上一] 論，論述，闡述
1555 □□□ 羽 わ	わ	[接尾]（數鳥或兔子）隻
1556 □□□ 和 わ	わ̅	[名] 和，人和；停止戰爭，和好
1557 □□□ ワイン	ワ̅イ̅ン	[名]【wine】葡萄酒；水果酒；洋酒

Check 2　必考詞組	Check 3　必考例句
☐ ロケットで飛ぶ。 乘火箭飛行。	▶ いつかロケットに乗って、宇宙から地球を見てみたい。 總有一天我要搭上火箭，從外太空眺望地球。
☐ ロッカーに入れる。 放進置物櫃裡。	▶ 荷物が邪魔なら、駅のロッカーに入れるといいよ。 如果嫌帶著行李麻煩，就寄放在車站的置物櫃子裡就好了。
☐ ロックが壊れた。 門鎖壞掉了。	▶ パソコンもスマホもロックされていて、開けられれません。 電腦和智慧手機都被鎖住了，解不開。
☐ 家事をしてくれるロボット。 會幫忙做家事的機器人。	▶ あまり仕事ができないロボットが人気だというから不思議だ。 不太會工作的機器人居然廣受歡迎，真是不可思議。
☐ その論の立て方はおかしい。 那一立論方法很奇怪。	▶ 小論文のテーマについて、クラス全員で議論した。 全班同學針對短篇小論文的主題進行了討論。
☐ 事の是非を論じる。 論述事情的是與非。	▶ 国会で大臣が論じた環境対策については、多くの批判が出た。 關於部長大臣在國會上闡述談論的環保政策，引發起了諸多抨擊多方的批判。
☐ 鶏が一羽いる。 有一隻雞。	▶ 冬になると、何百羽という鳥が海を渡ってこの地にやって来る。 每逢到了冬天，總有好幾百隻候一種叫何百羽的鳥就會飛越穿過大海來到這個地方。
☐ 平和主義。 和平主義。	▶ ホテルのお部屋は、和室と洋室、どちらがよろしいですか。 旅館的房間分成有日式和洋式，請問您想要選哪一種呢？
☐ ワイングラスを傾ける。 酒杯傾斜。	▶ この料理には、香りの高い白ワインが合います。 這道菜搭料理配白葡萄酒很對味。

Check 1 必考單字	高低重音	詞性、類義詞與對義詞
1558 □□□ 我が わ	▶ わが	▶ [連體] 我的，自己的，我們的
1559 □□□ わがまま	▶ わがまま	▶ [名・形動] 任性
1560 □□□ 若者 わかもの	▶ わかもの	▶ [名] 年輕人，青年 [類] 若い 年輕、青年 わか
1561 □□□ 別れ わか	▶ わかれ	▶ [名] 別，離別，分離；分支，旁系
1562 □□□ 分かれる わ	▶ わかれる	▶ [自下一] 分裂；分離，分開；區分，劃 　　分；區別 [關] 離れる 分開 はな
1563 □□□ 沸く わ	▶ わく	▶ [自五] 煮沸，煮開；興奮
1564 □□□ 分ける わ	▶ わける／わける	▶ [他下一] 分，分開；區分，劃分；分配， 　　分給；分開，排開，擠開，分類 [關] 分割する 分割 ぶんかつ
1565 □□□ 僅か わず	▶ わずか	▶ [副・形動]（數量、程度、時間等）很少， 　　僅僅；一點也（後加否定）僅 [關] 微か 微弱 かす
1566 □□□ 詫び わ	▶ わび	▶ [名] 賠不是，道歉，表示歉意

Check 2 / 必考詞組	Check 3 / 必考例句

□ 我が国。
我國

▶ 仕事が辛くても、温かい我が家があると思って頑張っている。
不管工作再怎麼辛苦，只要想起我溫暖的家，就有了努力的動力。

□ わがままを言う。
說任性的話。

▶ 一人っ子はわがままだと言われるが、実はしっかりしている人が多いという。
雖然很多人認為獨生子女都很任性，但其實其中也有不少人個性十分很多穩重腳踏實地的人。

□ 若者たちの間。
年輕人間

▶ 「最近の若者は…」という文句は、5000年も前から言われていたそうだ。
據說「最近的年輕人……」這種說法，據說早在五千年前就有人用了。

□ 別れが悲しい。
傷感離別。

▶ 彼女との別れは、悲し過ぎてあまり覚えていない。
和她分手太過心痛悲傷了，痛得以至於我已經想不太起來了。

□ 意見が分かれる。
意見產生分歧。

▶ この先で道が三つに分かれていますから、真ん中の道を進んでください。
前面有三道岔路，請走正中間那一條。

□ 會場が沸く。
會場熱血沸騰。

▶ お湯が沸いたら、お茶をいれてもらえますか。
熱水煮滾沸騰後可以幫我泡茶嗎？

□ 等分に分ける。
均分。

▶ お菓子をどうぞ。ケンカしないで、仲良く3人で分けてね。
來吃甜點囉。你們三個不要吵架，相親相愛好好相處一起吃吧！

□ わずかに覚えている。
略微記得。

▶ モーツァルトが初めて曲を作ったのは、わずか4歳のときだった。
莫札特首次創作歌曲時年僅四歲。

□ 丁寧なお詫びの言葉。
畢恭畢敬的賠禮。

▶ この度はご迷惑をおかけしてしまい、お詫びの言葉もありません。
這次給您添麻煩了，無論說什麼都不足以表達我的歉意。

Check 1 必考單字	高低重音	詞性、類義詞與對義詞
1567 □□□ 笑い _{わら}	▶ わらい	▶ [名] 笑；笑聲；嘲笑，譏笑，冷笑 [類] 微笑み 微笑 _{ほほ え}
1568 □□□ ●CD2 42 割り／割 _{わ わり}	▶ わり	▶ [造語] 分配；（助數詞用）十分之一， 一成；比例；得失
1569 □□□ 割合 _{わりあい}	▶ わりあい	▶ [名] 比例；比較起來
1570 □□□ 割り当て _{わ あ}	▶ わりあて	▶ [名] 分配，分擔
1571 □□□ 割り込む _{わ こ}	▶ わりこむ	▶ [自五] 擠進，插隊；闖進；插嘴
1572 □□□ 割り算 _{わ ざん}	▶ わりざん	▶ [名] （算）除法 [關] 掛け算 乘法 _{か ざん}
1573 □□□ 割る _わ	▶ わる	▶ [他五] 打，劈開；用除法計算
1574 □□□ 湾 _{わん}	▶ わん	▶ [名] 灣，海灣
1575 □□□ 碗／椀 _{わん わん}	▶ わん／わん	▶ [名] 碗，木碗；（計算數量）碗 [類] 茶碗 碗 _{ちゃわん}

Check 2 必考詞組　　　**Check 3** 必考例句

□ 笑いを含む。
含笑。

▶ 彼がしゃべり始めると、会場のあちこちから笑いが起こった。
他一開口，笑聲就從會場的各個角落傳了出來。

□ 4割引き。
打了四折。

▶ バーゲンセールです。店内の商品は全品2割引きです。
大特價！全館商品八折出售！

□ 空気の主要成分の割合を求める。
算出空氣中主要成分的比例。

▶ うちの学校は伝統的に、男子生徒の割合が多い。
傳統上，我們學校的男學生比例較高。

□ 仕事の割り当てをする。
分派工作。

▶ 社員それぞれに、能力に合った仕事を割り当てるのも、上司の役割だ。
為每位員工分配適合其能力的工作是上司的責任。

□ 列に割り込んできた。
插隊進來了。

▶ 列に割り込まないで、ちゃんと後ろに並んでください。
不要插隊，請去後面依序排隊。

□ 割り算は難しい。
除法很難。

▶ 12個のりんごを4人で分ける？それは割り算を使う問題だよ。
十二個蘋果分給四個人？這是除法的問題啊。

□ 卵を割る。
打破蛋。

▶ 外から石が飛んできて、突然部屋の窓ガラスが割れた。
有粒石子突然從外面飛了進來，把房間的窗戶玻璃砸碎了。

□ 東京湾。
東京灣

▶ これは今朝、東京湾で獲れた魚です。
這是今天早上在東京灣捕獲的鮮魚。

□ 一碗の吸い物。
一碗湯

▶ お茶碗には白いご飯、お椀には熱いお味噌汁、幸せだなあ。
有一碗白飯和一碗熱味噌湯，真是幸福啊！

重音版
新制日檢！
絕對合格（18K+MP3）

N3 必考單字！

【制勝教本 03】

■ 發行人／**林德勝**

■ 著者／**吉松由美・田中陽子**

■ 日文編輯／**王芊雅**

■ 出版發行／**山田社文化事業有限公司**
　　地址　臺北市大安區安和路一段112巷17號7樓
　　電話　02-2755-7622　　02-2755-7628
　　傳真　02-2700-1887

■ 郵政劃撥／**19867160號　大原文化事業有限公司**

■ 總經銷／**聯合發行股份有限公司**
　　地址　新北市新店區寶橋路235巷6弄6號2樓
　　電話　02-2917-8022
　　傳真　02-2915-6275

■ 印刷／**上鎰數位科技印刷有限公司**

■ 法律顧問／**林長振法律事務所　林長振律師**

■ 定價+MP3／**新台幣389元**

■ 初版／**2018年 6 月**